비번인 날——.
능력자들은 한때의 휴식을 즐겼다.
내일부터 또다시 세계를 지키기 위해서.

「오늘이야말로 그 쓰리 사이즈를 직접 확인하고 말겠어!」

「코토쨩, 머리가 어지럽다 싶으면 바로 나와야 해?」

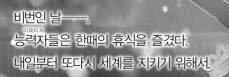

마츠바 미요리

연구실 소속.
그래피티 능력
해석 분야의 일인자.

아사모리 유키코

방위실 봉인반 소속.
그래프의 모습을 그림으로 그려 '백책' 에 봉인할 수 있다.

「안경에 김이 서리니까 평소보다 무섭잖아……?!」

「가끔은 이런 것도 좋네…… 하후우.」

히라카미 니나

방위실 전투반 소속.
7기생 2급 이레이저.
능력의 이름은 '십구의'.

구지하라 코토네
화이트 캔버스
방위성 전투부 소속
7기생 2급 에이전지,
그림자의
능력이 이름은 '삼단총'.

사사미야 시로가네
화이트 캔버스
치원현재 관리기구 방위실 실장.
5기생 특급 에이전지,
그림자의
능력이 이름은 '킬식'.

재앙전선의

오버로드

Overlord of Disaster Front

3

「그 누구보다 재앙으로서 살아 갈 수 있다면―.」

재 앙 전 선 의

오버로드

Overlord of Disaster Front

3

히구라시 아키라 AKIRA HIGURASHI

Illustration: 시라비 SHIRABII

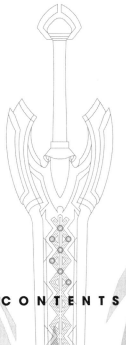

C O N T E N T S

서장 여왕[퀸]안건

"아——늦어서 죄송합니다."

어두컴컴한 방 안으로 들어온 순간, 정면에서 수많은 시선이 내게 쏠렸다. 이런, 나 말고 다들 이미 모여 있잖아.

정면의 거대한 스크린에 뜬 아홉 개의 영상 중에 근엄한 표정을 짓고 있는 남성—— 나나 다른 영상에 나온 소년 소녀들에 비해 유일하게 나이를 20년 이상은 더 먹었을 것 같은 사람이 입을 열었다.

『신경 쓸 거 없다, 사사미야. 다들 이제 막 모인 참이니까.』

차원 협계 관리 기구 화이트 캔버스의 장관, 히이라기 유키오.

나—— 사사미야 시로가네가 소속된, 그래프에 대항하기 위한 이 조직을 설립한 인물이다.

『그럼 사사미야도 왔으니, 이제 임시 회의를 시작하지.』

——화이트 캔버스 토야마 지부의 본부동 3층에 자리한 실장 전용 회의실. 난 10분 전에 갑자기 이곳으로 오라고 호출을 받았다.

이 방은 본부 및 각 지부에 소속된 실장들이 영상 통화로 회의를 나누거나 정보를 공유할 목적으로 마련된 장소다. 일반적으로 한 달에 한 번 열리는 정기 회의에서는 간부 및 각 실장을 비롯해 약

스무 명 정도가 모이지만, 이번에는 임시 회의였기에 인원수는 그 절반── 주로 전투 임무를 수행하는 아홉 명만 소집된 모양이다.

내가 스크린 앞에 마련된 의자에 앉는 것을 보고 장관이 입을 열었다.

『이번에 모두를 불러 모은 건 다름 아닌, 여왕^퀸 안건 때문이다.』

스크린에 영상 하나가 추가되었다.

그 영상에 뜬 한 장의 사진에는── 흐릿한 오로라를 배경으로 호화로운 빨간색 드레스를 입고 머리에는 섬뜩한 티아라를 썼으며, 마치 훌라후프처럼 생긴 고리를 자기 주위에 여럿 거느린 여자가 있었다. 피처럼 새빨간 연지를 바른 입술을 찢어질 듯이 치켜 올리고, 마치 이쪽을 비웃는 것처럼 웃고 있었다.

다만 누가 봐도 이상한 점이 여럿 있었다.

수묵화에 물을 흘린 것처럼 몸 곳곳이 흐릿하다는 점.

얼굴을 비스듬히 잘라 낸 것처럼 이마에서부터 오른쪽 눈에 걸친 부분이 존재하지 않는다는 점.

그래프── 2차원으로부터 온 미완성의 괴물들. 2.5차원 협계^{세컨드 하프}를 통과해 3차원에 다다름으로써 완성되려 하는 성가신 놈들이다.

그리고 지금 사진에 나온 그래프는──.

"──퀸, 이로군요. 무슨 움직임이라도 있었습니까?"

지난달 정기 회의에서도 화제에 오른, 언어를 이해하고 말도 한다는 보기 드문 그래프였다.

최근 두 달 동안 각지에서 다른 그래프와 함께 각지에서 출현하여, 봉인도 격퇴도 당하지 않은 채 2차원^{저 쪽}으로 돌아간 그래프. 전국 여덟 곳에서 최소한 각각 3번 이상은 목격되었다.

그 능력은 이미 알려져 있다. 바로 그래프를 지배하고 조종하는 능력이다. 다만 그 능력은 그래프를 바탕으로 한 능력인, 그래피티를 가진 우리 이레이저에게도 적용되는 모양이었다. 녀석이 조종하는 고리가 이레이저의 몸을 통과하면, 그 이레이저는 즉각 녀석의 지배하에 놓이게 되었다는 보고가 몇 건이고 올라와 있었다.

녀석이 세컨프에 나타나면 누군가는 녀석의 지배하에 놓여 조종당했고, 이는 토야마 지부에서도 마찬가지였다. 하지만 현재까지 발생한 희생자는 0명이었다. 다른 곳에서 출현했을 때에는 이레이저들끼리 서로 싸우게 만들었다고 하는데── 나 원, 입고 있는 옷도 그렇고 참으로 섬뜩한 녀석이 아닐 수 없다. 그래도 마지막에 가서는 조종당한 사람들도 녀석의 지배로부터 풀려나 지금까지 녀석 때문에 발생한 희생자는 나오지 않았다.

그 섬뜩하고 요란한 복장과 능력, 그리고 스스로 자기 자신을 부르는 호칭을 통해 우리는 그 녀석을 '퀸'이라 불렀다. 그리고 그 퀸이 일으킨 일련의 사건을 퀸 안건이라 불렀다.

『그렇다. 마침 성가신 일이 발생한 참이지.』

내 질문에 답한 사람은 가지런한 용모와, 활발한 포니테일이 눈에 띄는 여성이었다.

화이트 캔버스 와카야마 본부 소속의 특급 이레이저, 히이라기 치히로였다. 히이라기 장관의 딸이자 '마녀'라는 별명을 가진, 화캔 최초의 특급 이레이저다. 참고로 올해로 스물한 살이다.

"성가신 일……? 아니, 잠깐만요, 치히로 씨. 그러고 보니 야가미 씨는요? 모습이 안 보이는데요."

『……낮잠 자는 중이라 그냥 두고 왔어. 그 녀석은 한번 잠들면 무슨 일이 있어도 안 일어나거든.』

"이거 임시 소집 회의 아니었어요……?"

참고로 치히로 씨는 방위실 '실장'이 아니다.

와카야마 본부 방위실 '실장'은 야가미 하루마라는 1급 이레이저 청년으로, 인류 최초의 이레이저다. 말 그대로 일본을 괴멸의 위기로부터 구한, 모든 이가 '영웅'으로 부르는 사람이다.

하지만 다소 태평한 성격이 옥에 티다. 심지어 이런 중요한 회의에도 얼굴 하나 비치지 않을 정도다.

『그 녀석한텐 나중에 따끔하게 한마디 할 테니까 걱정하지 마.』

『에이~ 하루짱 없으면 키이도 빠져도 될랑가?』

살짝 혀짤배기 투로 께느른한 목소리가 끼어들었다.

『키이가 듣든 말든 별 다를 거 없을 것 같응께.』

목소리의 주인은 화면 너머에서 얼굴만 카메라 쪽으로 내민 채 소파에 엎드리듯 누워 있었다. 흰 가운을 입고 머리를 아무렇게나 기른 소녀였다.

천진난만하다고나 할까, 인상은 어린애 그 자체였다. 뭐, 이제 14살이니까 당연하다면 당연하겠지만.

그녀의 이름은 카부라기 키노. 에히메 지부 소속── 화이트 캔버스의 네 번째 특급 이레이저이자 연구실 '실장' 자리에 있는 괴짜다.

천재보다는 귀재가 더 맞는 표현이겠지. 원래는 연구실 소속으로, 4년 반 전에 그래프로부터 피해를 받은 일을 계기로 화이트 캔버스에 입단했다. 어린 나이임에도 불구하고 어른들과 함께 그래프와 그래피티 등을 연구하다가── 몇 개월 전에 발생한 작은 사고 때문에 그래피티를 습득하여 현재에 이르게 된, 상당히 특이한 경력을 보유했다. 참고로 중학교는 다니지 않는다.

사람의 탈을 뒤집어 쓴 악어, 흰 가운을 입은 블랙홀, 최종 병기, 바닥이 없는 늪 등등── 무시무시한 별명을 수도 없이 보유하고 있지만, 가장 잘 쓰이는 별명은 '악식(惡食)'일 테지.

『안 돼, 키노. 넌 제대로 들어야지.』

치히로 씨가 나무라자, 키노는 볼을 볼록하게 부풀렸다. 그리고 화면 밖에서 껍질을 깐 귤을 집어 들고는 덥석 베어 물며 입에서 과즙과 불만을 쏟아 냈다.

『부우~ 치히는 하루짱에게 약하당께? 좋아한다는 거 다 들켜 부러?』

『누, 누가 누굴 좋아한다는 거야?! 갑자기 이상한 소리 하지 마!』

그 차분한 분위기는 금세 어디로 갔는지, 치히로 씨가 얼굴을 빨갛게 물들이고서 따졌다. 으아, 요즘 세상에 저렇게 반응하는 사람도 다 있네. 나는 속으로 그런 생각을 하면서 그런 그녀의 모습을 멀리서 바라보았다.

뭐, 까놓고 말해서 이미 알 만한 사람은 다 알지만.

『뭐어, 치히가 하루짱 좋아하는 거야 다들 알고 있지만.』

『어, 거짓말이지?! 아, 아니, 따, 딱히 그 녀석이 어떻든 내 알 바 아니거든?!』

모두가 화면에서 시선을 뗌과 동시에 장관이 헛기침을 했다.

『딸아이의 연애 사정에 관심이 없는 건 아니지만──다시 본론으로 돌아오지. 츠지, 설명을 부탁한다.』

『크큭…… 아, 알겠습니다. ……아이고, 배야……!』

웃음을 참지 못했던 청년의 영상이 스크린에 확대되었다. 체구는 호리호리했고 얼굴은 살짝 동안이었다.

츠지 아야토. 화이트 캔버스 사이타마 지부의 방위실 '실장'이자 '패자(覇者)'라는 별명을 가진 특급 이레이저.

현재 네 명만 존재하는 특급 이레이저 중에서 유일하게 3급부터 순서대로 승급을 거듭하여 특급 자리에까지 다다른, 어떻게 보면 내 이상형이라 할 수 있는 사람이다.

나이는 나보다 두 살 더 많은 열아홉 살이지만 사이는 나름대로 양호하지 않나 싶었다.

『히, 힛…… 후우, 이제야 좀 살겠네……. 어디 보자, 지금으로부터 대략 2시간쯤 전에 사이타마에 출현한 세컨드 하프 안에서 퀸의 모습이 확인되었거든. 천재인 나도 현장으로 출동한 이레이저로부터 그 보고를 듣고 서둘러 그리로 향했지.』

은근슬쩍 자신이 천재임을 뽐내는 게 이 사람의 안쓰러운 부분이라 할 수 있겠지. 사실은 그 누구보다 노력가인 주제에 말이다.

『퀸은 천재인 내 모습을 보더니 이렇게 말하더라고. 저쪽으로 돌아가기 직전에 요란하게 웃으면서 말이지.』

그는 잠시 뜸을 들였다가 말했다.

『──가까운 시일 내로 그대들을 토벌하고 내가 그쪽 세계에 군림하겠노라, 라고.』

──그것은 화이트 캔버스에 대한 퀸의 선전 포고였다.

"……치히로 씨는 그 발언에 대해 어떻게 생각하세요?"

『현실성이 전혀 없는데? 퀸 특유의 오만함에서 나온 발언일까?』

『하지만 왠지 확신에 찬 말투였단 말이지……. 뭐, 퀸이 워낙 자신만만한 모습이라 그렇게 들렸는지도 모르겠지만.』

그 뒤에도 실장들끼리 서로 머리를 맞댄 채 퀸이 한 발언의 진위여부를 놓고 의견을 나누었다. 그때였다.

『앗하하, 아따 아까부터 다들 뭔 말을 하는지 모르것당께?』

키노가 불쑥 그런 말을 던졌다. 말투는 께느른했지만 진심으로 우습다는 듯이 말이다.

『워매……. 참말로 키이보다 더 오래 산 사람들의 입에서 나온 말이 맞능가 의심스러워서 무심코 끼어들고 말았당께. 뭐, 상관없을랑가? 이 중에서 머리가 가장 좋은 사람은 역시 키이라는 걸 알았응께.』

찌릿, 영상 너머로도 모두가 신경을 곤두세우고 있음을 알 수 있었다.

으아, 이 녀석도 참 대단하네. 이 사람들 앞에서 그런 거슬리는 말을 눈 하나 깜짝 안 하고 아무렇지 않게 하다니……. 나라면 죽었다 깨어나도 불가능하겠지.

『있잖아, 키노. 뭐 알아낸 거라도 있으면 가르쳐 줄래?』

『워매, 천재인 아야짱도 모른다고라? 그럼 키이는 천재를 초월한 신이겠다냐.』

『아야짱이라고 부르는 건 자제했으면 싶은데……?!』

평소에는 차분한 표정을 짓던 아야토 씨의 관자놀이에 혈관이 떠올랐다. 평소 자신의 중성적인 외모에 민감한 편이니까 말이지……. 그 모습을 보고 치히로 씨가 한숨을 내쉬며 주의를 주었다.

『키노, 지금은 장난이나 치고 있을 때가 아니야.』

"아따, 키이는 장난 친 적 없당께? 오히려 장난은 다른 사람들이 치고 있잖어?"

아~앙, 키노가 입을 벌리고서 손에 쥔 귤을 베어 먹으려던 바로 그때였다.

『——키노.』

치히로 씨가 음성을 낮게 깔며 말했다.

키노가 베어 먹으려던 귤이 투명하게—— 투명하고 단단한 유리로 변했다.

『지금 장난칠 때 아니거든?』

같은 말을 반복했다. 이 이상은 말로 하지 않겠다는 듯이 말이다.

키노는 유리로 변한 귤을 2초 정도 바라보더니, 섬뜩한 미소를 지었다.

『헤에, 장난쳐도 돼?』

그러더니 유리로 변한 귤을 뒤도 보지 않고 던졌다. ——그러자 아무것도 없던 허공에서 갑자기 극채색의 송곳니가 나타나 유리로 변한 귤을 아그작! 깨물었다.

아니아니아니, 잠깐잠깐잠깐.

이 이상은 위험한데.

일촉즉발의 분위기를 느낀 나는 입을 열었다.

"있잖아, 키노."

『왜 그래, 긴짱?』

"나 같은 놈의 머리로는 퀸의 진의가 뭔지 헤아리기 좀 어렵거든…… 그러니 네 생각을 가르쳐 주지 않을래?"

『고급 호텔의 뷔페 요리 한턱 쏘면 한번 생각해 보겠는데?』

"약속할게. ──아야토 씨가 한턱 쏴 주실 거야."

『아니, 시로가네 군?!』

『아핫, 그럼 어쩔 수 없제. 역시 긴짱에겐 못 당하겠당께.』

『키노, 너까지 무슨 소릴 하는 거야?!』

화면 속에서 아야토 씨가 얼빠진 소리를 냈다. 뭐, 어쨌거나.

『……미안해, 사사미야 군.』

치히로 씨가 다시 평소의 음성으로 그렇게 말했다.

왠지 모르게 이완된 분위기 속에서 내가 치히로 씨에게 답했다.

"뭐어, '마녀'랑 '악식'이 서로 싸우면 곤란하니까 말이죠."

『저, 저기, 치히로 씨? 천재인 저에겐 아무 말도 안 해주시나요?』

아직도 사소한 걸 신경 쓰는 아야토 씨를 무시하고서 키노가 입을 열었다.

『긍께, 퀸 말인데. 아마 선전 포고는 진심이지 싶어.』

잠시 이완된 분위기가 다시금 팽팽해졌다.

"혹시 무슨 근거라도 있어?"

『아따—— 지금껏 퀸은 여기저기서 출현할 때마다 이레이저들을 조종해 왔잖아? 뭐 땜시 그랬겠어?』

——단순히 성격이 고약해서 그런 게 아니라, 모종의 이유가 있었단 말인가?

그것이 이번 선전 포고와 관련이 있다면—— 아.

"……정보 수집?"

『그렇겄지. 으~음, 긴짱은 겸손 떨고 있지만 역시나 저기 저 둘보단 머리가 좋으니 얘기할 맛이 있당께.』

……그 '두 사람' 의 관자놀이에 다시금 혈관이 떠올랐지만, 내가 입에 담은 말이 무슨 뜻인지 생각하기 위해 아무 말도 하지 않았다.

그리고 나는 한 가지 결론에 다다랐다.

"그러려고 일부러 이레이저들을 조종했던 건가?"

『그렇겄지. 상대의 전력과 수를 파악하는 건 대규모 전투의 기본이니께.』

"그럼 그걸 알면서도 토벌하겠다고 말한 건……."

『충분히 승산이 있응께 한 말이겄지. 뭐, 어차피 키이는 몽~땅 먹어 치울 테니 별 상관없지만.』

……맙소사.

나는 자기도 모르게 이마에 손을 댔다.

——이거 아무래도, 화캔 창설 이래 가장 큰 위기 같은데?

제1장 계속 이어가고 싶은 나날

──화이트 캔버스 토야마 지부, 훈련동 3층 그래피티 훈련실.

"그럼, 시작해 보자꾸나, 쿠치하라──. 이 싸움은 나도 절대 질 수 없으니까."

나, 쿠치하라 코토네에게 살짝 연극조로 그렇게 말한 사람은 2급 이레이저인 카고메 쥰 선배였다. 내 봉술 스승이기도 한 그녀는 여자인데도 불구하고 남자용 제복인 코트와 바지를 입었고, 빵모자를 쓰고 있었다. 그녀는 1미터 정도 길이의 곤봉을 쥐고서 언제든 행동에 나설 수 있는 자세를 취했다.

"──넵!"

그리고 나 또한 내 무기── 일반적인 것보다 길이가 갑절은 더 긴 강화 비닐우산 '불릿 셸'을 카고메 선배가 든 곤봉처럼 쥐고서 신호가 떨어지기를 기다렸다.

"그럼, 시작해 볼까?"

우리 사이에 서서 한쪽 팔을 치켜든 채 심판 역할을 맡은 사람은 우리 팀의 리더, 1급 이레이저인 아스카 이치히코 선배였다.

이치히코 선배는 소맷자락을 팔꿈치까지 걷어 올린 오른 팔을 들었다.

──작전대로 잘된다면 오늘이야말로 한 판 정도는 이길지도 모른다. ……나는 숨을 가늘고 길게 내뱉음으로써 달아오르는 내 마음을 다스렸다. 카고메 선배의 움직임은 하나도 놓치지 않을 작정이었다.

그리고 이치히코 선배가 팔을 내렸다.

"시합 개시!"

나와 카고메 선배가 동시에 발을 내디뎠다──!

◇ ◇ ◇

──오늘은 3월 15일. 도마뱀 형태의 그래프가 실체화한 그 사건으로부터 약 두 달이 지났다. 때때로 추위가 누그러지기도 했지만 아직도 날씨는 싸늘했다.

그 일이 일어난 뒤부터 왠지 모르게 세컨드 하프의 출현 횟수가 늘어난 것 같은 느낌이 들었다. 그래서 카고메 선배도 나도 출격 횟수가 늘어났기에 매일 같이 얼굴을 마주하며 특별 훈련을 할 수도 없는 노릇이었다. 심지어 오늘 봉술 시합도 5일 만에 했을 정도였다.

최근 들어 나는 카고메 선배와도 호각으로 싸울 수 있게 되었다. 비록 아직 한 번도 이기지 못했지만, 오늘이야말로 승리를 거머쥐고 말겠어!

분발한 건 좋았지만── 오른쪽, 왼쪽, 위쪽인가 싶었더니 아래쪽, 이 아니라 정면에서 찌르기가 날아들었다. 내가 공격을 가하자 카고메 선배는 그 공격을 받아치지 않고 흘려 내더니 즉각 반격에 나섰다. 카고메 선배의 움직임은 종잡을 수 없었다. 나로서는 받아치는 것만으로도 벅찼다.

검이나 창과는 달리 곤봉이나 봉은 위아래가 없는 것이 무기로서의 장점이 아닐까. 그 전체가 손잡이이자 도신이기 때문이다.

반면에 내 불릿 셸은 곤봉보다는 지팡이에 가까웠다. 하지만 이 형태를 잘만 활용하면 아직 카고메 선배에 비해 실력으로 뒤지는 나도 승기를 잡을 수 있다.

──시합을 시작하고 나서 23번째 합을 주고받았을 때, 카고메 선배가 세 번째 찌르기를 날렸다.

그 모습을 본 나는 사전에 연습했던 대로 불릿 셸을 움직였다. 우산의 J자 형태의 손잡이가 아래로 오도록 불릿 셸을 90도 돌린 뒤, 카고메 선배의 곤봉을 옆에서 밀며 궤도를 틀었다.

그리고 나서 카고메 선배가 곤봉을 뒤로 물리기 전에 우산을 위쪽으로 미끄러뜨렸다. 그리고 J자 형태의 손잡이 부분에 곤봉이 닿은 그 순간에,

"이얍!"

나는 불릿 셸을 있는 힘껏 비틀었다.

"──앗?!"

경악에 찬 목소리와 함께 곤봉이 급격하게 비틀린 바람에 카고메 선배의 몸이 휘청거렸다. 나는 카고메 선배의 자세가 무너진 틈을 타 곧바로 우산을 회전시켰고──!

"그만!"

바닥에 손을 짚은 카고메 선배의 머리 바로 앞에 우산을 척 내민 내 모습을 보고 이치히코 선배가 그렇게 말했다.

"승자, 쿠치하라!"

"해냈……다이아앗!"

나는 자기도 모르게 그 자리에서 껑충 뛰어올랐다. 그 정도로 기뻤다. ……이왕이면 시로가네 선배한테도 보여 주고 싶었는데. 장관으로부터 갑자기 호출을 받은 것 같으니 어쩔 수 없지만…….

"해냈구나, 코토짱!"

이쪽으로 달려오면서 활짝 웃는 얼굴로 그렇게 말한 사람은 방 가장자리에서 시합을 관전하고 있던 팀원, 히라카미 니나였다. 푹신푹신한 밤색 머리와 커다란 가슴이 눈에 띄는 2급 이레이저였다.

"이거야 원, 당했네."

그 자리에 주저앉은 카고메 선배가 투덜거렸다.

"나도 봉술이 전문인 건 결코 아니지만, 그래도 아직 시작한 지 3개월도 안 된 애한테 한 판 질 줄이야."

"그치만 이번엔 손잡이 부분을 이용해 이긴 거니까요. 순수한 실력으로는 아직 선배를 당해 낼 수 없어요."

"신경 쓸 거 없어. 무슨 수를 썼든 간에 이긴 건 이긴 거고, 또 진건, 진, 거……."

카고메 선배는 거기까지 말하다가 무언가를 퍼뜩 떠올린 듯 안색이 창백해졌다. 선배가 자리에서 일어나려고 했을 때였다.

"이야~ 설마 질 줄은 몰랐네~. 쥰짱?"

"후후후, 졌을 때 어떻게 한다고 했는지 기억하고 있겠지, 카고메짱?"

양쪽에서 카고메 선배에게 달려든 사람들은, 살짝 작은 체구에 쇼트 보브 헤어스타일을 한 2급 이레이저이자 카고메 선배의 친구인 오리쿠라 카오리 선배와, 코스프레가 취미인 연구실 소속의 마츠바 미요리 씨였다. 오늘 미요리 씨는 옷 옆이 대담하게 트인 차이나 드레스 위로 흰 가운을 어깨에 걸치고 있었다. ……다리가 추워 보이는데.

"두, 두 사람 다 잠깐만. 설마, 설마 진짜로 하려고?!"

"그야 당연하지! 쿠치하라 양에게 지면 여자 옷을 입겠다고 약속했잖아! 쥰짱은 평소에 남자 옷만 입고 다니는걸."

"그럼, 그럼. 이 언니에게 맡겨만 줘! 내가 보유한 의상 중에서 딱 맞는 걸 골라 줄 테니께!"

"미요리 씨가 보유했다는 시점에서 불길한 예감밖에 안 드는데요?!"

"이제 그만 포기해, 쥰짱! 무사가 한 입으로 두 말할 셈이야?"

"그럼, 그럼. 이제 공물을 바칠 때니께! 각오나 혀!"

"난, 무사가, 아니라고오오오오……."

두 사람이 카고메 선배를 훈련실 밖으로 질질 끌고 나갔다.

"하하핫, 카고메 녀석도 고생이 많군요, 모토바네 씨."

"동정할 거 없어. 애초에 섣불리 그런 약속을 한 사람이 잘못이니까. 자업자득인 셈이지."

입에 담배를 물고서 께느른한 투로 나직이 말한 사람은 모토바네 엔지 씨였다. 체육복 형태의 제복을 입은 몸집이 커다란 남성이었다. 그래도 이치히코 선배만큼 몸을 단련한 느낌은 아니고, 허리를 구부정하게 숙이고 있는 바람에 키가 살짝 작아 보였다.

그는 끌려 나간 카고메 선배와, 끌고 간 오리쿠라 선배의 팀 리더였다.

"……무……타불……."

"나무아미타불? ……아하, 카고메 말하는 거야, 유키코 씨?"

이치히코 선배의 옆에서 입구 너머를 향해 손뼉을 짝짝 치고 난 뒤에 두 손을 모은 채 고개를 연신 끄덕이는 사람은 우리 팀의 팀원이었다. 그래프를 봉인하는 기술을 가진, 아사모리 유키코 씨였다. ……그러고 보니 저번에 하마터면 미요리 씨가 유키코 씨의 옷을 벗길 뻔한 적도 있었지.

몸집이 작은 오리쿠라 선배보다도 더 몸집이 작았고, 제복 위에 비옷을 입은 그 모습은 꼭 초등학생처럼 보였다. 몸집만이 아니라 목소리도 작아서 우리의 귀에는 거의 모음밖에 안 들릴 정도였다. 오직 이치히코 선배만이 유키코 씨와 대화를 제대로 나눌 수 있었다.

"그나저나 정말 굉장했어, 코토짱. 설마 카고메 선배를 이기다니."

"아니야. 이번엔 어찌어찌 이기긴 했지만, 그래도 아직 멀었는걸. 실력으로는 카고메 선배를 전혀 당해 낼 수 없거든. 이번엔 처음이라 통했지만. 다음엔 다른 방법도 강구해 와야지."

내가 그렇게 답하자 니나는 눈을 끔뻑거렸다.

──그렇다. 아직 멀었다.

시로가네 선배를 따라잡으려면 아직도 한참 멀었다.

"……듣고 보니 그러네. 사사미야 실장은 훨씬 강하니까. 그렇지, 코토짱?"

"아니, 잠깐. 난 그런 말 한마디도 한 적 없는데?!"

"우리가 하루 이틀 알고 지낸 사이도 아니잖니. 코토짱의 생각 정도는 왠지 모르게 다 알 수 있거든."

뭐야 그거. 무섭잖아. 이 세상에서 니나의 독심술보다 무서운 건 없단 말이지.

"아까 이겼을 적에도, 이왕 이긴 거 사사미야 실장한테도 보여 주고 싶다고 생각했잖아?"

"아으으……."

정곡을 제대로 찔렀다. 내 얼굴이 빨갛게 확 달아올랐다. ……내 생각이 그렇게나 얼굴에 다 드러나는 걸까?

우리가 그런 대화를 나누고 있을 때였다. 훈련실 문이 힘차게 열렸다.

"──아, 코토네와 카고메의 승부는 벌써 끝난 건가?"

기분 탓인지 숨을 헐떡이며 들어온 사람은── 돌아온 사람은 검은 머리의 소년이었다.

화이트 캔버스의 제복인 흰색 코트의 흉장에는 숫자가 아닌 별 문양이 장식되어 있었다.

내 스승이자 목표인── 시로가네 선배가 그 자리에 서 있었다.

"뭐 해, 코토짱. 얼른 사사미야 실장한테 얘기해 줘."

"잠깐, 니나. 밀지 마?!"

히라카미가 싱긋 웃으며 코토네의 등을 꾹꾹 밀며 내 앞으로 데리고 왔다.

사이드 테일로 묶은 푸르스름한 검은색 머리와 스커트 밑에 입고 있는 속바지가 특징인 소녀── 내 수제자인 코토네가 살짝 얼굴을 붉힌 채 방긋 웃으며 나에게 말했다.

"저기…… 시로가네 선배. 저, 카고메 선배에게 이겼어요."

"──진짜?! 굉장하잖아, 코토네!"

결과를 들은 나는 코토네에게 아낌없이 칭찬의 말을 퍼부었다. 그 말을 들은 본인은 쑥스러워하면서도 기쁜 기색으로 입가를 실룩였다.

──임시 회의에 불려 나오기 직전까지 나는 평소처럼 코토네가 훈련하는 모습을 보고 있었다. 그리고 훈련이 막바지에 접어들었을 즈음에 카고메와 코토네가 봉술 시합을 해 보는 게 어떻겠냐는 얘기가 나왔다.

코토네가 얼마나 강해졌는지── 나는 그 시합을 자못 기대하고 있었지만, 타이밍이 안 좋았다고나 할까. 시합 시작 직전에 장관으로부터 호출을 받았다.

그리고 나는 임시 회의가 끝나자마자 곧바로 여기로 돌아왔지만──.

"아아…… 그랬구나. 나도 그 시합 보고 싶었는데."

코토네가 이겼다는 소식을 듣고 기쁨 다음으로 든 감정은 아쉬움이었다.

하필이면 코토네가 이기는 장면을 놓칠 줄이야…… 개인적으로 무척 안타까웠다.

"자자, 다음에 또 이기는 모습을 보여 드리면 되지 않을까요, 사사미야 실장님?"

"……그건 그래. 다음에 또 기회가 있으면 열심히 잘해 봐, 코토네."

"네, 넵! 최선을 다할게요!"

코토네가 가슴 앞에서 주먹을 꽉 움켜쥐며 그렇게 대답했다. ……지금 그 모습은 묘하게 귀여웠다.

그건 그렇고 코토네의 모습을 보니 많이 성장한 것 같다.

카고메에게 이겼다는 봉술 실력도 그렇지만, 무엇보다도 정신적인 부분이 말이다.

예전의 코토네였다면 기대하겠다는 말을 했을 때 부담스러워 했을 테지만, 지금은 당당하게 대답할 수 있으니까 말이다.

"…………."

다음에 또……. 다음, 이라. 나는 히라카미가 한 말을 속으로 곱씹었다.

──그 다음을 맞이하기 위해서라도 반드시 극복해야 할 테지.

퀸의 침공을 말이다.

"……시로가네 선배?"

"응? 왜 그래, 코토네."

코토네가 내 얼굴을 뚫어지라 쳐다보며 놀랄 만한 소리를 했다.

"아뇨, 그…… 혹시 무슨 일 있었나요?"

……뭐라?

나는 나도 모르게 눈을 휘둥그레 치켜떴다. 뭐야, 그렇게나 얼굴에 다 드러났던 건가?

"아니, 뭐, 없는 건 아니긴 한데…… 왜 그렇게 생각한 거야?"

"아, 저기 그…… 평소랑은 좀 다른 느낌 같아서요……. 선배의 분위기라고 해야 할지, 시선이라고 해야 할지……."

코토네가 송구하다는 듯이 말했다. 이런, 이러면 안 되지. 나는 정신을 바짝 차렸다.

지부의 수장 자리에 앉은 자가 내면의 동요를 부하에게 드러내면 안 되니까 말이지.

내가 그렇게 생각했을 때였다.

"사사미야, 뭐 신경 쓰이는 거라도 있었냐? 내 눈엔 전혀 그렇게 안 보였는데."

아스카 씨가 그렇게 말했다. ……오호?

"나도 전혀 몰랐는데 말이지. 쿠치하라가 드디어 독심술마저 습득한 건가?"

모토바네 씨도 히죽 웃으며 그렇게 말했다. ……오호라?

이게 대체 어떻게 된 거지?

"……저기, 코토짱? 내가 봤을 때도 사사미야 실장님의 모습이 평소와 다르다는 느낌은 전혀 없었거든."

그 히라카미마저 그렇게 말했다. 코토네는 어라? 어라? 하며 당황하기 시작했다.

내가 생각한 게 얼굴로 드러난 건 아니라고 봐도 되려나.

그리고 드러나지 않았음에도 코토네가 알아차렸다는 말은——.

"코토쨩, 그런 미묘한 분위기의 차이를 알아차렸다는 거야? 대체 평소에 사사미야 실장님을 얼마나 봤길래 그런 거니?"

아니, 그 말을 당사자들 앞에서 대놓고 하다니.

"에엣……?! 그, 그렇게까지 쳐다보지는…… 않았는데……."

히라카미의 지적을 받고 코토네가 얼굴을 붉혔다. 그리고 멋쩍은 기색으로 쑥스럽다는 듯이 고개를 푹 숙였다.

……물론 쑥스러운 건 나도 마찬가지였다. 코토네처럼 눈에 띄게 고개를 푹 숙이지는 않았지만 시선을 살짝 비스듬히 돌렸다. ……이건 이거대로 또 노골적인 게 아닐까 싶지만.

그건 그렇고 분위기가 왜 이래. 엄청 거북하잖아.

"사사미야 실장님? 그래서 대체 무엇이 그리도 신경 쓰이셨나요? 코토쨩인가요?"

히라카미가 노골적으로 히죽거리며 그렇게 물었다.

으음, 그나저나…… 이걸 어쩐다.

어차피 퀸 안건에 관해서는 내일 단원 모두에게 관련 정보를 공개하고 경계 태세를 강화하라고 지시를 받았다. 그러니 굳이 지금 말할 필요는 없을 것 같긴 한데—— 내가 속으로 고민하고 있을 때였다.

"——아, 혹시…… 그거 때문에 그러세요? 오버로드 프로그램 말이에요."

쿠치하라가 살짝 머뭇거리는 기색으로 의문을 입에 담았다. 이

건 화제를 전환하기에 더할 나위 없이 좋은 기회였다!

"응, 뭐어, 그렇다고 할 수 있지. 다음 달부터 시작하려면 여러모로 준비할 게 많으니까."

약체 강화 프로그램, 다시 말해 오버로드 프로그램.

본부 및 지부를 가리지 않고 코토네의 '삼탄총'처럼 보잘 것 없는 그래피티를 가진 이레이저들을 모아 실전에서 활용할 수 있는 수준으로 육성하는, 내가 발안한 육성 계획이다. 참고로 코토네와 카고메는 그 시범 케이스로 소개할 계획이다.

장관을 비롯해 여러 높으신 분들에게 프레젠테이션과 사전 교섭을 거듭한 끝에 마침내 시작을 눈앞에 두고 있었──지만, 뭐, 퀸이 어떤 식으로 침공해 올지는 아직 모르지만, 상황이 이러면 좀 더 일찍 시작할 수 있도록 높으신 분들에게 미리 말했어야 하지 않나 싶은 생각도 들었다.

"……흐으~응……?"

하지만 내 주장을 듣고도 히라카미는 의미심장한 기색으로 그렇게 중얼거리더니 코토네와 나를 번갈아 쳐다볼 뿐이었다. 뭐야. 어딘가 어색한 부분이라도 있었나? 그리고 히라카미는 표정을 풀더니…….

"……뭐, 지금은 코토짱의 얼굴을 봐서 모른 척해 드릴게요."

움찔, 코토네가 어깨를 떨었다. ……코토네의 얼굴을 봐서, 라는 얘기가 갑자기 왜 나오는 거지?

……코토네 이 녀석, 설마. 아까 내가 속으로 고민하는 걸 알아차리고는 일부러 그런 질문을 건네서 나를 도와주었던 건가? 그리고

그걸 히라카미가 눈치챘다고?

나는 코토네를 지그시 쳐다보았다. 코토네는 그것을 알아차리고는 뺨을 빨갛게 물들이며 시선을 돌렸다. ……아니, 그런 식으로 반응하면 내가 난처한데.

무슨 말을 해야 할지 속으로 고민하고 있을 때였다.

"사사미야는 있는가?!"

내 고민을 날려 버릴 만큼 힘찬 기세로 문이 열렸다. ……설마, 이 패턴은…….

문 앞에 우뚝 서 있는 사람은 역시나 낯익은 동기 이레이저였다. 그 녀석은 나를 발견하자마자 입가에 씨익 미소를 지으며 이쪽으로 다가왔다.

쿼터이기에 타고난, 허리까지 내려오는 찰랑이는 롱 스트레이트 금발. 눈처럼 새하얀 살결과 놀랄 만큼 가지런한 용모. 늘씬하게 뻗은 다리와 균형 잡힌 몸매. 겉모습만 보자면 완벽한 미소녀 그 자체였다.

간이 병장인 검을 허리에 차고 있는 그 녀석의 흉장에는 'Ⅰ'이라는 숫자가 새겨져 있었다.

천상천하 유아독존을 그대로 체현한 듯한 솔로 1급 이레이저, 그 이름은 바로──.

"뭐야, 물 풍선. 오늘도 왔냐?"

"지금 누구더러 물 풍선이라는 거냐, 사사미야! 네놈은 날 어떻게 불러야 하는지 그새 잊었나?!"

물 풍선, 미나세 바루운이 격노하더니 단숨에 거리를 좁혀 내 멱

살을 붙잡았다.

"그래, 알아, 안다고. 룬짱이잖아?"

내가 그렇게 부르자마자 미나세의 표정에서 험악함이, 멱살을 움켜쥔 손에서는 힘이 송두리째 빠져나갔다. 대신 만면에 흐뭇한 미소를 지었다. 이제는 이런 전개도 하나의 패턴이 되어 있었다.

"후, 후후후후후……. 이거야 원. 알고 있었다면 처음부터 그렇게 말했으면 좋았을 것을."

아까 그 서슬 퍼런 기세는 어디로 갔는지, 미나세는 무척이나 흡족한 기색으로 그렇게 말했다.

……어떻게 사람이 이렇게까지 바뀔 수 있지? 이 모습은 몇 번을 봐도 질리지가 않는단 말이야…….

과거의 내기에서 패배한 바람에 내가 미나세를 '룬짱'이라 부르게 된 지 두 달이 조금 지났다. 그 이후로 이 녀석은 내가 있는 곳에 매일같이 꾸준히 모습을 드러냈다. 한가한 건지, 아니면 자신을 룬짱이라 불러 주는 녀석이 나 말고 없는 건지. ……아마 둘 다겠지. 나도 그 내기가 없었다면 이런 식으로 절대 부르지 않았을 것이다. 아니, 나이 열일곱 살 먹고 룬짱이라니……. 매번 드는 생각이지만 참 어이가 없었다.

"그래서 무슨 볼일이라도 있냐? 뭐, 대충 예상은 가지만."

"오늘은 아직 네놈과 만나지 않아서 왔을 뿐이다만?"

"내 그럴 줄 알았다……. 너도 참 할 일이 없나 보네."

그나저나 그런 식으로 말하지 말라고. 아무리 네가 나한테 그렇고 그런 마음이 1퍼센트도 없다는 걸 알아도 엄청 쪽팔리잖냐.

"에휴, 풍 선배도 참. 코토짱 앞에서 사사미야 실장님이랑 꽁냥거리지 마세요. 보세요. 지금 코토짱이 질투하고 있잖아요."

"니, 니, 니나! 이상한 소리 하지 마?! 시, 시로가네 선배, 니나의 말을 곧이곧대로 믿으면 안 된다구요?!"

"엉? 난 사사미야랑 꽁냥거린 적은 없다만—— 그나저나 지금 누구더러 풍 선배라는 거냐, 히라카미! 나를 부를 땐 룬짱이라 부르라고 했잖아!"

"그렇게 부르는 사람은 세상천지에 사사미야 실장님밖에 없을 거예요. 풍 선배."

"야, 나도 좋아서 부르는 게 아니——."

"예~이, 다들 오래 기다렸지~! 아, 시로가네 군 온 거? 미나세 짱은…… 아, 여전하네."

각자의 자기주장이 격렬해질 즈음, 그 누구보다 격렬한 자기 주장과 함께 문을 힘껏 열며 나타난 사람은 차이나 드레스를 입고 흰 가운을 걸친 미요리 씨였다. 그리고 그 뒤를 따라 왠지 모르게 흡족한 표정을 짓고 있는 오리쿠라도 모습을 드러냈다.

"수고하셨어요, 미요리 씨. 어디 갔다 오셨어요?"

"우후후, 잠시 옷 좀 갈아입히러."

"옷 갈아입으러 간 게 아니라 옷 갈아입히러 갔다고요? ……아, 그러고 보니 카고메가 안 보이는데."

"맞어. 준짱이 쿠치하라 양에게 져서 약속한 대로 여장을 시켰거든! 아, 미나세짱도 왔네. 오랜만~."

그러고 보니 그런 약속을 했던 것 같기도 한데……. 그런데 여자인 카고메에게 여장을 시켰다는 표현이 과연 적절할까. 내가 그렇게 생각하고 있는 동안에 같은 5기생인 오리쿠라와 미나세가 대화를 주고받았다.

"아, 오리쿠라인가. 흥, 내친김에 네 녀석도 날 룬짱이라 불러도 상관없다만? 준이라는 이름과 어감이 비슷하니까 말이다."

"아하하, 지금 농담하는 거지?"

오리쿠라가 코웃음 쳤다. 어떻게 보면 거절당하는 것보다 더 심한 반응에 미나세는 살짝 풀이 죽었다.

"자, 카고메짱, 안으로 들어오렴~."

『무, 무, 무리야…… 애초에 이런 차림은, 나랑 어울릴 리가 없으니까…….』

문 너머에서 카고메가 목소리를 쥐어짜 내며 그렇게 말했다. ……대체 어떤 차림이길래 저러는 거지? 그 말을 들은 미요리 씨가 못 말리겠다는 듯이 쓴웃음을 지으며 훈련실 밖으로 나갔다.

『뭘 걱정하고 그려. 잘 어울리는구먼.』

『아니…… 게다가 남들이 주목할 게 뻔한 곳으로 굳이 뛰어드는 건 좀…….』

『앗, 그리고 소매 걷으면 안 돼! 그건 걷으면 안 되는 겨!』

『그, 그게, 움직이는 데 불편해서──앗, 잠깐…….』

복도 너머에서 그런 대화가 들려오는 와중에, 나는 오리쿠라가 단박에 거절한 바람에 풀이 죽은 미나세에게 말을 걸었다.

"……아, 룬짱? 넌 스스로 상처를 늘리는 짓은 한동안 삼가는 게 좋지 않을까 싶은데……."

"……후, 후후후후."

"……야, 야, 룬짱?"

어째선지 미나세가 몸을 부르르 떨면서 낮게 웃기 시작했다. 그러더니 엄청난 기세로 내 어깨를 붙잡더니──.

"아야야야야! 야, 룬짱! 지금 이게 무슨 짓이야?!"

"후, 후후후후후……. 아무래도 나에겐 너밖에 없는 것 같군."

"너 진짜 갑자기 왜 이래?!"

"별건 아니고, 날 룬짱이라 불러 줄 만한 사람이 너밖에 없다는 사실을 이제야 알아차렸을 뿐이다."

미나세가 정면에서 내 눈을 똑바로 쳐다보며 살짝 열띤 투로 그렇게 말했다.

"나도 그 내기만 안 했으면 그렇게 부르지 않았을걸?"

"이유야 어찌 됐든 상관없다. 그 내기를 끝까지 지키는 사람 자체가 귀중하니까 말이지──. 어떠냐, 사사미야. 혹시 나랑 백년해로할 생각은 없나?"

"뭐?!"

미나세의 갑작스러운 프러포즈에 뒤에서 숨을 죽이는 듯한 소리가 들려왔다. ……농담이라 믿고 싶지만 미나세의 눈빛이 살짝 퀭하단 말이지……. 만약 내가 지금 고개를 끄덕이면 정말로 결혼까지 할 기세였다. 연인 관계는 모조리 생략하고서 말이다.

"그건 무리지."

어쨌든 나는 일종의 농담이라 판단하고서 살며시 흘려 넘기듯 거절했다.

……뭐, 설령 백 번 양보해서 미나세가 진심으로 한 말이라 해도 나는 그 제안을 거절했겠지. 여러 이유가 있지만, 가장 큰 이유는 두 가지였다.

하나는 내가 미나세를 그렇게까지 연애의 대상으로 보지 않기 때문이다. 겉모습이 아름다운 건 인정하지만, 성격은 여러모로 맞지 않을 것 같다. 게다가 진심으로 좋아하거나 좋아할 생각도 없으면서 사귀는 건 상대방에게 실례일 테니까 말이다. 뭐어, 친구로서는 즐겁게 지낼 수 있을 것 같지만.

그리고 나머지 이유는——.

"…………후훗."

……미나세의 뒤쪽에서, 마치 성모처럼 부드럽게 미소 짓는 한편으로 거무칙칙한 살기를 내뿜고 있는 히라카미가 있었기 때문이다. 히라카미는 마치 기도하듯 양손을 맞잡고 있었는데, 내 기억이 맞다면 그건 '십구의[익스피어]'를 쓸 적에 자주 취하는 자세였다.

만약 내가 농담으로도 '알았다'고 답했다면, 그 순간에 히라카미의 결계가 내 측두부를 가격했을 것이다. 그 광경이 눈에 선했기 때문에 어차피 나로서는 거절 외에는 달리 선택지가 없었다. 지금의 히라카미에게 그런 짓을 당했다간 나는 정말로 죽을지도 모른다.

……히라카미가 이렇게나 신경을 곤두세우는 이유도, 그…… 이해가 안 가는 건, 아니긴 하지만.

"뭐, 그렇게 말할 줄은 알고 있었지."

미나세는 내 어깨에서 손을 떼더니 어깨를 으쓱이며 그렇게 말했다. 진심이든 농담이든 간에 거절한 이유를 구태여 캐묻지 않고,

물러날 때는 깔끔하게 물러나는 모습이었다. 이 녀석의 이런 대범한 면모에서는 호감이 느껴졌다. 나로서도 고마울 따름이었고 말이다.

──하지만 내가 그렇게 생각하던 차에 미나세가 살며시 미소를 지었다.

"하지만 그렇다고 내가 물러날 이유는 없지. 네놈에게 연인이 생기든 결혼을 하든, 네놈 입으로 직접 룬짱이라고 하는 말을 듣기 위해 나는 하루도 빠짐없이 찾아갈 테니 각오하도록."

"…………."

방금 했던 말 취소. 깔끔하게 물러난 줄 알았더니 이렇게 나올 줄이야. 평생 동안 스토커 짓을 하겠다는 선언을 들은 나는 이마에 손을 짚으며 천장을 올려다보았다.

"좀 봐줘라, 룬짱……."

내가 그렇게 중얼거리고 있으니.

『아, 진짜. 평소엔 잘만 남장하고 다니면서 계집애처럼 징징거리지 말어!』

『우왓?! 잠깐, 미요리 씨! 밀지 마── 앗?!』

그런 대화와 함께 입구에 모습을 드러낸 건── 여자애였다.

"……앗?! 너, 너무 그렇게 쳐다보지…… 말았으면 하는데……."

뭐, 평소에 남장을 하고 다녀서 그렇지, 새삼 카고메를 여자애였다고 표현하는 것도 좀 이상하지 않나 싶긴 하지만. 어쨌거나 지금 저 녀석의 모습과, 남들의 시선을 한 몸에 받으며 부끄러워하는 모습은 흠 잡을 데 없는 여자애였다.

아니, 누가 봐도 미소녀였다.

"후훗, 다들 어떻게 생각혀? 우리 카고메짱 많이 귀여워졌지~?"

"이건…… 확실히 굉장하네요."

미요리 씨의 말에 나는 멍하니 그렇게 답했다.

늘 쓰고 다니는 빵모자는 지금도 쓰고 있지만, 뒤에서 한데 묶었던 머리는 푼 상태였다. 그것만으로도 여자애다운 모습이 한층 더 두드러졌다.

상의는 어깨를 대담하게 드러낸 얇은 분홍색 니트 스웨터 차림이었고, 펜던트가 앞가슴을 장식하고 있었다. 하의는 미니스커트 차림인가 싶었는데, 저걸 퀼로트라고 하던가? 살짝 펑퍼짐한 쇼트 팬츠 같은 느낌의 반바지 차림이었다. 그리고 다리에는 부츠를 신고 있었다.

퀼로트의 기장 자체가 상당히 짧은 편이기도 했고, 양말도 그다지 길지 않은 모양인지 평소 바지에 가려져 있던 다리가 무릎부터 위쪽 부분까지 고스란히 드러나 있었다.

그리고 미요리 씨가 관여해서 그런지, 이렇게 말하면 좀 그렇지만 알게 모르게 빈틈이 없다고나 할까……. 좌우지간 '귀여움'을 의식한 포인트가 군데군데 엿보였다. 그중에서도 오버사이즈 소매라고 해야 하나, 손등을 반 정도 덮은 스웨터 소맷자락은 눈에 확 들어왔다.

심지어 평소 늘 쓰고 다니는 빵모자조차 미요리 씨가 귀엽게 계산한 것 같았다. 굉장히 여자애다운 차림새를 하고 있는 와중에도 평소 카고메의 남자다운 면모를 강조하는 그 모자를 남김으로써 오히려 여자애다운 면모를 돋보이게 하려는 의도인가⋯⋯. 이런. 내가 왜 이렇게 구구절절 설명하고 있는 거지? 미요리 씨랑 취미가 비슷해서 그런가?

"이렇게 말하는 것도 좀 그렇지만, 미요리 씨가 고른 것치고는 평범⋯⋯하다고나 할까요? 코스프레 차림이 아니었네요."

나는 다시 정신을 차리고 나서 그렇게 질문했다. 그러자 미요리 씨가 웃으며 답했다.

"이왕 이렇게 된 거 평범하게 입을 수 있는 옷을 입히자고 오리쿠라짱이랑 얘기가 됐거든. 그래서 일부러 평범한 옷으로 한 거여. 코스프레도 포기하기 힘들었지만."

"오오. 진짜 누군가 했네⋯⋯. 옷이 바뀌니 사람 인상이 확 달라지는군."

"그렇죠, 엔지 씨?! 아이 참, 쥰짱도 엄청 귀여우니까 평소에도 이런 차림으로 다니면 참 좋을 텐데~."

"그건 무리야, 카오리⋯⋯. 쇼트 팬츠라서 받아들인 건데, 설마 이렇게 하늘거리는 옷일 줄이야⋯⋯. 게다가 어깨가 이 정도로 드러난다는 얘긴 안 했잖아⋯⋯!"

"이야~ 이거 장난 아닌데? 옷이 날개라더니."

"이치히코 군, 그게 아니라 옷이 날개라는 말이겠지. 그리고 그 말은 원래 그렇게까지 좋은 뜻은 아니거든?"

"⋯⋯거, ⋯⋯리."

"저런 거 무리, 절대로 못 입고 다니겠대. 뭐, 유키코 씨야 워낙에 부끄러움을 잘 타서 늘 비옷을 입고 다닐 정도니까."

"아, 아하하…… 그치만, 무척 잘 어울려요, 카고메 선배."

"아으…… 그…… 고마워……."

칭찬을 받아서 부끄러웠는지 카고메가 머뭇거리며 쿠치하라에게 고마움을 표했다. 그리고 끝으로 아직 룬짱 효과가 이어지고 있는, 흐뭇한 미소를 짓고 있는 미나세와 시선이 마주쳤다.

두 동기는 평소 볼 수 없는 서로의 모습을 잠시간 살피더니──.

""너 누구야?!""

그 한마디에 훈련실 내부가 폭소에 휩싸였다.

──시로가네 선배가 나를 주목한 지 벌써 3개월 정도가 지났다.

시로가네 선배와 만나기 전까지만 해도 이런 식으로 모두와 웃을 수 있는 날이 올 줄은 꿈에도 몰랐다.

심지어 그 미나세 선배와도 함께할 줄이야……. 아까 그 프러포즈 같은 말을 들었을 적에는 깜짝 놀랐지만 말이다. ……시로가네 선배는 프러포즈를 받거나 고백을 받으면 과연 뭐라고 답할까. ……앗! 아니, 아니야. 나도 참, 무슨 생각을 하고 있는 거야!

어쨌든.

──이렇게 모두와 웃을 수 있는 나날이 이어졌으면 좋겠다.

지금보다 더 강해져야 한다. 나는 속으로 새로이 다짐했다.

초심을 잃으면 안 된다. ──내일은 오늘보다 더 강해져야 한다.

……하지만.

──그래프들이 그럴 틈을 줄지 말지는 또 별개의 얘기였던 것 같다.

◇ ◇ ◇

다음 날, 시로가네 선배의 실장 명령을 받고 토야마 지부에 소속된 모든 인원이 훈련동 1층의 대형 훈련실로 소집되었다.

한자리에 모인 모두가 대체 무슨 일이냐며 술렁이는 와중에, 시로가네 선배가 단상에 올라서더니 마이크를 통해 말을 시작했다.

『아~, 아~, 좋았어. ……그럼, 다들 모인 것 같으니 시작하겠습니다. 오늘 비번인 분들께는 죄송하지만, 이건 그만큼 중요한 정보거든요. ──잘 들으시길 바랍니다. 뭐, 그래도 오늘의 의제는 단순명쾌하지만요.』

시로가네 선배는 평소와 같은 투로 말을 시작했다. 하지만 그 말에는 긴장감이 서려 있었다.

『──가까운 시일 내에 침공해 올, 어느 그래프에 관한 얘기입니다.』

──그래프는 내가 강해질 때까지 절대로 기다려 주지 않는다.

그러나 살아남지 않으면 모두와 웃을 수 있는 나날은 오지 않는다.

시로가네 선배의 말을 들으면서 나는 주먹을 꽉 움켜쥐었다.

어떤 적이 오든 간에 우리는 절대로 질 수 없으니까.

◆ ◆ ◆

——자, 모든 준비는 끝났다. 나는 이날이 오기를 손꼽아 기다려 왔다.

나는 웃음을 머금으며, 칠흑같이 어두워 상하좌우 구분도 애매한 협계 안에서 내 뒤를 따르는 군세를 돌아보았다. 그리고 내 휘하의 동포들—— 지배하여 부하로 삼은 동포들을 향해 드높이 선언했다.

"오늘은 내가 그 세계를 지배하는 날임과 동시에, 그대들이 완성되는 숙원의 날이기도 하노라! 광희하거라! 난무하거라! 쾌재를 부르짖으며 그 성가신 창조주들에게 그대들의 저력을 보여 주자꾸나!"

시야에 다 들어오지도 않을 만큼 엄청난 수의 동포들이 으르렁거리는 목소리로, 날카로운 목소리로, 멀리서 무기를 두드려 소리를 내는 식으로, 이 일그러진 세계에서 저마다 함성을 질러 댔다.

모두의 사기가 하늘을 찌를 것만 같군.

나는 동포들을 등지고서, 불경하게도 내 옆에 선 존재에게 명령을 내렸다.

"감찰관이여, 그 세계로 이어지는 문을 열도록."

"……알았어."

두려움에 목소리를 떨지도, 깜짝 놀라 말을 더듬지도 않고서 담담하게 말한 그 여자는 날개옷 비슷한 것을 입고 있었다. 내 드레스와 달리 조금 검소했지만 말이다.

그 여자가 팔을 천천히 들어 올렸다. 그러자 무지개 색을 띤 여덟 개의 타원형이 주위에 두둥실 떠올랐다.

"그나저나 그대가 그런 솔깃한 제안을 건넬 줄이야. 세계의 균형을 지켜 나간다는 따분하기 짝이 없는 역할에 드디어 질리기라도 한 것이더냐?"

"네가 알 필요는 없어."

여전히 담담한 투로 답했다. 스스로를 이쪽 세계의 감찰관이라 소개했을 적에는 아무래도 미심쩍었지만── 이 문을 만드는 능력을 본 뒤로는 그 의문도 사라졌다.

하지만 나에게 중요한 건 이 문을 만드는 능력이지 이 여자의 존재가 아니다. 스스로를 무엇이라 소개한들 내 알 바 아니었다.

──또한 이 여자의 몸에 결손된 부분이 전혀 없다는 점 또한 내 알 바 아니었다.

하지만.

적의가 없음은 이전의 그 행동으로 납득했지만── 정체를 알 수 없는 존재라는 점은 차치하더라도 태생부터 지배자인 나를 그런 태도로 대하는 건 영 거슬렸다.

"그런 불경한 태도로 나를 대하다니. 그 거래만 없었어도 이미 참수형에 처하고도 남았을 것이니라."

"거래를 제안할 마음이 없었다면 애초에 너하고 접촉하지도 않앉어.”

“허. 말은 잘하는구나.”

나는 내가 탄생한 뒤로 유일하게 마주한, 이 대등한 존재의 당당한 말을 웃어넘겼다.

그와 동시에 여덟 개의 타원이 균일하게 강렬한 빛을 내뿜었다.

“자, 열었어. ——닫히기 전에 얼른 가는 게 좋을 거야.”

“흥, 여태껏 몇 번을 봐 왔지만 참으로 기괴한 능력이로군. ——그래도 칭찬은 해 주마.”

“하나도 안 기뻐. 그냥 ‘저들의’ 무운이나 빌게.”

“허—— 마지막까지 마음에 안 드는 녀석이로구나!”

나는 드레스 자락을 휘날리며 ‘길’의 입구 앞에 서서—— 한층 더 큰 목소리로 외쳤다.

“전군—— 진격하라!”

제2장 퀸의 계략

　3월 17일. 내가 토야마 지부의 단원에게 퀸 안건의 정보를 공개한 바로 그 다음 날 오전.

　"――왔군."

　긴급 사태가 발생했음을 알리는 경보가 토야마 지부에 울려 퍼졌다. ――문득 위화감을 느낀 나는 창문 밖으로 몸을 내밀어 하늘을 올려다보았다. 그리고 몸을 내밀지는 않았지만 나와 마찬가지로 하늘을 주시한 나카타키 씨는 그만 할 말을 잃고 말았다.

　그곳에는.

　――무시무시하리만큼 거대한 세컨드 하프가 출현해 있었다.

　마치 온 하늘이 세컨드 하프에 잠식된 게 아닐까 싶을 정도의 광경이었다. 흐릿한 오로라와도 같은 색이 햇빛조차 차단하고서 하늘을 완전히 장악한 상태였다.

　"……관측실, 여기는 사사미야입니다. 지금 상황이 어떤가요?"

　나는 팔찌형 통신기를 통해, 현 상황을 가장 다각도로 알 수 있는 관측실의 오퍼레이터와 연락을 취했다.

『하에엑?! 자, 잠시만 기다려 주십시오. ──후우, 하아…….
아, 네, 실례했습니다. ……세컨드 하프가 출현했습니다. 직경은
── 대략 10킬로미터에 달합니다.』

"10킬로…….."

언제나 냉정해야 한다고 스스로를 타이르던 나도 그만 할 말을
잃고 말았다.

10킬로미터라니──. 아니, 단순 계산으로도 수장룡이나 석상 때
보다 10배는 더 크잖아. 대체 얼마나 많은 군세를 데리고 온 건데.

『다른 관측실에서도 정보가 들어왔습니다! 본부 및 모든 지부 부
근에서도 같은 현상이 일어났음을 확인했습니다!』

"……아니, 이게 무슨."

이만한 규모가 여덟 군데 동시라고? 그만큼 퀸은 진심이란 말인
가.

그건 그렇고 그만한 군세가 있다면 차라리 한곳에 전력을 집중하
는 게…… 아니, 잠깐만. 퀸은 이쪽 전력을 대략적으로 파악하고
있다고 그랬지?

그렇다면── 우리가 전력을 한곳으로 모으지 못하게 각지를 동
시다발적으로 공격할 속셈인가? 그에 따른 리스크를 계산하지 않
았을 리도 없을 테니까.

……하지만 세컨프가 여럿 있다면 퀸이 어디에서 나타날지 전혀
알 수가 없겠는데…… 주력을 특정할 수 없잖아. 나를 포함한 특급
이레이저 네 사람이 있는 곳은 어지간하면 피할 것 같지만…… 이
것도 확실하지는 않겠군.

『사——사사미야 실장님!』

내가 추측에 추측을 거듭하는 와중에 당혹스러워하는 오퍼레이터의 목소리가 들렸다.

"무슨 이변이라도 일어났나요?"

『그, 그게—— 세컨드 하프가, 줄어들기 시작했습니다!』

"……네?"

나는 다시 한번 하늘을 올려다보았다. ——딱히 눈에 띄는 변화는 없는 것 같은데……. 내가 그렇게 생각한 직후였다.

상공에 떠 있는 세컨드 하프의 표면이 요동치며 소용돌이치기 시작했다. 마치 대량의 물이 배수구로 흘러 들어가는 것처럼 한 지점으로 모이면서 말이다.

그와 동시에 세컨드 하프가 축소되기 시작했다. 마치 압축이라도 된 것처럼 크기가 줄어들었다.

제길——. 대체 무슨 일이 일어나고 있는 건데? 나는 실장실을 뛰쳐나와 관측실로 향했다.

적절한 지시를 내리려면 무슨 일이 일어나고 있는지를 직접 정확하게 확인해야 하니까 말이다.

관측실 문을 열자, 오퍼레이터들이 깜짝 놀라며 나를 쳐다보았다.

"——어, 우왓?! 사사미야 실장님?!"

"수고들 많으십니다. ——축소된 세컨드 하프는 어떻게 되었나요?"

"아, 그게…… 저길 보세요."

오퍼레이터가 손가락으로 가리킨 것은, 정면의 거대한 화면 안에서 유독 눈에 띄는 영상이었다.

"……저게 뭐야."

나도 모르게 당혹감을 입 밖으로 드러냈다.

세컨드 하프가 축소된 곳에는 표면이 새까만 거대한 알이 있었다. 그것은 평소의 세컨드 하프처럼 서서히 낙하하는 중이었다.

……저것에서 무엇이 탄생하든 간에, 일단 내가 내려야 할 지시는——.

"당번, 비번 상관없이 모든 이레이저 및 봉인반 인원은 팀별로 대형 훈련실에 집합하라고 전해 주세요."

"——알겠습니다."

완전히 침착함을 되찾은 오퍼레이터가 기기를 조작하기 시작했다.

"그리고 주민들에게 경보를 발령해 주세요. 저 알을 중심으로 직경 10킬로미터 범위 내에 있는 사람들을 대피시켜 주세요."

"알겠습니다. 경보를 발령합니다."

범위를 10킬로미터로 정한 건, 수축하기 전의 세컨프가 직경 10킬로미터였기 때문이다.

"——지도상으로는 여기도 그 범위 안에 속하는데, 일반인의 수용은 거절해 주세요. 설령 여기가 안전하다고 해도 휘말릴 가능성이 0은 아니니까요."

"알겠습니다."

……뭐, 솔직히 까놓고 말해서 휘말릴지도 모르니 수용을 거절하는 건 구실일 뿐이다. 단 한 명이라도 안으로 들이면 너도나도

들어오려고 할 게 뻔하기 때문이다. 이런 식으로 말하는 것도 좀 그렇지만, 상황에 따라서는 그런 쪽에 대응할 여유조차 없을지도 모르니까 말이지.

"다른 곳의 상황도 저런가요?"

"그런 것 같습니다. 각지에서 출현한 세컨드 하프가 알의 형태로 수축하여 낙하하는 중이라고 합니다."

"알겠습니다. ──그럼 전 이만 나가 볼게요. 지시는 그때그때 통신기로 내릴 테니 연락 좀 잘 부탁드릴게요."

"알겠습니다. 무운을 빕니다."

"──아, 깜빡할 뻔했네. 한 가지만 더 말씀드릴게요."

문에 손을 짚었을 때 나는 중요한 것을 떠올리고 오퍼레이터에게 말했다.

"화이트 캔버스 토야마 지부 방위실 '실장' 사사미야 시로가네의 이름으로 모든 이레이저에게 지부 및 세컨드 하프 밖에서 그래피티를 사용할 수 있도록 허가하겠습니다. 모두에게 통지해 주세요."

"완료했습니다."

통신기에서 '그래피티 사용 허가'라는 짤막한 전자음이 흘러나왔다. 좋았어.

이번에야말로 관측실을 나선 나는 2층 창문을 열고 망설임 없이 창밖으로 몸을 던졌다.

"'칠식'!"

내가 그렇게 외치자마자 즉각 뒤에서 여섯 자루의 검이 나타났다.

레이피어, 일본도, 유엽도, 직도, 일본도, 플랑베르주── 제각기 다른 능력을 지녔으며 그 하나하나가 모두 터무니없는 위력과 효력을 자랑하는, 사기 능력 '칠식'. ^{세븐즈 액터}

그중에서 속도를 높여 고속의 참격을 날리는 일본도인 순신검과, 휘두른 궤적에서 무색의 방벽을 만들어 내는 레이피어인 결계검을 손에 쥔 나는 먼저 결계검을 휘둘렀다.

공중에 그린 궤적에서 결계가 나타났다. 나는 그것을 발판으로 삼고 순신검으로 끌어올린 속도로 도약했다. 그리고 감속하여 낙하를 시작할 때쯤, 다시 결계를 치고 도약하기를 거듭하며 그 까만색 알이 낙하하는 방향으로 향했다.

그리하여 나는 불과 1분 만에 현장에 도착했다. 직선거리로 대략 3킬로미터쯤 되려나.

까만색 알이 낙하한 곳은 시가지 한복판이었다. 그 근처에는 은행이나 학교 등의 시설뿐만 아니라 도서관도 있었다. ──역시나 이 부근 사람들은 모두 범위 밖으로 대피한 모양이었다. 한눈에 봐도 수상한 물체가 있으면 굳이 경보 등으로 유도하지 않아도 알아서 잽싸게 도망칠 테니까 말이다.

그 문제의 알은 도로 위── 지상 2미터쯤 되는 위치에서 정지해 있었다.

"──그럼, 어디 한번 해 볼까."

나는 순신검과 결계검을 손에서 놓은 뒤, 이번에는 외날의 직도인 참렬검을 쥐었다. 검으로 벤 것을 가차 없이 두 동강 낼 뿐만 아니라, 손에 쥐고 있는 동안에는 내 힘도 높여 주는 검이다.

나는 그것을 겨누고서 알을 힘껏 후려쳐 보았다.

"…………."

——하지만 알에는 흠집 하나조차 내지 못했다. 참렬검의 도신은 그저 그 알을 쑥 통과할 뿐이었다. 애당초 베었다는 감촉조차 느껴지지 않았다. 그 뒤에도 순신검으로 몇 번이나 베어 보았지만 역시나 별다른 소용은 없었다. 다시 말해——.

"건드릴 수 없다는 건가……? 이거 완전……."

——세컨드 하프 안에서 튀어 나오는 창문 같잖아.

『사사미야 실장님.』

갑자기 관측실에서 연락이 들어왔다. 나는 일단 검증을 중단하고서 응답했다.

"네, 무슨 일이죠?"

『와카야마 본부 방위실 '실장'——야가미 씨로부터 전체 통신이 들어와 있습니다.』

"앗! 알겠습니다. 연결해 주세요."

이 타이밍에 연락이 들어왔다는 말은——아마 십중팔구는 저 알과 관련된 정보일 테지.

『아~ 아~ 여보세요~? 다들 잘 지냈어?』

짤막한 노이즈가 들린 뒤에 맥 빠진 목소리가 통신기에서 나오기 시작했다.

야가미 하루마——. '영웅' 이라 불리는 사람이자 인류 최초의 이레이저.

그나저나 상황이 이런데도 야가미 씨는 평소 때랑 너무 차이가 없는 것 같은데?

『여튼── 뭐, 다들 대강 짐작은 했겠지만. 세컨드 하프가 수축함으로써 생긴 알에 관해서 얘기 좀 할게. 이해하기 쉽게 설명하자면, 그건 아무래도 '창문' 인 것 같아.』

── 역시나 그렇군.

『다들 봤겠지만, 그건 세컨드 하프가 수축한 거야. 내부에 있던 거대한 '창문' 을 덮는 느낌이랄까? 요컨대── 어, 그게, 그러니까…….』

『평소 싸우던 장소인 세컨드 하프 내부, 그 2.5차원 공간의 바깥 둘레와 창문과의 거리가 한없이 0에 가까워졌다고 보면 된다.』

── 갑자기 끼어든 살짝 기계적인 음성은 사람이 낸 소리가 아니었다.

과거 그래프로서 이쪽에 실체화한 뒤에 인류의 편으로 돌아선, 야가미 씨가 가진 그래피티의 목소리다.

『아, 그렇군. 그렇다나 봐. 고마워, 크로우.』

『넌 이해력이 참 딸리니까 말이지.』

그래피티라고 해야 할지 그래프라고 해야 할지── 어쨌든 그래피티가 말을 하며 대화할 수 있는 사례는 손으로 꼽을 만큼 적다. 하지만 아예 없는 건 아니다.

봉인 전의 그래프가 매우 높은 지능을 가진 경우라면 볼 수 있는 현상이라고 한다.

── 야가미 씨의 '금술교전'[마비노기온] 은 거대한 하드커버에 감싸인 사전 같은 책을 출현시키는 그래피티다. 일본을 구한 그 그래피티의 진가는 전투력보다는 정보력에 있었다.

'알고 싶은 정보를 도출하는' 능력——. 그래프의 정보부터 여자애의 쓰리 사이즈에 이르기까지, 야가미 씨가 원하는 정보가 책 안에서 문자로 표시된다. 그 덕분에 그래프에 대처하는 방법을 알 수 있었다고 한다.

참고로 크로우라는 건 야가미 씨가 그래프에 붙인 이름이다. 야가미 씨의 앞에 나타났을 적에 허수아비^{스케어크로우}의 모습이었기 때문이라고 한다.

……허수아비인데도 높은 지능을 가지고 있다니, 나도 모르게 살짝 헛웃음이 나왔다. 그 왜, 오즈의 마법사에서 등장하는 허수아비는 머리가 나쁘다는 설정이었으니까 말이다.

이런, 지금은 그런 생각이나 하고 있을 때가 아니지.

『그래서 그래프에는 아주 주의해야 해. ——창문과 3차원 간의 거리가 한없이 0에 가까워졌으니, 알 속에 있는 '창문'에서 나온 그래프가 곧바로 실체화한다는 점을 명심해야 해.』

『……상대가 소수의 정예든, 다수의 군세든 간에 이번만큼은 건물에 미칠 피해는 막기 어렵겠지. 애초에 그런 거나 신경 쓰고 있으면 이쪽^{이쪽}이 죽을 테지만.』

크로우가 주의를 환기하듯 말한 뒤.

『……그나저나 그 자식이 이런 짓을 저지를 줄이야. 일을 억지로 크게 벌이기는…….이제 벌써 한계에 다다랐단 말인가…….』

"응? 크로우. 퀸이랑 아는 사이야?"

"음, 아, 아니…… 방금 그건 실언이니 신경 쓰지 마라."

"……야가미 씨, 사사미야입니다. 혹시 퀸이 어디에서 나타날지, 그리고 상대의 수가 얼마나 될지——.」

『일단 검색은 해 봤지만, 아쉽게도…….』

——정보를 알 수 있는 능력이라 해서 반드시 만능은 아니다. '이미 일어난 현상에 관한 설명'이나 '이미 존재하는 것의 상세한 내용'은 알 수 있지만, '앞으로 무슨 일이 일어날지'는 알 수 없다. 요컨대 미래 예지 능력은 아니라는 얘기다.

"뭐, 그 부분은 언급을 하지 않으셔서 왠지 그럴 것 같았지만요."

『하하, 꼭 알고 싶은 정보만 알 수 없단 말이지. 내가 봐도 영 도움이 안 되는 힘이야.』

『그렇진 않아, 크로우. 네 덕분에 그래프가 곧바로 실체화한다는 건 알아냈잖아? 그것만으로도 충분하고도 남을 만큼 큰 도움을 받은 거라고.』

자조하는 크로우의 말에 야가미 씨가 그렇게 답했다.

『……하하, 넌 처음 만났을 때부터 여전하군.』

『그건 내가 생각해도 그런 것 같아. 그럼, 시로가네. 서로 열심히 잘해 볼까?』

"알겠습니다. 감사합니——."

통신을 끊으려던 바로 그때였다.

나는 눈을 휘둥그레 치켜떴다.

"——야가미 씨!"

『우왓?! 왜 그래, 시로가네—— 아니, 설마.』

내가 갑작스럽게 소리치는 바람에 야가미 씨는 깜짝 놀랐다가 무언가를 알아차린 듯이 중얼거렸다.

나는 순신검과 플랑베르주——베어 낸 자국으로 표식을 남김으로써 순간 이동할 수 있는 능력을 지닌 전신검을 손에 쥐고서 알에서 100미터 정도 떨어진 거리에서 보고했다.

　통신기를 전체 통신 모드로 설정해 놓은 게 오히려 다행이라 생각하면서 말이다.

　"나왔어요. 퀸입니다."

　새빨간 드레스를 입고, 얼굴이 반쪽밖에 없는 여자가 까만색 알의 안쪽에서 조금씩 빠져나왔다. 머리에 쓴 섬뜩한 티아라, 뒤를 따르는 훌라후프처럼 생긴 고리——. 불과 그저께 봤던 영상과 완전히 똑같은 모습이었다.

　틀림없었다. 퀸이다.

　이럴 수가——. 여기엔 오지 않을 거라 생각했는데 말이지!

　이젠 한시가 급했다. ——나는 땅바닥에다 플랑베르주를 꽂은 뒤, 토야마 지부의 관측실과 연락을 취했다.

　"토야마 지부 관측실, 여기는 사사미야입니다! 집합한 모든 이레이저에게 전해 주세요!"

　『——즉각 출격을 요청합니까?』

　"아니, 잠시만요! 전원 대형 훈련실 밖으로 나오지 말라고 전해 주세요!"

　나는 일처리가 빠릿빠릿한 오퍼레이터에게 잠시 기다려 달라고 했다. 그쪽 인원들이 지금 바로 이쪽을 향해 이동한다고 해도 제법 시간이 걸리기 때문이다. 그래프 놈들이 즉각 실체화한다면 늦고 만다. 내가 시간을 버는 방법도 있지만, 시가지에서 요란하게 싸우면 건물에 미칠 피해만 쓸데없이 늘어나고 만다. 이번만큼은 거기까지 신경 쓸 여유는 없지만, 그렇다고 구태여 피해를 늘릴 이유도 없었다.

『그, 그럼 어떻게 하실 겁니까?』

"모두에게 서로 손을 맞잡으라고 요청해 주세요! 제가 한꺼번에 순간 이동시킬 테니까요!"

『아, 알겠습니다!』

그렇게 지시를 내림과 동시에 나는 전신검의 능력을 발동했다. 섬광이 한 번 번뜩인 직후에 풍경이 바뀌었다. 익숙한 실장실의 풍경과, 갑자기 나타난 나를 보고 화들짝 놀란 나카타키 씨의 모습이 내 시야에 들어왔다. 나는 실장실의 내 책상에다 미리 전신검으로 표식을 새겨 놓았었다. 만일의 사태에 대비해 놨던 건데 설마 이런 식으로 도움이 될 줄이야.

일일이 상황을 설명할 시간은 없었다. 나는 즉각 전신검으로 순간 이동 능력을 연속해서 사용했다. 표식을 새기지 않더라도 30미터 정도의 범위라면 마음껏 순간 이동할 수 있기 때문이다.

그리고 대형 훈련실에 도착했다. 퀸 앞에서 여기까지 다다르는 데 약 5초 정도의 시간이 걸렸다.

"어, 우왓?! 시로가네 선배?!"

우연히 코토네 근처로 순간 이동한 모양이었다. 깜짝 놀란 코토네가 얼빠진 소리를 질렀다. 그 소리를 듣고 훈련실 안에 있던 모두가 나를 쳐다보았다.

"──다들 서로 손잡고 있는 거 맞지?! 곧바로 이동할게!"

그렇게 외친 나는 코토네의 손을 쥐고서 순간 이동했다. 다시금 풍경이 바뀌었다.

토야마 지부의 대형 훈련실에서 순간 이동하여, 방금 땅바닥에 다 표식을 냈던 어느 학교 부근의 도로 위로 돌아왔다. 나 외에도 모든 이레이저가 내 뒤에 있다는 점이 아까와는 달랐지만 말이다.

내 순간 이동을 처음으로 경험한 녀석들은 경악했는지 잠시 술렁였다가── 곧바로 입을 다물었다.

약 100미터 앞에 있는 이질적인 까만색 알. 그리고 실체화를 완료하여 압도적인 존재감을 발산하는, 얼굴이 반쪽인 그래프가 그 앞에 있음을 알아차렸기 때문이다.

녀석은 우리가 있음을 알아차리자마자 찢어질 듯한 기세로 입꼬리를 끌어올리고는 이쪽으로 다가왔다. 발소리가 나지 않는 건 녀석이 공중에 살짝 떠 있기 때문이다.

"실로 멋진 광경이로구나. 우리의 침공을 거듭 방해해 온 그대들이 한자리에 모인 모습도, 일그러진 세계의 경치와는 비교도 되지 않는 이 세계의 아름다운 풍경도 말이다."

퀸이 이상하리만큼 잘 울려 퍼지는 커다란 목소리와, 살짝 고풍스러운 표현으로 우리를 내려다보듯이 그렇게 말했다.

우리는 저마다 알아서 자세를 취했다. 상대가 언제 달려들어도 대처할 수 있게끔 말이다.

"──이 세계는 내가 지배하기에 걸맞도다."

퀸은 양팔을 벌리고서 하늘을 우러러보듯 몸을 젖혔다.

"하나, 그대들은 걸리적거리는구나."

퀸은 한쪽밖에 없는 눈으로 우리를 내려다보며 당당하게 선언했다.

"──나는 이름 없는 여왕이니라! 현 시각을 기해 이 세계는 내가 지배할 것을 선언하겠도다! 감히 반역하겠다면 얼마든지 받아 주마──."

스릉! 퀸의 곁에 있던 고리가 날카로운 소리를 울렸다.

"──하나도 남김없이 없애 버리겠노라! 이 가증스러운 세계의 문지기들이여!"

그 선전 포고와 동시에 알 속에서 수많은 무리가 노도와도 같은 기세로 끝도 없이 나타났다!

짐승, 새, 파충류, 인간 형태, 이형의 존재, 곤충──. 그 모두가 저마다 몸에 불완전한 부분을 가진 그래프로 이루어진 무리였다. 그나저나 이 말도 안 되는 숫자는 뭐야! 대체 얼마나 더 나오는 건데!

그 엄청난 수 때문에 그래프 무리가 앞으로 나아가기만 해도 땅울림이 발생할 정도였다.

쳇──. 이레이저들을 제때 배치할 수 있을지 모르겠는데……?!

『사── 사사미야 실장님! 전국 각지의 알에서 대량의 그래프가 발생하고 있습니다!』

"그렇겠죠. ──그런데 이쪽 주민들 대피는 어떻게 되었죠?!"

『3킬로미터 범위까지는 대피가 끝났습니다! 이제 그 일대에는 아무도 없습니다!』

좋았어. 나는 그렇게 한마디 중얼거리고는 전신검과 순신검을 쥐었다. 저쪽은 이미 모든 준비가 끝난 모양인지 내가 미처 행동에 나서기도 전에 퀸이 만족스러운 기색으로 한쪽 팔을 치켜들었다.

"모두에게 명한다. 유린하라!"

퀸이 들었던 팔을 아래로 내렸다. 전투의 막이 올랐다.

◇ ◇ ◇

퀸이 불러낸 그래프들이 지시에 따라 사방팔방으로 흩어지기 시작했다. 지금은 아직 이레이저들의 배치가 완료되지 않은 상황이다. 이대로 가다가는 시가지에 커다란 피해가 발생하고 말 테지.

하지만.

먼저 공격을 가한 쪽은──뜻밖에도 우리 쪽이었다.

"──'천수창조^{레이니 워크스}'."

그래프들이 포효하는 와중에, 늠름한 방울 소리와도 같은 음성이 조용히 울려 퍼졌다.

그 직후에 비구름이 하늘을 가득 뒤덮는가 싶더니, 사방팔방으로 진군하기 시작한 그래프들을 향해 무시무시한 밀도의 비가 광범위하게 쏟아져 내렸다.

그건 단순한 비가 아니었다. 빗방울 하나하나의 위력이 마치 고위력 기관총에서 내쏘아진 총알과도 같았다. 하늘에서 쏟아져 내리는 비의 융단 폭격은 비가 내린다기보다는 폭포가 쏟아진다는 표현이 더 어울릴 지경이었다. 빗방울이 떨어지는 범위 안에 있던 대부분의 그래프는 벌집이 되고 말았다. 게다가 범위 안에 있는 수많은 건물 또한 마찬가지로 벌집이 되었지만, 이번만큼은 어쩔 수 없겠지.

비가 그치자마자 구름이 걷혔다.

그 직후에 벌집이 된 그래프가 빛의 입자로 변해 알 속으로 빨려 들어갔다. ……이게 어떻게 된 거지? 실체화한 그래프는 원래 치사량의 피해를 입으면 세컨드 하프를 발생시켜야 할 텐데……?

내가 그런 의문을 느끼는 동안, 삽시간에 조용해진 전장 속에서
──.

"흥──. 거기에 있는 퀸인지 뭔지는 겨우 이 정도로 우리를 없애겠다고 호언장담한 건가?"

그 목소리에 반응하여 뒤쪽의 이레이저들이 좌우로 물러나며 길을 터 주었다.

금발을 찰랑이며 그 한가운데를 당당하게 걸어 나와 내 옆을 지나간 사람은 미나세였다.

미나세는 구멍투성이가 된 길 위에서, 대형 그래프의 몸 아래에 있어 무사했던 퀸을 손가락으로 가리키며 전혀 주눅 든 기색 없이 입을 열었다.

"지금이라면 봐줄 테니 썩 꺼지는 게 좋을걸? 네놈들이 몇 번을

공격한들 우리를 쓰러뜨릴 수 없을 테니 말이다!"

——뭐랄까. 요 최근엔 룬짱 관련으로 좀 순해졌나 싶었지만 전혀 아니었나 보네.

오만함이 하늘을 찌르는 미나세의 모습은 참 오랜만에 보는 것 같군.

하지만 이건 좋은 기회였다.

"룬짱, 잠시 시간 좀 벌 수 있어?"

"흐흥. 날 누구라고 생각하는 거냐. 그런 거야 얼마든 벌어 주지."

미나세가 반쯤 고개를 돌리고서 그렇게 말했다. 아직 전투 중이었기에 그 흐뭇한 표정은 짓지 않았지만, 그래도 표정이 살짝 풀어진 걸 보면 이 녀석도 참 여전하구나 싶었다.

"준비를 하고 싶거든. 1분 만이라도 좋으니 부탁 좀 할 수 있을까?"

"이봐, 우리 사이에 뭘 그래? 사양 말고 뭐든 말만 해."

"우리 사이가 그 정도로 좋았던가? 그럼 1분 30초만."

"네놈은 날 룬짱이라 불러 주지. 이유는 그것만으로도 충분하다. ——그럼 3분 정도 벌어 주마. 가자, 사사미야."

——오만함이 하늘을 찌르는 미나세의 모습은 참 오랜만에 봤지만.

이 녀석이 든든하다는 생각이 든 건 어쩌면 이번이 처음일지도 모르겠군.

"——감히 나에게 그런 시건방진 말을 지껄이다니. 배짱 한번 두둑하구나."

"입으로만 떠들 거면 썩 꺼지는 게 좋을걸? 설마 이게 끝인 건 아니겠지?"

미나세와 퀸이 서로 약 30미터 거리를 둔 상태에서 대화를 주고받았다.

"물론이다. 감히 나에게 시건방진 말을 지껄인 상으로 그대를 극형에 처하도록 하지. 전진하라!"

퀸은 팔을 치켜들며 알 안쪽에서 더 많은 군세를 불러냈다.

"할 수 있으면 어디 해 보든가!"

미나세가 겨눈 팔 앞쪽에서 비구름이 연이어 나타났다.

──미나세 본인은 그렇게 말했지만, 되도록 서두르는 게 좋겠군!

"1급 이레이저를 포함한 팀은 한 걸음 앞으로 나와 정렬해 주세요!"

나는 그렇게 말한 다음, 순신검을 사용해 끌어올린 속도를 이용해 알에서 직경 약 500미터의 원둘레 위를 재빠르게 달려 나갔다.

──곳곳에 전신검으로 자국을 내면서 말이다.

나는 그 작업을 10초 이내로 끝내고 다시 돌아와 이레이저들에게 작전을 설명했다.

"방어선은 두 겹으로 치겠습니다! 알에서 직경 500미터의 원둘레에 1차 방어선을 치고, 1급 이레이저를 포함한 팀을 배치하겠습니다. 1차 방어선에서는 강력한 그래프를 되도록 많이 저지해 주세요! 그리고 직경 1킬로미터 원둘레에 2차 방어선을 치고, 그 외의 나머지 팀을 배치하겠습니다. 이쪽 인원들은 1차 방어선에서 미처 막아내지 못한 그래프를 소탕해 주세요! 팀에 속하지 않은 인원들은 상황을 봐 가면서 각 팀을 지원해 주시고요!"

뒤쪽에서 기관총처럼 터져 나오는 소리에 묻히지 않게 나는 큰 목소리로 지시를 내렸다.

"목표는 퀸의 봉인과 방어선 사수! 건물에 미칠 피해는 신경 쓰지 않아도 됩니다! 그걸 신경 쓰다가 방어선이 뚫리기라도 하면 죽도 밥도 안 되니까 말이죠! 그리고 마지막으로!"

나는 한층 더 큰 목소리로 외쳤다.

"──모두 다 함께 무사히 지부로 돌아갈 것. 그것만큼은 절대로 잊지 마세요!"

『──알겠습니다!』

나는 이레이저들의 열띤 답변을 들은 뒤, 1급 이레이저가 포함된 팀을 1차 방어선의 각 위치로 순간 이동시켰다. 그 과정에서 나도 다른 사람들과 함께 일일이 순간 이동해야 했기에 살짝 번거로웠 지만, 지금은 그런 걸로 불평할 때가 아니었다.

일련의 과정을 반복하는 동안, 드디어 아스카 씨의 팀── 코토 네 일행의 차례가 왔다.

일단은 아무 말 없이 함께 순간 이동했다. 장소는 근처에 있는 학 교 운동장이었다. 그러고 나서 다른 팀들에게 그러했듯이 격려의 말을 건넸다.

"그럼, 잘 부탁드리겠습니다."

"그래, 맡겨만 줘."

자못 당연하다는 듯이 소매를 팔꿈치까지 걷어 올린 아스카 씨, 집중하고 있는 히라카미, 아스카 씨의 곁에 찰싹 붙어 있는 유키코 씨가 저마다 고개를 끄덕였다. 그리고──.

"저어──."

마지막으로 나와 눈이 마주친 코토네가 입을 열었다.

"모, 몸조심하세요!"

"그래, 너도 몸조심하고."

나는 짤막하게 답하며 코토네의 머리 위에 손을 살짝 올렸다. 그리고 다시 이레이저들이 집합한 곳으로 순간 이동했다.

──자, 그럼. 2차 방어선에 표식을 새기는 작업을 서둘러야겠군!

……사사미야 실장이 머리 위에 손을 올려서 그런지 코토짱은 얼굴을 살짝 붉혔다. 나는 입가를 살며시 풀며 코토짱의 얼굴을 엿보았다.

"왜 그래, 코토짱. 얼굴이 빨간데?"

"히엑?! 아, 아니, 별일 아닌데?! 니나도 참. 싸우기 전이니까 이상한 소리 하지 마!"

코토짱은 빠른 말투로 그렇게 답했지만…… 후훗. 그래 봤자 뻔하단 말이지~.

"하하핫, 역시나 너희는 사이가 좋군…… 오?"

"…………."

내가 코토짱을 놀리고 있는데, 유키코 씨가 이치히코 군의 팔이 닿을 듯한 범위 내에서 폴짝폴짝 뛰며 머리를 들이밀었다. ……혹시 쓰다듬어 달라는 걸까?

"저기…… 갑자기 왜 그래, 유키코 씨?"

하지만 이치히코 군은 둔감하기에 뺨을 긁적이며 그렇게 말했다.

"……아우…… 아이…….."

"아, 아무것도 아니라니…… 정말로?"

이치히코 군은 풀이 죽은 유키코 씨에게 쩔쩔매며 그렇게 물었다. 하아, 나는 어이가 없어 한숨을 내쉬며 이치히코 군을 불렀다.

"이치히코 군."

"왜?"

"바보."

"내가 그런 소리 들을 만한 짓을 한 거야?!"

그야 뭐, 이치히코 군을 달리 뭐라고 불러야 할지 모르겠으니까.

"자, 바보 이치히코 군도 얼른 준비나 해. 이제 곧 여기는 전장이 될 테니까—— 긴장 풀고 있을 때가 아니야."

"아니, 그야 알고는 있지만. 그나저나 내가 그런 소리 들을 만한 짓을 저질렀냐니까?!"

우리는 아우성치는 이치히코 군을 무시하고 임전 태세를 취했다.

——나는, 비닐우산을 쥐고서 알이 있는 쪽을 쳐다보는 코토짱을 곁눈질했다.

코토짱은 정말로 강해졌다. 3개월 전과는 완전히 딴판이었다.

하지만 나 또한 지키는 것밖에 못 했던 두 달 전의 내가 아니다.

훈련생 시절 때처럼 코토짱의 뒤만 쫓아다니던 내가 아니다.

"코토짱."

그렇기에 나는 코토짱의 옆에 서면서 조용히 말했다.

"힘내자."

"──응!"

"유키코 씨도 힘내요. 쓰러뜨린 그래프를 봉인하는 작업, 잘 좀 부탁드릴게요."

"……응……."

유키코 씨가 고개를 끄덕였다. 그리고 마지막으로──.

"이치히코 군……. 힘내 봐?"

"왠지 나 혼자만 취급이 너무한 거 아니야?!"

역시나 백미는 이치히코 군이란 말이지.

나는 한차례 심호흡한 뒤── 코토짱과 같은 방향을 응시했다.

『──룬짱! 앞으로 조금만 더 시간을 벌어 줘!』

나는 사사미야로부터 들어온 통신에 응답하지 않고 '천수창조^{레이니 워크스}'를 계속해서 내쏘았다.

저 까만 알에서 나오는 그래프를 모조리 다 벌집으로 만들기 위해서다.

하지만 상황에 아무런 변화도 없는 건 아니었다.

중간에 튀어나온 슬라임 형태의 그래프가 퀸을 지키고 있었다. 액체 상태인 줄 알았는데, 아무래도 단단하게 굳어질 수도 있는 모양이었다. 퀸을 감싸듯이 변형하여 굳어진 뒤로는 탄환을 모조리 다 튕겨 내고 있었다.

나는 알 주위에서 끊임없이 솟아 나오는 그래프들을 향해 물의 탄환을 계속 쏘아 대는 한편으로, 한 점을 집중적으로 관통할 수 있는 기술──'천적암천'을 날리고자 했다. 바로 그때였다.

"윽!"

시야 한쪽 구석에서 고리가 날아들었다. 나는 즉각 '천수창조'를 중단한 뒤, 간이 병장인 검을 뽑아 그 고리를 튕겨 냈다. 카랑카랑한 소리를 내며 저만치 날아간 고리가 다시 주인의 곁으로 돌아갔다.

"──호오, 반응이 나쁘지 않구나. 감탄했다."

"……나도 참 보기 좋게 속아 넘어간 것 같군. 설마 이미 그 자리에서 벗어났을 줄이야, 퀸."

나는 지상에서 4미터 정도의 높이에 떠 있는 붉은 퀸을 노려보면서 말했다.

그 단단해진 그래프의 안쪽은 아마도 텅 빈 공간이었겠지. 이쪽에서는 안쪽을 볼 수 없다는 점을 이용해 이렇게나 가까이 접근했을 줄이야. 이유는 단순히 나를 막기 위함이겠지. 내가 계속해서 공격을 가하면 그래프를 불러내 봤자 벌집만 될 뿐이니까 말이다.

"나는 비를 싫어하지. 습기 때문에 곰팡이가 피는 건 딱 질색이니까 말이다."

"걱정 마. 붉은 드레스에 흰색 곰팡이면 분명 잘 어울릴걸? 하지만 애당초──."

"애당초?"

"그건 쓸데없는 걱정이니까. 곰팡이가 피기 전에 없애 버리겠어!"

나는 왼손으로 자아낸 구름에서 무수히 많은 탄환을 내쏘았다. 서로 간의 거리는 제법 가깝다. 처치할 순 없더라도 상처 정도는 입히고 싶었다.

"같잖구나, 비 내리는 여자여. ──내 우산을 얕보면 큰코다치거늘."

하지만 측면에서 뻗어 온 회색 벽이 내 탄환을 모조리 막아 냈다.

이 녀석은── 아까 그 슬라임인가? 거기서 여기까지의 거리를 순식간에 좁힐 줄이야……. 나는 속으로 혀를 차면서도 웃음을 머금었다.

"우산── 우산이라. 재미있는 표현을 쓰는데?"

나는 자아냈던 구름을 왼손으로 서서히 압축해 나갔다. 주변 일대를 벌집으로 만들 정도의 방대한 물의 에너지를 극한까지 압축한 뒤, 겨누었다.

"음? 영문 모를 소릴 지껄이는구나──. 본디 우산이란 비를 막는 도구이거늘, 무엇이 그리도 재미있단 말이더냐?"

'우산' 너머에서 들려오는 퀸의 목소리는 무시했다. 머릿속으로는 예전에 쓸모없다고 여겼던 사이드 테일의 2급 이레이저의 모습을 떠올리면서 말이다.

"하지만——그 녀석의 우산엔 미치지 못하겠지!"

나는 그 절대적인 방패를 꿰뚫고자 만들어 낸 기술을 사용했다.

"'천수창조'^{레이니 워크스}——'우총운(雨叢雲)'!"

나는 구름을 거머쥔 왼손을 위에서 아래로 휘둘렀다.

그 궤적을 따르듯이 구름에서 초고밀도의 물이 참격과도 같은 기세로 뿜어져 나와 퀸의 '우산'을 덮쳤다. 바슷! 하는 소리가 나더니 드르르 진동이 울렸다. ——그 여파로 근처에 있던 그래프 놈들이 움직임을 멈추었지만, 아직 '우산'은 파괴되지 않았다.

하지만 내 공격도 아직 끝나지 않았다. 이번엔 좀 전의 물의 섬광과 교차하는 모양새로 연이어 왼팔을 옆으로 휘둘렀다. 마치 무언가가 폭발하는 듯한 소리가 나면서 퀸을 지키던 슬라임의 표면이 움푹 파였다. 추가로, 팔을 휘두른 곳에 있던—— 퀸의 방패가 커버하지 못하는 범위에 있던 그래프를 쓰러뜨렸다.

마지막으로 그 움푹 파인 교차점을 향해 왼팔을 내민—— 바로 그 순간.

직경 5센티미터 정도에 달하는 물의 섬광이 공중을 내달렸다. 궤도를 그리며 드릴처럼 돌진한 그 일격은 아까 그 두 공격의 교차점을 정확하게 꿰뚫었다. ——내 공격과 슬라임이 한동안 힘 싸움을 벌이다가…….

퀸을 지키던 슬라임이 꿰뚫리며 저만치 날아가 버렸다.

—— '우총운', 비의 떼구름. 고도로 압축한 물을 세 번 연속으로 날리는, 엄청난 파워를 자랑하는 공격 기술이다. 사사미야의 '날아다니는 참격'을 보고 떠올린 공격법이다.

이 기술을 맞고도 멀쩡한 상대는──아마 쿠치하라뿐이겠지.

"아니……!"

하지만 슬라임 뒤에 있던 퀸은 멀쩡했다. ──쳇. 위험하리라 판단하고서 옆으로 비킨 건가? 하지만 완전히 피하지는 못한 모양인지 붉은 드레스 자락이 찢어져 있었다.

"──네놈의 그 우산이라는 것도 별것 아니었군. 내 지인의 우산은 이 기술로도 돌파할 수 없었는데 말이지."

예전에 쿠치하라를 상대로 시험 삼아 이 기술을 한 번 사용해 본 적이 있었다. 결국 그 녀석은 이 기술조차 막아 냈지만 말이다.

"그래도 제법이군. 이 기술을 받고도 멀쩡했던 건 네놈이 두 번째 거든."

구름을 흐르게 하며 거듭 도발하자, 퀸은 살짝 인상을 찌푸렸다.

"나를 이리도 업신여기다니──. 그대, 각오는 됐느냐?"

"죽을 각오 말인가? 그런 각오야 늘 하고 있지만, 안타깝게도 네놈 따위를 상대하고 있으니 그럴 맘은 조금도 들지 않아. 그리고……."

나는 자신의 머리카락을 어루만지는 퀸에게 이어서 말했다.

"사사미야로부터 모두 다 함께 돌아가자는 말을 들었거든. ──그러니 여기서 죽을 순 없는 노릇이지."

"배짱 한번 참으로 두둑하구나. ──그렇다면, 여기서 죽여 주마!"

퀸이 두 개의 고리를 날렸다. 그러고 보니 저것이 몸을 통과하면 퀸에게 지배당한다고 들었던 것 같은데.

나는 검을 겨눈 뒤, 이쪽으로 날아드는 고리 하나를 쳐서 떨어뜨렸다. 그리고 나머지 고리도 쳐서 떨어뜨리려고 몸을 돌리려고 ── 했는데, 다리가 움직이지 않는다는 사실을 알아차렸다. 이제 보니 어떤 회색 물체가 내 오른쪽 다리를 휘감고 있었다. 이 녀석은, 방금 날려 버린 그 슬라임인가?!

 내가 경악한 틈을 타 나머지 고리 하나가 날아들었다. 이제는 검으로 대응하기에도 늦었을 만큼 가까이 다가온 고리가 ── 옆에서 날아든 검에 맞고 둔탁한 소리를 내며 날아가 버렸다.

 엄청난 속도로 옆에서 날아든 그 녀석은 씨익 웃으며 나에게 말했다.

 "룬짱, 오래 기다렸지!"

 "흥, 딱히 네놈을 기다린 적은 없지만 말이다. ──사사미야."

 나도 사사미야에게 살며시 웃어 보였다. 갑작스러운 난입자의 모습을 본 퀸은 가증스럽다는 듯이 표정을 일그러뜨렸다.

 "──쳇. ……그대는, 일곱 보검을 다루는 자인가."

 "……역시나 다 알고 있었나 보네. 그렇지만 날 그런 식으로 부르는 건 처음인데── 어쨌거나 이렇게 직접 만나는 건 처음이로군, 퀸. 내 이름은 사사미야 시로가네, 잘 부탁해."

 장난스럽게 자기소개를 마친 사사미야가 나를 보며 쓴웃음을 지었다.

 "시간을 벌어 달라고 부탁한 건 나였지만── 설마 퀸과 정면 승부를 벌였을 줄이야."

 "헛소리는 집어치워라, 사사미야. 나는 어디까지나 놀고 있었을 뿐, 승부를 벌인 적은 없어.”

“너도 말은 잘하네. ──어쨌든 일단 물러나자. 네 덕분에 준비가 다 갖춰졌거든.”

“──어딜 가려고 하느냐, 비 내리는 여자여.”

우리의 대화를 듣던 퀸이 도발하듯 물었다.

“실컷 행패를 부려 놓은 주제에 설마 이제 와서 내빼려는 건 아니겠지?”

“내빼는 게 아니라 작전과 지시에 따라 전장을 바꿀 뿐이다. ──정 싸우고 싶거든 네가 날 쫓아오든가. 네놈들의 발을 묶어 두는 임무는 이미 완수했으니까.”

“──괘씸한지고.”

퀸이 조용히 격노했다. 사사미야가 내 어깨에 손을 올렸다. ──아마 순간 이동을 하기 위함일 테지.

나는 주변에 빙 둘러 친 구름에서 퀸을 향해 비를 내쏘았다. 어디까지나 주의를 돌릴 목적으로 가한 공격이었기에 때문에 별다른 피해는 주지 못할 테지만 말이다. 사방팔방에서 퀸을 향해 탄환이 쏟아진 바로 그 순간 풍경이 바뀌었다. ‘천수창조’의 소리가 들리는 걸로 봤을 때 그리 멀지 않은 곳으로 순간 이동한 모양이었다.

“이거야 원. 너도 참 한 성질 하네, 룬짱.”

“칭찬으로 받아들이마, 사사미야.”

나는 어깨를 으쓱이며 미소를 지었다. ……후후후, 상황이 어떻든 간에 역시나 룬짱이라 불러 주니 기분이 좋군.

“그래서, 이제부터 난 어디로 가면 되지? 내 실력을 고려하자면

1차 방어선을 지원하러 가면 되나?"

"아니——. 미나세, 너한텐 좀 다른 일을 맡기고 싶거든."

"다른 일이라고?"

"그래. 룬짱에게 딱 어울리는 일이지."

"——그 망할 것 같으니."

비 내리는 여자가 모든 방향에서 내쏜 격렬한 물의 탄환을 아직 남아 있던 방패로 막은 건 좋았다만, 탄환이 잦아들었을 무렵에 이미 그자들의 모습은 사라진 뒤였다.

"……상관없다. 원래 내 목적은 따로 있으니. 방해꾼이 사라진 것만으로도 요행이라 할 수 있겠지. 자, 그럼——."

기회만 있으면 이번 전쟁 중에 비 내리는 여자에게 앙갚음을 해 주자고 다짐하면서.

나는 내 목적을 달성하기 위해 그 여자를 찾기 시작했다——.

"——그럼 난 이만 가 볼 테니, 그쪽도 똑바로 잘해야 한다, 사사미야."

"그래, 알았어. 그럼——."

미나세에게 일을 맡긴 뒤, 나는 미나세와 헤어지고 나서 공중으로 뛰어올라 결계를 발판 삼아 전장을 둘러보았다.

곳곳에서 분진이 피어오르는 걸 봤을 때, 이제 전투가 본격적으로 시작된 모양이었다.

『──다들 내 얘기에 귀를 기울여 줘. 각자 하던 거 계속하면서 들어도 돼.』

갑자기 통신기에서 음성이 흘러나왔다. 야가미 씨의 목소리였다.

『새로운 정보를 알아냈어. 아무래도 저 알은 그래프들에게도 양날의 검인 것 같아.』

양날의 검이라고? 그게 무슨 소리지?

『상당히 특수한 처리를 받은 모양인지, 저 알이 있는 동안에 그래프는 치사량의 피해를 입으면 곧장 저쪽으로──2차원 쪽으로 되돌아가는 것 같아.』

듣고 보니 마음에 걸리는 점이 있었다. 미나세에게 벌집이 된 그래프들의 제1진이 세컨드 하프도 발생시키지 않은 채 입자가 되어 알에 흡수되었던 것이다.

『그리고 그건 봉인하는 경우에도 마찬가지인 모양인데──치사량의 피해를 입은 단계에서 봉인반의 준비가 완료되었다면 그대로 그래프를 봉인할 수 있다나 봐. 그러니 상대가 아무리 실체화한 그래프라지만, 봉인반 인원들도 주눅 들지 말고 분발해 줬으면 싶어. 그럼 건투를 빌게.』

통신이 종료되었다.

서서히 확대되어 가는 전장을 보면서 나는 살짝 불안감이 들었다.

──그 녀석, 코토네는 무사할까.

1급 이레이저 아스카 씨가 있는 팀 소속이기에 코토네는 1차 방어선에 배치되었다.

코토네도 지금껏 숱한 전투를 겪으며 몇 번이고 사선을 넘나들었다. 그리고 그때마다 실력은 확실하게 늘어났으니, 아마 이번 전투에서도 충분히 활약할 수 있을 테지만…….

"그래도 불안한 건 불안하단 말이지……. 내가 생각해도 한심하지만."

나는 혼자서 그렇게 중얼거리며 알 근처에 출현한 거대한 그래프—— 삐걱거리는 소리를 내면서 뿌리를 다리처럼 움직이며 진격하는 15미터 남짓한 수목 형태의 그래프를 바라보았다.

단순히 내 제자라서 그런 생각이 든다……라고 단언하기에는 그게 살짝…… 좀 그렇단 말이지.

나도 그 사실을 차차 알아차리고 있는 중이지만, 적어도 이번 전투 중에는 그 사실을 잊어야 한다. ——코토네의 신변을 지나치게 걱정한 나머지 현장에 적확한 지시를 내리지 못하면 안 되니까 말이다.

내 역할은 현장 지휘와—— 눈앞에 있는 저것처럼 딱 봐도 상대하기 버거울 것 같은 그래프의 처치다.

나는 오른손에 참렬검을, 왼손에 결계검을 쥐고서 결계를 박차고 수목 형태의 그래프를 향해 도약했다.

——코토네라면 괜찮을 것이다. 나는 스스로를 타이르며 참렬검을 휘둘렀다.

팀원인 히라카미 또한 성장했다. 아스카 씨도 이전보다 훨씬 강해졌다. 유키코 씨는…… 뭐, 평소랑 똑같지만.

그 녀석의 곁에는 믿음직한 동료들이 있다. 게다가 그 녀석이 성장했음을 나는 알고 있다.

분발해라, 나는 속으로 그렇게 빌면서.

"하아아아압!"

수목 형태의 그래프를 단칼에 베었다.

"──온다!"

이치히코 선배가 주의를 환기했다. ──얼마 지나지 않아 땅울림과 함께 그래프 무리가 나타났다. 그 수는── 어림잡아 열 마리쯤 될까? 이형의 존재들이 무리를 지어 닥쳐오는 광경은 실로 장관이었다.

"──이치히코 선배, 어느 걸 막는 게 좋을까요?"

내 질문에 이치히코 선배가 주먹으로 손바닥을 때리면서 답했다.

"막을 수 있는 놈은 모조리 다 막아야지!"

"억지는──. 뭐, 나도 처음부터 그럴 생각이었지만."

"그리고 이치히코 선배. 아까 그 '영웅' 이 한 얘기에 따르면 봉인하는 데 드는 수고가 상당히 줄어든 것 같은데요. ──어느 걸 봉인하면 좋을까요?"

"저게 좋겠군."

손가락으로 척 가리킨 곳에는 서로가 서로를 휘감고 있는 목이 셋 달린 뱀이 있었다. 그리고 그 뱀의 가운데 목에는 머리 부분이 빠져 있었다.

"내가 보기에, 저게 제일 강할 것 같거든. 일단은 저 녀석을 부탁해, 유키코 씨."

"……으응."

비옷 앞섶을 벌리고 바인더에 백책을 세팅한 유키코 씨가 펜으로 그림을 슥슥 그리기 시작했다.

"그래서 말인데, 니나짱."

"알고 있어."

고개를 끄덕이는 니나의 주위에 10개의 구체가 출현했다. 니나의 그래피티, 주회 궤도를 빙빙 도는 구체 결계 '십구의'였다. 그리고 그중 두 개가 원을 그리며 이동하여 그림을 그리기 시작한 유키코 씨를 이중으로 감쌌다.

"좋았어. ──둘 다 준비 됐지?!"

이치히코 선배는 땅울림을 일으키며 닥쳐오는 그래프들에게 조금도 겁먹은 기색 없이 정면에 섰다. 그리고 나는 그 오른편에, 니나는 왼편에 섰다.

"전투, 개시!"

선두를 달리는 그래프를 향해 이치히코 선배가 발을 내디뎠── 나 싶었을 때, 이미 이치히코 선배는 그래프의 바로 코앞에 서 있었다.

'사경' ──. '경'이라는 것을 몸에 흐르게 함으로써 신체 능력을 강화하는 그래피티다. 단거리로 한정했을 경우에는 그 속도를 눈으로 쫓을 수 없을 정도다.

"하, 아앗!"

이치히코 선배가 크게 휘두른 오른손 주먹을 때려 넣었다. 그러자 그 바로 뒤에 있던 그래프들도 마치 무언가에 꿰뚫린 것처럼 움직임을 멈추었다. 이치히코 선배의 말에 따르면 저것은 발경이라는 기술로, 몸 안에서 자아낸 경을 충격을 가하는 순간에 몸 밖으로 발산하는 기술이라고 한다.

그리고 이치히코 선배는 곧바로 목 셋 달린 뱀을 향해 주먹을 휘둘렀다.

하지만 그래프들은 동료가 당하든 말든 아랑곳하지 않고서 위나 옆으로 우리를 지나쳐 가려고 했다.

그런 와중에 멧돼지와 소를 섞은 듯한 그래프가 엄청난 기세로 정면에서 돌진해 왔다.

"니나, 난 정면을 맡을 테니까 나머지를 부탁해!"

"알았어, 코토짱."

나는 비닐우산을 펼치고 겨누었다. ──상대의 기세가 아무리 강하다 한들.

내 방어는 절대적이거든!

"'삼탄총'!"

나는 그래프의 돌진에 맞춰 내 그래피티 능력을 사용했다. '물질을 반드시 3센티미터 튕겨 내는' 효과를 역이용한 방어법이다.

더욱더 기세를 올린 그래프가 절대 방벽으로 변한 내 불릿 셸과 충돌했다. 콰앙! 하고 울려 퍼지는 소리와는 반대로 내 손에는 아무런 충격도 전해지지 않았다. ──하지만.

"우와……."

눈앞에는 엄청나게 처참한 광경이 펼쳐져 있었다. ……반대편을 볼 수 있는 투명한 비닐우산은 '삼탄총'을 사용할 타이밍을 가늠하기 위한 것이었지만, 그 때문에 돌진했다가 뭉개진 그래프의 얼굴과 정면으로 마주하게 되었다.

다행히 그 그래프는 곧바로 입자로 변해 사라졌지만 말이다. ──뒤이어 다가온 그래프 무리가 내 옆을 지나쳐 갔다.

"여기서부터는 통행금지야."

그리고 짤막하게 바람을 가르는 소리에 섞여 온화한 투로 말하는 니나의 선언이 들려왔다.

그 직후에 두두두두두! 하고 둔기로 얻어맞는 듯한 소리가 났다. 그 바람에 여덟 마리나 되는 그래프들이 진격을 멈추고 뒤로 물러났다. ──위로, 옆으로, 정면으로 여기를 지나가려고 했던 그래프들이 니나 한 사람에게 가로막힌 것이다.

휭휭. 니나의 주위에서 바람을 가르는 소리가 났다. 직경 5센티미터 정도까지 축소된 여덟 개의 '십구의'가, 눈에 힘을 주고 보면 겨우겨우 보일 정도의 빠른 속도로 움직이고 있었다. 니나는 그 여덟 개의 결계로 공격을 가해 그래프의 움직임을 막아 냈다.

공격을 받은 그래프들이 니나를 둘러쌌다. 그럼에도 니나는 전혀 동요한 기색이 없었다.

"자── 누구부터 처리할까?"

니나가 나직이 말했다. 그리고 니나를 둘러싼 그래프 중 한 마리

──복부에 구멍이 뚫린 곰처럼 생긴 그래프가 손톱을 길게 뻗으며 니나에게 달려들었다.

이러니 마치 곰의 팔보다는 사마귀의 팔 같았다. 저걸 정통으로 맞았다간 두 동강이 날 게 분명했다.

하지만 니나는 당황하지 않았다.

"엄청 느린데?"

니나가 나직이 말함과 동시에 눈으로 쫓을 수도 없는 속도로 원을 그리던 '십구의' 가 단단한 소리를 울리며 손톱을 튕겨 냈다. 그리고 다른 결계가 마치 어퍼컷을 날리듯이 곰처럼 생긴 그래프의 턱을 밑에서 위로 가격했다. 몸을 뒤로 젖힌 그래프에게 추가 공격을 가하듯, 이번엔 결계가 위에서 아래로 궤도를 그리며 그 이마를 힘껏 때려 박았다. 무너진 자세에서 추가 공격을 받은 그래프는 더 이상 버티지 못하고 땅바닥에 쓰러졌다. 이 일련의 흐름은 불과 2초 만에 일어났다.

저것은 최근 두 달 사이에 니나가 익힌 새로운 전투 스타일이었다.

니나의 '십구의' 로 움직이는 결계는 직경을 커다랗게 만들수록 방어력이 떨어진다. ──반대로 말하자면, 그걸 작게 만들수록 방어력과 강도가 올라가니까 타격용 도구로도 쓸 수 있다는 얘기다.

──방어만 해서는 남들 발목만 잡는다. 그렇게 말했던 니나는 미요리 씨의 조언을 받고 자신의 그래피티에 새로운 시각으로 접근한 모양이었다.

그리고 그 결계가 바로──.

"후웃──."

큐이잉──. 결계가 니나의 주위에서 궤적을 그리나 싶더니, 총 여섯 개의 결계가 곰처럼 생긴 그래프의 몸 여기저기를 거의 동시에 습격했다. 팔, 다리, 얼굴──. 저마다 다른 궤도와 방향에서 짓누르는 듯한 공격에 그래프의 몸이 찌부러졌다.

그 광경을 본 다른 그래프들이 마치 서로 짠 것처럼 동시에 사방팔방에서 니나에게 달려들었다.

"동시에 덤벼들어 봤자 소용없어."

바람을 가르는 소리가 났다. ──이번에는 네 개의 결계가 시계 방향으로 돌며 저마다 서로 다른 그래프의 측두부를 가격했다. 그래프들이 비틀거리는 와중에 니나는 마치 춤을 추듯이, 지휘를 하듯이 손가락을 흔들었다.

"이 주회 궤도 그 자체가── 지금의 내 결계거든."

손가락을 흔들었다. 결계가 바람을 가르자 그래프들이 비틀거렸다. 손가락을 흔들었다. 결계가 궤도를 그리자 그래프들이 몸을 젖혔다. 손가락을 흔들었다. 같은 원주 궤도를 도는 결계의 연속 공격에 그래프들이 서서히 물러나기 시작했다. ──마지막엔 결계가 위쪽에서부터 포물선을 그리며 그래프들을 땅바닥에다 때려 눕혔다.

마치 그래프들을 조종하는 것처럼 혼자서 여러 마리의 그래프를 쥐락펴락하는, 이것이 현재 니나의 실력이었다.

이치히코 선배도 제일 강할 것 같다고 말했던 그 목 셋 달린 뱀을 이미 전투 불가능한 상태에 빠뜨린 참이었다.

그 뒤를 이어 날카로운 송곳니를 가진 호랑이 형태의 그래프가 나타났다. 나는 그 그래프를 상대하고자 접어 놓았던 불릿 셸을 겨누었다. 팀원들이 싸우는 모습을 보고 나도 질 수 없다는 생각을 하면서 말이다.

호랑이 형태의 그래프가 송곳니를 박아 넣고자 뒷발로 몸을 일으켜 세웠다. 나는 그 송곳니를 향해 오른손에 쥔 불릿 셸을 옆으로 힘껏 때려 박았다. 우산의 비닐 부분과 송곳니가 서로 부딪치는 순간에 '삼탄총^{앱솔루트 로어}'을 발동──. 내 머리를 노리던 송곳니에 불릿 셸이 푹 파고들며 그대로 송곳니를 흘려 냈다.

그리고 나는 왼손으로 간이 병장인 검을 뽑아, 공격을 흘려 넘긴 기세를 살려 몸을 비틀었다. 그리고 호랑이 형태의 그래프에게 검을 휘둘러 그 등을 베어 낸 뒤, 즉각 검을 검집에 넣었다.

그때 뒤에서 발소리가 났다. 확인해 보니 나를 향해 또 다른 그래프── 키가 2미터에 달하고 대검을 쥔 오니 형태의 그래프가 나를 향해 다가왔다.

나는 즉각 상황을 파악하고 순서를 정했다.

먼저── 바로 근처에서 나를 물어뜯고자 닥쳐드는 호랑이 형태의 그래프에게 불릿 셸을 밑에서부터 때려 박고, '삼탄총^{앱솔루트 로어}'을 사용하여 강제로 입을 다물게 하고 움직임을 막았다.

다음으로── 오니 형태의 그래프가 대검을 내리치는 움직임에 맞춰 교정의 모래를 차 올린 뒤, '삼탄총^{앱솔루트 로어}'을 사용했다. 튕겨 낼 수 있는 최대 직경 3미터 범위 내에 들어온 모래가 일시적인 방패가 되어 공중에 떴다. 그 모래 방패에 오니의 대검이 박혔다. 하지만 대검이 모래를 쳐내기는커녕, 오히려 모래가 오니의 대검에 파고

들며 그 움직임을 순간적으로 막아 냈다.

　그리고 그 한순간에 몸을 비틀어 옆으로 한 걸음 물러났다. 다시 대검이 움직여 '삼탄총'의 효과가 끝난 모래를 쳐낸 순간, 나는 검의 몸통 부분을 불릿 셸의 끝부분으로 찔러 검의 궤도를 살짝 틀었다. 대검의 날이 향하는 쪽에는 호랑이 형태의 그래프가 있었다. 그리고 대검의 날이 땅바닥에 박혔을 때, 이미 그 호랑이 형태의 그래프는 머리가 두 동강이 난 뒤였다.

　이제 내가 오니의 옆으로 돌아 들어가려고 했을 때, 오니 형태의 그래프는 내가 살짝 예상치 못했던 공격에 나섰다. 이제 막 땅바닥에 박힌 상태의 검을 억지로 힘껏 나에게 휘두른 것이다. 운동장을 박박 긁으며 날아드는 그 일격을 본 나는——.

　" '삼탄총'!"

　팔을 도신과 교차하는 자세를 취하고, 아슬아슬한 타이밍에 내 몸에다 '삼탄총'을 사용했다. 3센티미터를 튕겨 내는 동안 무적 상태가 된 내 몸이 직격한 검을 막아 냈다. 반대로 혼신의 힘으로 검을 휘두른 공격이 막힌 오니는 자세가 무너졌다.

　……해냈어! 나는 살짝 긴장하면서도 연습의 성과가 나왔음에 속으로 두 주먹을 불끈 쥐었다. 그리고 그 기회를 놓치지 않고 오니의 측면으로 한 걸음 내디뎠다.

　오니가 나를 향해 몸을 돌리기 전에, 그 검을 나에게 겨누기 전에, 나는 오니의 옆에서 그 얼굴을 향해 불릿 셸을 있는 힘껏 휘둘렀다——!

　"—— '삼탄총'!"

◆ ◆ ◆

"──이런 곳에 있었는가."

나는 모래로 덮인 땅 위에서 우산을 휘두르며 싸우는 한 여자를 보며 그렇게 중얼거렸다. 때마침 오니처럼 생긴 부하의 머리를 우산의 몸통으로 박살 내는 광경을 보고 나는 깜짝 놀랐다. 과연, 들은 대로 저 여자는 참으로 기괴한 능력을 지녔군.

하지만 그렇다고 저걸 지배하는 데 방해가 될 만한 건 거의 없을 테지.

──그럼, 이 전쟁을 슬슬 다음 단계로 진행해야겠군.

알── 이쪽으로 이어지는 변질된 문을 통해 몸을 데굴데굴 굴리며 나타난 동포에게 나는 지시를 내렸다.

"지금부터 그대를 옮겨다 주겠다. 그리고 나서 문지기 놈들을 마음껏 찢어발기도록. ──지난번처럼 말이다."

작고 까맣고 동그란 그 부하는.

그 입을 쩌억 벌리며 나에게 답했다.

◆ ◆ ◆

목 셋 달린 그래프가 입자로 변해 유키코 씨의 백책에 봉인된 그 순간.

"──저기, 니나. 현재 전황은 어떻다고 봐?!"

지금까지 총 다섯 마리의 그래프를 격퇴한 나는 니나에게 물었다.

"으음~, 최소한 열세에 처한 건 아니지 않을까? 별다른 연락도 없었고."

니나가 그래프 세 마리를 동시에 상대하면서 답했다.

"그렇――겠지. 이대로만 가면 어떻게든 막아 낼 수 있을 것 같아."

"그렇다고 긴장 풀면 안 되겠지만."

"아, 젠장! 공중을 날아서 오다니!"

분노를 터뜨리는 이치히코 선배의 말에 나는 위를 올려다보았다. 새 형태의 그래프가 높은 곳에서 유유히 날고 있는 모습이 눈에 들어왔다.

"저런 건 어쩔 수 없어. 원거리를 공격할 수 있는 사람한테 맡기자. ――아, 말이 씨가 된다더니……."

새 형태의 그래프가 아래로 떨어졌다. ――누군가가 하늘에 뜬 그래프를 저격한 모양이었다.

"봐, 괜찮잖아. 우린 여기서 가능한 한 그래프가 통과하지 못하게――."

"……어라? 저기, 니나. 방금 공중을 날던 그 그래프의 등에서 뭔가가 떨어지지 않았어?"

"그래? 안 보고 있어서 몰랐어."

"지금 확인해 볼 테니 잠깐 기다려 봐. ――만약 폭탄 같은 거라면 위험, 할……."

'사경'으로 탐지 계열 능력을 사용한 이치히코 선배가 무언가를 말하려다 말고 눈을 휘둥그레 치켜떴다.

"아니?! 이게 무슨……! 차라리 폭탄이 더 낫잖아! 방금 그건 위험하다고!"

"뭐, 뭐길래 그러세요?! 대체 뭐가——."

이치히코 선배는 내 의문에 답하지 않은 채 통신기를 조작했다.

"다들 내 말 들려?! 1급 이레이저인 아스카야!"

전체 통신 모드로 설정한 모양인지 나와 니나의 통신기에서도 음성이 흘러나왔다.

"다들 조심해! 1차 방어선과 2차 방어선 사이에——."

그리고 이어지는 말에 나는 귀를 의심했다.

"무한히 증식하는 그래프가 침입했어! 절대로 등을 보이지 마!"

모든 이가 술렁이는 듯한 느낌이 든—— 그 직후.

그 새 형태의 그래프가 낙하했을 것으로 짐작되는 곳에서 건물보다 더 높은 크기로, 마치 까만색 간헐천이 분출한 것처럼 자잘한 그래프들이 단숨에 솟아 나왔다.

"말도 안 돼——. 저거 혹시 수장룡 때의 그 그래프야?!"

잊으려야 잊을 수 없었다. ——지금으로부터 3개월쯤 전에 50개 이상의 세컨드 하프가 동시에 출현했을 당시, 그 중심에 있던 1킬로미터급의 세컨드 하프 내부에서 무시무시한 열파를 내뿜는 수장룡과 함께 나타난 새까만 해일——. 자신의 몸을 무한히 복제할 수 있는 자그마한 그래프.

분명 그때는 시로가네 선배가 격퇴했었는데—— 설마 퀸이 데리고 왔을 줄이야!

『다들 진정하세요! 숫자는 엄청나지만 그래 봤자 공격은 물어뜯기밖에 못 해요! 그리고 방어력은 사실상 없는 거나 마찬가지니까, 광범위 공격으로 단숨에 수를 줄여 주세요! 그리고 자기 동료가 휘말리지 않도록 각자 주의 단단히 하시고요!』

곧바로 시로가네 선배의 통신이 끼어들었다.

증식하는 그 그래프는 예전에 시로가네 선배가 단 일격에 격퇴했었지만, 이번에는 그때와 상황이 달랐다. ——초광범위한 공간을 난도질하는 '칠식'의 마지막 일곱 번째 검, 칠성검을 사용하면 시가지가 초토화되는 건 당연하다. 게다가 다른 이레이저들도 휘말릴 테니 지난번과 같은 방법은 쓸 수 없다.

——이거, 상황이 엄청 안 좋은 것 같은데……?!

"코토짱!"

"쿠치하라!"

바람을 가르는 소리가 났다. 내 뒤로 다가와 커다란 입을 벌린 짐승 형태의 그래프가 옆에서 날아든 '십구의'에 얻어맞고 튕겨져 나감과 동시에, 마치 협공을 당하는 모양새로 이치히코 선배가 내지른 주먹을 얻어맞았다.

"지금은 저쪽을 신경 쓸 때가 아니야! 만약 증식하는 그 그래프가 우리 뒤쪽으로 오면 내가 막을게!"

"그건, 그래! 미안해. 그리고 고마워, 니나짱!"

——생각에 잠길 여유는 없었다.

나는 의식을 전환하고서 내 전장에 집중했…… 어라?

"……니나짱, 쿠치하라, 다들 정신 바짝 차려."

이치히코 선배가 긴장한 투로 주의를 촉구했다.

다시 전방으로 시선을 돌린 우리의 눈에 들어온 것은.

"아무래도, 성가신 놈들이 온 것 같은데."

조금 전 상대한 그래프와는 명백히 수준이 다른 그래프 세 마리가 이쪽을 향해 다가오는 광경이었다.

이치히코 선배가 계속 말을 이어 나갔다. 우리에게 달갑지 않은 정보를 말이다.

"내가 봤을 때—— 아마도 저 녀석들은 그 수장룡과 맞먹을 만큼 셀 거야."

◆ ◆ ◆

『사사미야 실장님! 그 증식 그래프가 지금도 계속해서 증가하고 있습니다! 압도적인 숫자 때문에 방어선 일부가 붕괴하기 직전입니다!』

"네, 저도 알아요. ——지금 막 그 자리에 있는 참이거든요!"

구름떼처럼 모여드는 증식 그래프—— 농구공 형태의 까만 구체가 찢어진 것처럼 생긴 것들을 상대로, 나는 순신검을 휘두르면서 주위를 둘러보았다. 네 다리로 걷는 거대한 그래프가 방어선을 넘기 일보 직전의 상황이었다.

쳇——. 이거 일이 꼬이기 시작하는데.

"하압!"

나는 순신검을 휘두름과 동시에, 비상검── '날아다니는 참격'의 유엽도를 휘둘렀다. 검의 궤적을 본뜬 초승달 형태가 아닌, 일직선 형태로 참격을 날렸다. 희미한 은색을 띤 참격의 선이 그래프의 머리를 깔끔하게 갈랐고, 그놈은 입자로 변했다.

"이것들 참 성가시네!"

나는 일단 위쪽으로 도약하여 증식 그래프를 뿌리친 뒤에 결계를 치고 착지했다.

──그나마 지난번보다는 수가 적다는 점이 다행이라고나 할까.

이 녀석들의 지난번 규모가 해일이었다면, 이번에는 높은 파도쯤 되었다. 동료 그래프의 움직임을 방해하지 않게 주의하고 있는 모양이었다. ──아마도 퀸이 그렇게 지시를 내렸을 테지.

뭐, 그래도 성가신 건 매한가지였지만. 이제 어떻게 하면 좋으려나……. 아니, 어라?

먹빛을 띤 무언가가 전투 중인 이레이저들을 피해 소리도 없이 땅을 기어다니며 원형으로 퍼져 나가고 있음을 알아차렸다.

저건── 설마, 미나세의 비구름인가?!

『모두, 내 구름을 건드리지 마!』

그와 동시에 미나세가 모두에게 전체 통신을 보냈다. 그리고,

『내가 잡것들의 수를 줄일 테니까!』

먹빛의 구름이 움직임을 멈춘 순간, 촤악! 하는 소리와 함께 물이 터지며 비구름이 사라졌다. 그 자리에서는 증식 그래프가 하나도 남김없이 깔끔하게 사라져 있었다. ……아무래도 구름 내부에서

물의 탄환을 내쏜 모양이었다. 그것도 상당히 넓은 범위에 걸쳐서 말이다.

"제법이잖아, 룬짱! 역시 대단해!"

"흐흥, 그야 당연하지."

"우왓?!"

내가 통신기에다 대고 그렇게 말했더니, 갑자기 바로 옆에서 목소리가 들려와서 깜짝 놀랐다. 건물 지붕에 선 미나세가 나를 보며 가슴을 폈다.

그 뒤에는——.

"좋았어. 얘들아, 그럼 가 보자고. 다른 잡것들도 마저 소탕해야지."

"헤~헤~."

"네네넷~!"

"이거야 원——. 꽝 한번 아주 제대로 뽑았군."

입에 담배를 문 모토바네 씨, 덧니를 드러내며 씨익 웃는 오리쿠라, 그리고 남자용 제복을 입은 카고메, 이렇게 세 사람이 서 있었다.

——내가 미나세에게 부탁했던 다른 일이란, 강력해 보이는 그래프가 나타나면 그때그때 처치해 달라는 것이었다. 하지만 아무리 미나세가 강하다고 해도 맨몸으로는 기동력에 한계가 있다. 세컨드 하프 내부였다면 또 몰라도, 이번처럼 여기저기를 돌아다녀야 하는 경우에는 특히나 말이다.

그래서 기동력이 뛰어난 오리쿠라와, 첫 상대라면 거의 확실하게 빈틈을 찌를 수 있는 모토바네 씨와 카고메, 이렇게 세 사람이 있는 이 팀과 함께해 달라고 했었다. 그리고 그 지시는 정확한 모양이었다. 2차 방어선을 거의 돌파할 뻔했던 그래프를 계속해서 처치했다.

아무리 그래도──증식 그래프가 출현하는 사태가 일어날 줄은 역시나 몰랐지만.

"그럼 다들 증식 그래프 좀 잘 부탁할게!"

네 사람이 고개를 끄덕였다. 그리고 오리쿠라가 '의심암귀(글래디에이터)'를 발동──. 2미터 후반에 달하는 키에 펑퍼짐한 몸을 지닌 오니가 네 사람을 끌어안고서 지붕을 박차고 이동했다.

자, 그럼 나도 다른 장소로 이동해서 그래프의 움직임을 막으러──.

『사──사사미야 실장님!』

나는 눈을 휘둥그레 치켜떴다. 오퍼레이터의 목소리가 아니었다. 이 목소리는──히라카미?

히라카미가 웬일로 당황하는 기색이었던지라 깜짝 놀랐다.

"왜 그래, 대체 무슨 일이──."

있었는가. 내 말이 채 끝나기도 전에 히라카미가 소리쳤다.

『──코토짱을 구해 주세요! 코토짱이 퀸에게 조종당하고 있어요!』

◆ ◆ ◆

──당했다······!

나는 내 마음대로 움직일 수 없는 몸을 어떻게든 움직여 보려고 애쓰면서 후회했다.

증식 그래프가 출현한 직후에 강력한 그래프 세 마리가 우리에게 달려들었다. 두 마리만 발을 묶고 한 마리는 신경 쓰지 말자고 사전에 얘기했었는데, 어째선지 그 세 마리의 그래프는 우리를 표적으로 삼은 것 같았다. 놈들은 이치히코 선배조차 쉽게 쓰러뜨릴 수 없는 상대였지만 그럼에도 어찌어찌 받아치기는 했었다. ──그리고 놈들이 우리를 노린 이유는 곧바로 알 수 있었다.

『찾았다.』

그래프에 대처하느라 정신이 없는 와중에, 갑자기 뒤에서 다가온 퀸이 고리를 내 몸에 통과시켰다. 내 몸은 내 의지와 상관없이 멋대로 움직이기 시작했고, 손에서 불릿 셸도 놓아 버렸다.

의식마저 조종당하지 않은 건 불행 중 다행이라 할 수 있을지 몰라도, 어쨌든 내 몸은 내 말을 듣지 않았다. 오직 퀸의 말만 들을 뿐이었다. ──상황이 좋지 않아!

"자, 가자꾸나. ──나는 줄곧 그대를 찾고 있었느니라."

퀸의 말을 따르기는 싫었지만 어쨌거나 내 몸은 내 의지와 상관없이 움직일 뿐이었다.

큭──! 그런데 애초에 왜 퀸이 나를······?!

"코토짱, 안 돼! 가면 안 돼!"

"제길, 쿠치하라! ──방해하지 마!"

"흥, 소란스럽구나. ──저들과 놀고나 있도록."

좀처럼 듣기 힘든 니나의 비명과도 같은 목소리와 이치히코 선배의 외침도 점점 멀어져 갔다. ──두 사람은 나를 구하려고 했지만, 상대하기도 벅찬 그래프 세 마리가 방해하는 바람에 뜻대로 할 수 없었다.

대체 날 어디로 데려가려는 거지?!

"걱정 말거라. 목적지는 저것의 안이니까."

내 생각을 읽은 것도 아닐 텐데 퀸이 반쯤 놀리는 투로 내 목적지를 손가락으로 가리켰다.

그래프가 끝도 없이 솟아 나오는, 그 알을 말이다.

……농담, 이지? 내 표정은 그대로였지만, 마치 지네가 발끝에서부터 내 다리를 타고 올라오는 듯한 공포감이 피어올랐다.

하지만 공포감을 느끼는 내 마음과는 반대로, 내 다리는 심연의 어둠을 드러내는 알을 향해 걸음을 멈추지 않았다.

싫어──! 아니, 이거 농담이지?! 좀 움직여 봐! 나는 있는 힘껏 저항을 시도해 보았다. 하지만 내 의지와는 달리 내 다리는 멈추지 않았다. ──그리고 마침내 나는 알 바로 앞까지 도달했다.

바로 그때였다. 먼 뒤쪽에서 무언가가 날아가는 듯한 소리가 들려왔다.

"──코토네!"

뒤쪽으로 고개를 돌릴 수는 없었지만, 나는 그 목소리만 듣고도 누가 오고 있는지 알 수 있었다. ──아, 시로가네 선배가 와 주었어. 그럼 아까 그 소리는 그래프를 정리하면서 난 소리일까?

"왔구나, 보검을 다루는 자여."

내 옆에서 퀸이 유쾌하다는 듯이 웃었다.

"퀸──! 그 녀석을 놔 줘!"

"그리하겠다. 자."

툭, 퀸이 내 어깨를 밀었다.

──알 쪽으로, 말이다.

히익! 머릿속이 새하얘지면서 시야의 절반이 새까맣게 물들었다.

싫어, 싫어, 나, 난, 시로가네 선배한테, 아직 아무 말도 못 했는데──!

내 몸의 절반이 알 속으로 들어갔다.

감각은 없었지만 시야의 절반이 깜깜해졌다.

절반만 보이는 시야에서, 시로가네 선배가 필사적인 표정을 지으며 나를 향해 팔을 뻗는 모습이 눈에 들어왔다. 어라, 선배가 대체 언제 이렇게까지 가까이 온 거지? 어쩌면 순간 이동 능력을 사용한 걸지도 모른다.

그 모습을 본 나는 퀸의 지배를 뿌리치고서 시로가네 선배 쪽으로 오른팔을 뻗었다.

닿아라. 닿아라. 닿아──라!

"시로가네, 선──."

"이런, 뭘 하느냐."

퀸이 내 손을 찰싹 때렸다.

바로 코앞까지 온 시로가네 선배의 손이 허공을 갈랐다.

"──그래도 된다고 허락한 사람은 아무도 없다만?"

이를 꽉 깨무는 시로가네 선배.

웃음으로 표정을 일그러뜨리는 퀸.

두 사람의 얼굴을 보면서, 나는 절망을 느낄 새도 없었다.

"제길——! 코토네!!"

소리치는 시로가네 선배의 목소리도 뚝 끊기고 말았다.

그리고 내 몸은 그래프들이 기다리고 있을 세계로 떨어져 갔다.

제3장 흐드러지게 핀 각오

　토야마 지부 관측실—— 지금 이곳에는 연구실이나 기술 개발실에 소속된 비전투 인원 대부분이 모여 있었다. 토야마 지부의 방위실 인원들이 싸우는 모습을 지켜보기 위해서 말이다.

　나—— 마츠바 미요리 또한 그중 한 사람이었다. 참고로 오늘은 평범한 차림새로 화캔의 제복을 입고 있었다. 원래는 메이드복을 입고 있었지만 경보를 듣고 갈아입었다. 최소한 이런 상황에서는 제대로 된 옷을 입어야 한다는 것쯤은 나도 안다. 그래도 백의만큼은 평소대로 걸치고 있었지만.

　퀸의 침공은 비단 이곳 토야마에 한정된 얘기가 아니다. 다른 곳에서도 상당한 수의 그래프들이 침공해 오고 있기 때문이다.

　정면에 설치된 거대한 화면에는 다른 전장 상황을 중계 중인 영상도 나오고 있었다. 하늘에서 쏟아지는 빛의 화살, 미쳐 날뛰는 회오리바람, 그래프를 찢어발기는 얼음 칼날——. 각 지부에서도 방위실 '실장'이 분투하는 중이었다. 그렇지만 역시나 그중에서도 가장 눈길을 끄는 건 시로가네 군과 같은 특급 이레이저들의 싸움이었다. ……아니.

　저 사람들이 싸우는 모습은 더 이상 싸움이라 할 수 없었다. 아까 퀸이 한 말을 따라 할 생각은 없지만, 저것이야말로 일방적인 유린이었다.

　차례차례 무기를 바꿔 나가는 식으로 연속 공격을 펼치며 상대에게 조금도 틈을 주지 않고 종횡무진 날뛰는 '패자' 츠지 아야토 군. 손에 쥔 무기는 그래피티로 생성한 것이 아니었다. 전부 진짜 무기였다.

　손에 쥔 무기를 보관 및 교환할 뿐만 아니라, 무기별로 다른 고유의 액션을 취할 수 있는 그래피티 '천수(千手)'의 사용자——. 천 가지가 넘는 무기 중에서 가장 적절한 것을 택할 수 있는 그 감각은 3급 시절부터 숱한 전투를 거쳐 온 그였기에 습득할 수 있었겠지.

　참고로 그가 소유한 무기 중 80퍼센트는 '연금술'이라는 그래피티를 가진 기술 개발실 소속의 타케오카 잇테츠, 잇짱이라는 별명으로 불리는 우리 사촌 오빠가 제작했다. 그런 관계가 있기에 잇짱과 츠지 군은 서로 친밀한 사이였다.

　그런 사이타마 지부와는 대조적으로 와카야마 본부 쪽 영상에서는 별다른 움직임이 없었다. 전장에 한가로이 서 있는 사람은 '마녀'로 불리며 사람들의 두려움을 사는 포니테일 스타일의 히이라기 치히로 씨였다. 그 주위에는 그래프처럼 생긴 유리 조각상이—— 그래프였던 유리 조각상이 줄지어 서 있었다. 작은 것부터 큰 것에 이르기까지 닥치는 대로 모조리 말이다.

　'유리의 사안(蛇眼)'——. 결계에 들어온 것을 즉각 유리로 바꾸는 능력이다. 당연하게도 유리로 만들 것과 만들지 않을 것은 구분하는 모양이지만.

예전에는 '유리 아씨(신데렐라)'라고 불렸다는데── 시간이 지나 그것이 '마녀'로 변했다는 것도 참 아이러니한 얘기였다.

그리고 또 한 사람── 화이트 캔버스가 창설된 이래로 제일가는 천재이자 문제아.

에히메 지부의 영상 속에서, 마치 개 과의 골격 표본에서 입 부분만 빼낸 것 같은 칙칙한 무지개 색의 송곳니가 그래프를 물어뜯었다. 몸 절반을 뜯어 먹힌 그래프는 곧바로 입자로 변해 알로 빨려 들어갔다.

전장 한복판에 털썩 주저 앉은 채 귀찮다는 듯이 송곳니를 지휘하는 사람은 나도 잘 아는 상대로── 연구실 '실장'인 특급 이레이저, 카부라기 키노짱이었다. 놀랍게도 올해로 열네 살이었다.

그녀는 '악식'을 비롯하여 흉흉한 별명만 잔뜩 가지고 있다. 사실 그 주된 원인은 본인 성격과 '무지개를 먹는 송곳니(그래피이터)'라는 이름의 그래피티 때문이지만. 물어뜯은 것을 2차원 쪽으로 강제 송환한다고 하는, 그 이름대로 그래프의 천적과도 같은 능력이다. 저쪽으로 보내진 것이 그 뒤에 어떻게 되었는지는 아무도 모르지만.

출현시킬 수 있는 송곳니의 수와 크기는 미지수였다. 그녀는 틀림없는 천재이지만 성격에 여러모로 문제가 있어서 화캔 쪽에서는 웬만하면 그녀를 전투에 동원하지 않는다고 한다. 뭐, 갑자기 짜증을 내며 일본을 멸망시키기라도 하면 곤란할 테니까. 그녀가 반쯤 방임 상태에 놓여 있다는 것도 이해가 갔다.

하지만 그렇다고 해서 그들과 그녀들에 비해 시로가네 군이 뒤지는 건── 어라?

나는 문득 위화감을 느꼈다. 뭘까 싶었다가, 곧바로 알아차렸다.

──퀸은 왜 여길 공격한 걸까?

그것도 하필이면 특급 이레이저가 있는── 시로가네 군이 있는 이곳 토야마 지부를 말이다.

우연일까? 아니, 퀸은 사전에 자신이 조종한 이레이저를 통해 화이트 캔버스의 전력 정보를 알아냈을 가능성이 높다. 어제 시로가네 군이 모두가 집합한 자리에서 했던 말이다.

전력을 대략적으로 파악하고 있다면, 괴물과도 같은 파괴력을 발휘하는 시로가네 군이 있는 곳에는 웬만하면 굳이 오지 않으려고 할 텐데.

아니면 파괴력이 지나치게 강하기 때문에 난전으로 이끌고 가면 힘을 발휘할 수 없을 거라 예측한 건가?

……그 가설이 가장 타당한 것 같지만, 그래도 뭔가가 마음에 걸린단 말이지.

왠지 다른 이유가 있을 것 같은데──.

『……과, 관측실, 여기는 사사미야.』

내가 속으로 그런 생각을 하고 있을 때, 관측실 스피커에서 감정을 억누른 듯한 시로가네 군의 목소리가 울려 퍼졌다.

『──퀸이 2급 이레이저, 쿠치하라 코토네를 알 속으로 밀어 넣었습니다.』

관측실 내부가 소란스러워졌다.

쿠치하라짱이, 그 그래프 소굴로……?!

──아, 그때 나는 한 가지 가능성을 떠올렸다.

설마 퀸이 일부러 이곳에 온 이유는———.

◆ ◆ ◆

"아하하하하하하! 보검을 다루는 자여, 지금 심정이 어떠한가. 바로 코앞에서 추락하는 제자를 구하지 못한 기분이 어떠한가?!"

깔깔 웃는 붉은 퀸을 지금 당장이라도 베어 버리고 싶은 충동을, 나는 이를 악물며 억누르고 나서 퀸으로부터 거리를 벌렸다. ——— 진정해라. 냉정해져야 해. 섣불리 접근했다가 나마저 지배당하면 토야마 지부는 그대로 끝장이니까……!

나는 살짝 거리를 벌리고 나서 유엽도——— 비상검을 쥐고서 참격을 날렸다.

하지만 바로 밑에서 끼어든 회색 슬라임이 단단한 소리를 내며 내 참격을 막아 냈다. 쳇, 경화능력을 가진 건가! 성가시군!

"이런, 지금은 나를 신경 쓸 때가 아닌 것 같다만?"

퀸이 회색 방패로부터 얼굴만 살짝 내밀고서 나를 도발했다.

"———한시라도 빨리 구하러 가지 않으면, 그 계집은……."

죽고 말걸? 이라고 말하면서 말이다.

———그 말을 들은 나는 문득 깨달았다. 아니, 잠깐만. 이 녀석이 아까 뭐라고 그랬지? 제자? 아니, 퀸 이 자식, 설마 거기까지 면밀하게 조사했단 말인가? 나랑 코토네의 관계까지?

그럼 코토네를 노리고 알 속에 밀어 넣은 건 우연이 아니라———.

"……너, 설마……."

『──시로가네 군!』

통신기로부터 미요리 씨의 목소리가 울려 퍼졌다.

『퀸의 목적은 시로가네 군을 알 너머로 보내는 것──! 쿠치하라짱을 미끼로 강대한 전력인 널 전장에서 떼어내는 것이여!』

"……네, 저도 지금 막 그런 생각이 들던 참이었어요."

이쪽을 쳐다보는 퀸이 한층 더 깊은 미소를 짓고 있는 걸 보니, 아무래도 정답인 것 같은데.

『하지만 시로가네 군──. 너만큼은 쿠치하라짱을 구하러 가면 안 되거든?!』

미요리 씨가 살짝 괴롭다는 투로 말했다. 그 말에 여유라곤 느껴지지 않았다.

──그렇다. 이성적으로는 잘 알고 있었다. 구하러 가고 싶은 마음은 산더미 같았지만, 그렇다고 내가 알 속으로 직접 뛰어들 순 없는 노릇이다. 전력면에서도 당연한 얘기일 뿐만 아니라, 현장 지휘를 맡고 있는 내가 없어지면 단원들을 통솔할 수 없게 되고 방어선은 무너지고 만다.

게다가 단원들의 사기가 떨어지는 게 가장 염려되었다. ──내가 단 한 사람의 단원을, 제자를 구하러 간 바람에 '칠식'의 전력을 지원받을 수 없음을 다른 이레이저들이 알게 된다면, 그들이 어떻게 여길지는 불 보듯 뻔했다.

나는 이 힘 하나만으로 지금의 지위에 올랐다. 그러니 나 자신을 위해 그 힘을 쓸 수는 없는 노릇이다.

하지만 그렇다고 해서 알 속에 다른 누군가를 보낼 수도 없다. 그 내부는 그래프의 소굴이라 봐도 무방하다. 갔다가 살아서 돌아오려면 '칠식'세븐즈 액터 수준의 대응력이 있어야 한다. 하지만 지금 이곳에 그런 사람은 아무도 없다.

──코토네를 구하고 우리도 승리할 수 있는 방법은, 정녕 없는 걸까?

지금 이 상황에서 최선의 선택은, 과연 무엇일까.

코토네를 버리는 것이, 상책일까……?!

"──왜 그러느냐. 가지 않을 건가? 응? 아군의 승리를 위해 제자를 버릴 셈이냐? 만일 그러하다면 장수로서의 역량은 제법 훌륭하다고 할 수 있겠구나."

퀸이 얄미운 미소를 지으며 나를 거듭 도발했다. 검을 쥔 손에서 빠직, 하는 소리가 났다. 손에 힘이 너무 많이 들어간 바람에 손톱이 살 속으로 파고들었다.

지금 퀸이 나를 공격하지 않는 건, 내가 알 속으로 뛰어들기를 기대하고 있기 때문일 테지.

──계략임을 알고 있는 이상, 굳이 놀아날 필요는…… 없다.

……나는 토야마 지부의 방위실 '실장'이다. 지금 이 자리를 떠날 수는──.

"『사사미야!』"

내가 그렇게 판단을 내리려고 했을 때였다. 통신기와── 약간 뒤쪽에서 동시에 목소리가 들려왔다. 그래프와 싸우고 있는 아스카 씨의 목소리였다.

"『쿠치하라를 구하러 가!』"

"……어?!"

이제 막 내리려고 했던 결단을, 아스카 씨의 말이 뒤흔들었다.

『내가 쿠치하라의 팀원이라서 하는 소리가 아니야. 상대가 누구든 간에 난 구하러 갔을 거라고! 저 안으로 간 녀석을 구할 수 있는 사람은 너밖에 없잖냐!』

"하지만, 전 지휘를 해야 하는 입장이라──."

『그럼 한번 물어볼게, 사사미야!』

아스카 씨는 자신이 상대 중이던 트롤처럼 퉁퉁한 인간 형태의 그래프를 때려눕히고는──.

『지금 단원^{쿠치하라}을 구하러 가지 않은 자기 자신을, 넌 나중에 자랑스러워할 수 있냐?!』

──아!

……그건.

당연히, 그럴 리 없잖아……!

『사사미야 실장님, 부탁드려요. ──코토짱을 구하러 가 주세요.』

그 뒤를 이어 이번에는 히라카미가 말했다. 아무래도 전체 통신 모드로 설정되어 있는 모양이었다.

『구하러 갈 수 있다면 제가 갔을 거예요. 하지만 저 안에 들어가서 코토짱을 구하고 돌아올 수 있는 사람은 사사미야 실장님밖에 없잖아요.』

퀸이 쿠치하라를 간단히 지배했다는 사실이 마음에 걸리는 모양인지, 히라카미는 분하다는 듯이 계속 말을 이어 나갔다.

『예전의 오리쿠라 씨 때랑은 반대예요. ──이번에 코토짱을 구할 수 있는 사람은 사사미야 실장님밖에 없어요. 꾸물거리지 말고 얼른 갔다 오세요.』

히라카미답게 가치 없는 말이었다. 내가 무어라 대답하기 전에 다음 통신이 들어왔다.

『맞아, 사사미야. 모두 다 함께 지부로 돌아가자면서?』

『쿠치하라 양이 빠지면 모두 다가 아닌데?』

『전장에서 망설이는 녀석이 있는 건 어쩔 수 없지만, 그러면 반대로 우리의 사기만 떨어질 뿐이지. 야노의 전철을 밟기 싫으면 얼른 가, 얼른.』

카고메가, 오리쿠라가, 모토바네 씨가, 차례로 말했다. 모토바네 씨는 일부러 야노 씨 얘기를 꺼낸 거겠지……. 제길, 효과가 직방이잖아. 힘겹게 내린 내 결단을 마구 뒤흔들고 있잖아.

게다가 통신기 너머에서 계속 목소리가 들려왔다.

『이봐, 사사미야 실장! 너 설마, 자신의 사리사욕을 위해 '칠식'^{세븐즈 액터}을 사용하면 안 된다고 생각하고 있는 건 아니겠지?! 그리고 그런 짓을 했다가 모두에게 반감을 사면 어쩌나 싶어 전전긍긍하고 있는 것도 아니겠지?!』

생각지도 못했던 목소리에 나는 깜짝 놀랐다. ──그 목소리의 주인은 내가 예전에 SOS 신호를 받고 구했던 2급 이레이저, 나기마 씨였기 때문이다.

『지금껏 네가 구한 사람이 어디 한둘이냐! 이제 와서 그런 걸로 너한테 반감 느낄 사람은 아무도 없으니까 얼른 가기나 해! 네 소중한 제자가 SOS 신호를 보내고 있잖냐!』

『나기마 씨, 제법이네요! 근사한 말 했다는 표정만 안 지었어도 참 멋있었을 텐데!』

『야! 좀 조용히 해 봐, 이 멍청아! 이럴 때가 아니면 내가 언제 폼 좀 잡아 보겠냐!』

통신기 너머에서 들려오는 만담 같은 대화에 나도 모르게 뿜고 말았다. 전투 중에 저런 대화를 나눌 수 있다니. 뭐야, 다들 여유가 넘치잖아.

게다가 그 뒤를 이어 단원들이 '구하러 가 봐', '아직도 안 갔냐'라고 말하며 차례로 내 등을 떠밀었다.

……불 보듯 뻔하기는 무슨.

설마 단원들이 이렇게 말할 줄은 꿈에도 몰랐다.

──솔직히 말해서.

나는 단원들로부터 엄청 미움받고 있을 줄 알았다.

내가 '칠식'을 습득한 건 솔직히 내가 봐도 순전히 운이 좋았기 때문이다. 그리고 남들이 그런 식으로 나를 험담하던 얘기도 들은 적이 있다. 그렇기에 선대 실장 앞에서도, 선배 이레이저들 앞에서도, 동기 놈들 앞에서도 태도가 조심스러울 수밖에 없었다. 자칫 잘못했다가는 후배들한테도 눈총을 받을 테니 말이다.

하지만── 내가 지금까지 해 온 일들을 어렴풋이 떠올리고서.

나는 다른 사람들에게 조금이나마 인정받지 않았나 싶었다. 다른 사람들로부터 저 녀석이야말로 우리의 실장이라는 소리를 들을 만큼의 일은 해 왔지 않았나 싶었다.

그렇다면──그보다 더 기쁜 것도 없을 테지.

『──이봐, 사사미야.』

그런 와중에 귀에 익은 늠름한 목소리도 통신에 끼어들었다.

"룬짱?"

『네놈은 대체 언제까지 이런 촌극에 시간을 낭비할 거냐?』

"이 멍청아! 넌 우리 전체를 적으로 삼을 셈이야?!"

『그야 바라던 바다. 아니, 어쨌든 내 말은 그게 아니라── 네놈은 대체 뭘 머뭇거리는 거냐? 시간이라면 내가 얼마든 벌어 줄 거라고 했을 텐데?』

"아니, 그러니까──."

『네놈은 설마, 내가 없으면 이 땅이 멸망할 것이다, 우리가 질지도 모른다, 그렇게 생각하며 다른 사람들을 깔보고 있는 건 아니겠지? 나를 제외한 토야마 지부의 모든 인원이 잡것들만 모인 줄 아나?』

"아니아니아니! 내가 그렇게 생각할 리가 있겠냐! 다들 듬직한 동료라고!"

전체 통신 모드로 설정한 상태에서 이 녀석은 대체 무슨 소릴 하는 거야. 미나세의 방금 발언과 지금 발언으로 지부 전체의 어그로가 미나세에게 쏠리지 않았나 싶은데.

『그렇다면 얼른 가기나 해라. ──그리고 무엇보다, 나는 아직 쿠치하라의 우산을 뚫지 못했거든. 내가 진 적은 없지만, 이런 상황에서 멋대로 떨어져 나가는 건 재미없으니까.』

듣기에 따라서는 참으로 츤데레 같은 발언이었다. 그래도 뭐, 미나세다운 발언이 아닐까 싶었다. 미나세는 그 발언을 끝으로 통신을 끊었다.

──나는 나에게 향해진 모든 목소리를 곱씹으면서 마침내 결단을 내렸다.

"……미안해요, 미요리 씨."

『……아녀, 이젠 안 밀릴 테니께 어여 다녀와.』

통신기로 짤막하게 대화를 주고받은 다음, 나는 결계검과 순신검을 겨누었다. 살짝 울먹이며 말했음에도 굳이 이를 지적하지 않은 미요리 씨의 배려에 감사를 느끼면서 말이다.

"──이따가 그 얼굴을 눈물 콧물 범벅으로 만들어 주지, 퀸."

"흥, 부디 제자를 찾을 수 있길 바라마."

아까 그 얄미운 미소는 어디로 갔는지, 퀸은 불쾌하다는 표정을 지으며 싸늘한 눈초리로 나를 쳐다보았다. 나는 그런 퀸에게 가운뎃손가락을 세운 뒤, 끝없는 어둠이 펼쳐진 알 속으로 향했다. 숨을 내쉬고, 다시 들이마셨다.

그리고 감사 대신 전체 통신 모드를 설정한 뒤, 모두에게 연락했다.

"여기는 사사미야──. 지금부터 쿠치하라 코토네를 구출하러 갈 테니, 이쪽 일은──."

잘 부탁하겠습니다, 라고 말하려다가.

나는 처음으로, 구태여 경어를 쓰지 않기로 했다.

실장으로서, 신뢰하는 단원들에게.

"한동안 잘 부탁할게!"

『『『──다녀와, 사사미야 실장!』』』

나는 모두의 목소리를 들으며 발을 내디뎠다.

부디 살아 있어야 해──. 쿠치하라!

◆ ◆ ◆

──촌극임에는 틀림없었지만, 웬일로 비 내리는 여자랑 뜻이 맞았다는 사실에 구역질이 날 것 같았다.

보검을 다루는 자는 문 안쪽으로 뛰어들었다. 나는 한쪽만 남은 눈으로 그 광경을 싸늘하게 쳐다본 뒤, 광란과 전의가 소용돌이치는 전장의 분위기를 온몸으로 느꼈다.

……촌극, 이기는 했지만.

그다지 바람직한 전개는 아닐지도 모르겠다.

내 최종 목표는 다른 놈들과 달리 완성하는 것이 아닌── 이 세계를 지배하는 것이다. 지배자로서── 퀸으로서 탄생한 까닭에 당연한 본능일 테지.

내가 구태여 여기에 온 이유는, 여기에서 가장 강한 자── 보검을 다루는 자에게 확실한 약점이 있음을 알았기 때문이다. 캐낸 정보에 따르면 보검을 다루는 자와 우산을 다루는 여자는 스승과 제자 사이를 넘어 연인 관계에 가깝다고 한다. 그 정보를 말한 녀석의 분위기를 보아하니 상당히 답답한 관계인 것 같지만 말이다.

그런 관계가 있다면── 이용하지 않을 이유가 없다.

우산을 다루는 여자도 생각보다 가까운 곳에 있었다. 결과만 놓고 보자면 예상했던 대로 보검을 다루는 자를 유인하는 데는 성공했지만…… 문지기 놈들은 내가 생각한 것보다 와해되지 않은 모습이었다. 최대의 전력이 없어지면 심적인 면에서 조금 더 우위를 점할 수 있으리라고 봤거늘.

조금 전 대화를 통해 오히려 결속을 강화시킨 꼴이 되고 말았나.

……뭐, 됐다. 증식술을 가진 그 동포도 있으니, 어쨌든 우리가 우세하다는 사실은 변함없었다.

이번 목적은 놈들의 거점 하나를 빼앗아 그곳에 우리의 거점을 세우는 것이다. ——성공한다면 나머지를 정복하는 것도 손쉬울 터.

그리고 문지기 놈들의 결속이 강해졌다고는 하나, 지금 놈들은 눈앞의 적에게 집중하는 중이다. 지금이라면.

저쪽을 습격하는 것도 손쉬울 테지.

사사미야 군이 알 속으로 돌입했다.

나로서는 그저 쿠치하라 양을 무사히 구할 수 있기를 바랄 뿐이었다. 그토록 씩씩한 애가 이런 식으로 죽는 건 너무나도 비참했다.

하지만 나—— 아사모리 유키코가 해야 할 일은 별반 다르지 않았다. 강해 보이는 그래프를 계속해서 그려 나갈 뿐이었다.

3번째 그래프의 그림을 완성했을 때 결계가 풀리며 이치히코 군과 히라카미 양이 나에게 말을 걸어 왔다. 무슨 일이 있었던 걸까?

"유키코 씨──. 저 증식하는 그래프를 그림으로 그릴 수 있을까?"

"어……."

"그게, 아까 다른 사람들이랑 통신을 주고받으면서, 아무래도 저 녀석이 자꾸 훼방을 놓으니까 먼저 저 녀석을 봉인할 수 있으면 어찌어찌 방어선을 사수할 수 있을 것 같다는 얘기가 나왔거든."

"할 수…… 없을까요? 유키코 씨."

두 사람이 기대를 담은 눈빛으로 나를 쳐다보았는데…… 으으…….

"미, 미안해……."

"……어려운 일이야, 유키코 씨?"

"……응. 어느 부분이 결손되어 있는지 정확히 알 수 없으니까……. 그런 상태에서 어림짐작으로 그려 봤자…… 완성된다는 보장이, 없거든……."

나는 이치히코 군이 들을 수 있도록 있는 힘껏 큰 소리로 말했다.

"그렇구나. 듣고 보니 확실히 어렵겠어……. 하지만 그렇다고 이레이저랑 같이 섬멸할 수도 없는 노릇이니 원…… 어이쿠!"

이치히코 군은 뒤도 돌아보지 않고서 뒤쪽에서 달려드는 그래프를 향해 돌려 차기를 날렸다. 흐아아, 멋있어……!

내가 넋을 잃은 채 이치히코 군의 모습을 보고 있을 때였다. 내 통신기에서 호출음이 울렸다.

……이 중요한 순간에, 대체 누굴까?

『야, 내 숙적. 내 말 들리냐? 아직 살아 있으면 대답이나 해.』

그 말을 듣고 나는 몸을 움찔거렸다.

마치 협박하듯 으름장을 놓는 그 목소리의 주인은——.

"어, 언니? 이런 때에 갑자기 무슨 일이야?"

——그렇다. 히라카미 양의 언니이자 이치히코 군의 소꿉친구이자…… 내, 천적.

토야마 지부 방위실의 봉인반 소속—— 문장으로 그래프를 봉인하는 문호의 에이스, 화이트 캔버스 편집실 마비노기온 문고의 간판 작가, 코코로 아스카. 본명은 히라카미 신나 양.

『뭐야, 빨랑 대답 안 해~? 벌써 돼졌냐? 뭐, 그럼 나야 좋지만.』

"사, 살아 있, 어……!"

시대착오적인 '깡패' 같은 말투에 나는 움찔움찔 몸을 떨며 대답했다.

그녀는 나한테 늘 이런 식이었다. ……다만, 그 이유는 알고 있긴 하지만.

코코로 양과 처음으로 만난 건 이치히코 군과 팀을 짠 지 이틀째 되던 날이었다. 코코로 양은 당시 초면이었던 나에게, 그리고 팀이라는 듯이 이치히코 군에게 실컷 폭언을 퍼부어 댔었다. 나는 영문도 모른 채 울상을 지었는데, 서로 헤어질 무렵에는 그녀도 울상을 짓던 것을 지금도 또렷이 기억하고 있다.

코코로 양도 이치히코 군을 좋아한다. ——나랑, 마찬가지로.

——왜 나한테 말하지 않은 건데?! 나한테 뭐 불만이라도 있어?!

——그런 건 아니라고. 근데 너 바쁘잖냐?

그런 대화를 주고받은 뒤에 말문을 잃은 코코로 양의 모습이 지금도 눈에 선했다.

이치히코 군은 상냥하다. ──하지만, 그 상냥함도 때로는 잔혹해질 때가 있었다.

코코로 양은 봉인반의 기술을 갈고 닦기 위해 수많은 일을 맡아 오며 바쁜 나날을 보냈기에, 이치히코 군은 그런 코코로 양을 배려했었다.

하지만── 코코로 양은 이치히코 군이 좀 더 자신을 의지해 주길 바랐다. 아무리 바쁘더라도, 아무리 큰일이 있더라도, 이치히코 군의 부탁이라면 만사를 제쳐 놓고서라도 들어준다. 나는 코코로 양의 모습에서 그만한 기개를 느꼈다.

하지만 이치히코 군은 상대에게 무리한 부탁은 하지 않으며 강요도 하지 않는다. 불과 조금 전에 증식 그래프를 봉인해 달라고 부탁할 때도 그 태도는 조심스러웠고, 내가 무리라고 했더니 그 이상은 부탁하지 않았다.

그게 나쁘다고 할 수는 없지만── 일을 무리하게 시키지 않는다는 건, 다른 관점에서 보자면 성장을 방해하는 것일지도 모른다. 애초에 억지로 무리하게 일을 시키는 것도 잘못됐다고는 생각하지만.

하지만 그렇기에 코코로 양은 그날 그토록 화를 냈던 것이다. 그것도 눈물이 나올 정도로.

그렇게 무리하지 않아도 된다는 말을 언외로 들은 거나 마찬가지니까.

대체 누굴 위해서 그렇게나 노력해 왔는가──. 그 점은 고려조차 하지 않은 상냥한 말이었기 때문이다.

그리고 끝으로 그녀는 나한테 이렇게 말했었다.

──봉인반 인원으로서, 숙적인 너한테만큼은 절대로 지지 않을 거야. 야, 이치히코. 날 네 팀에 넣지 않은 걸 반드시, 반~드시 후회하게 만들어 줄 거야!

그 이후로도 그녀는 나와 마주칠 때마다 무진장 위협해 대곤 했다. ──그리고 나도 더 빠르고 정확하게 그림을 그릴 수 있도록 노력하기 시작했다. 좀 늦은 감도 적잖아 있지만, 코코로 양의 그런 모습을 봤기에 이치히코 군의 선택을 받았다고 안주할 마음은 조금도 들지 않았으니까 말이다.

그 일이 있은 뒤로도 코코로 양의 마음을 조금도 알아차리지 못한 이치히코 군은 참 둔감하다니깐……. 하지만 이치히코 군은 그렇다 쳐도, 그 이후로 나와 코코로 양의 관계는 빈말로도 좋다고 할 수 없을 만한 상태가 이어져 왔다. 그렇기에 이 타이밍에 코코로 양이 왜 나에게 통신을 보냈는지 도통 이유를 알 수 없었다.

『지금부터 난 저 증식하는 그래프를 봉인하는 작업에 착수할 거야. 이놈이고 저놈이고 죄다 애를 먹는 것 같으니까.』

"……아!"

그 말을 들은 나는 깜짝 놀람과 동시에 초조함을 느꼈다.

나로서는 무리라고 생각했던 저 그래프의 봉인을, 본인이 하겠다고 당당하게 선언했기 때문이다.

"언니, 나 니나야. 방금 봉인하겠다고 했는데── 본체가 뭔지 알고 있어?"

『그런 건 중요하지 않아.』

코코로 양은 그렇게 딱 잘라 말하며 우리의 입을 다물게 만들고는 말을 이어 나갔다.

『어느 게 본체인지 정 알 수 없다면 분신과 함께 본체를 봉인하면 돼. 증식한 전체를 하나의 개체로 보고 완성시키면 그걸로 끝이야. 뭐, 이건 문장으로 그래프를 봉인하는 문호인 나이기에 사용할 수 있는 일종의 비기 같은 거지만──저런 건 그림보다 문장으로 봉인하는 게 더 상성이 좋을 거야.』

"신나, 너 그런 것도 할 수 있어?"

『뭐라는 거야? 날 우습게 보지 말라고. 이치히코 이 바보 멍청아. 날 뭐라고 생각하는 건데?』

그녀는 화를 내면서도 기뻐하는 투로 당당하게 말했다.

『내가 괜히 봉인반 에이스인 줄 알아?』

"……그렇구나. 역시 내 소꿉친구답군!"

『따, 딱히 칭찬한다고 뭐 없거든?!』

이번에는 아까와는 달리 당황한 투였다. 아마도 부끄러운 모양이었다.

『──야, 숙적. 너 아까부터 꼭 꿀 먹은 벙어리처럼 가만히 있는데, 거기 있는 거 맞지?』

"이, 있어……!"

『그럼 됐어. 그래서 말인데, 너 지금 할 거 없지? 그럼 퀸을 스케치해.』

"어……?!"

내, 내가──이번 일의 원흉을?!

『뭘 놀라고 그래. 내가 뭐 이상한 말이라도 했어? 넌 퀸을 꽤 가까운 거리에서 봤잖아. 그러니 어디어디가 결손되어 있는지 아는 네가 봉인하는 게 당연한 거 아니야? 애당초 퀸 그 자식은 단단해지는 슬라임을 일종의 가림막처럼 쓰고 있어서 그 모습을 정확하게 파악하기가 힘들어. 그러니까 네가 해.』

　내가 상상도 못 했던 무리한 요구에 허둥대고 있을 때였다. 이치히코 군이 입을 열었다.

　"시, 신나. 아무리 그래도 그건──."

『지금 잠꼬대나 하고 있을 시간이 어디 있어, 이치히코. 그럼 그림밖에 그릴 줄 모르는 녀석한테 대체 뭘 시켜야 하는데? 그래프랑 싸우라고 하는 것도 아닌데 뭐 문제라도 있어?』

　코코로 양의 말에 이치히코 군은 입도 뻥긋하지 못했다.

　──그래, 나는……

　"하지만 갑자기 그런 거물을 맡기다니, 리스트가 엄청나지 않을까?"

　"이치히코 군, 리스트가 아니라 리스크. 리스트라고 하니까 마치 퀸이 한둘이 아닌 것처럼 들리잖니."

『이치히코 이 멍청아. 넌 그냥 아무 말도 하지 말고 가만히 있어. 분위기 진지한데 꼭 그렇게 초를 쳐야겠냐? 뭐, 어쨌든.』

　코코로 양이 말을 계속해서 이어 나갔다.

『리스크고 나발이고 없어. 상대가 약한 놈이건 강한 놈이건 간에 봉인반이 해야 할 일은 그래프를 완성하는 것뿐이야. 평소랑 다를

게 없다고. 나도 예전에 1킬로미터급의 그 말도 안 되는 그래프를 봉인한 적이 있거든──. 애당초 넌 지금 개 얼굴을 보고도 그런 소리가 입 밖에 나와?』

그 말을 들은 이치히코 군이 나를 쳐다보았다.

나는 이치히코 군을 보지 않고서.

통신기에 대고 내 나름대로 또렷이 말했다.

"……코코로 양, 나…… 할게."

각오는, 이미 했다.

나도 앞으로 나아가야 한다.

퀸의 봉인이 그걸 위해 반드시 넘어야 할 벽이라면.

"퀸의, 봉인…… 내가, 할게……!"

"아…………."

『하, 어때, 이치히코. 진심으로 각오를 다진 녀석의 얼굴을 보니까 아무 말도 못 하겠지?』

"……정말 그러네."

이치히코 군이 웬일로 자조하듯 나직이 말했다.

"코로로, 양…… 나…… 지지 않을 거야."

『뭐어? 그거 내가 할 말인데……? 네놈이 내 앞으로 치고 나가는 꼴은 죽어도 못 보겠거든? 봉인 기술이든, ……간에.』

자기 하고 싶은 말 다 하는 그녀치고는 드물게도 마지막으로 입에 담은 말은 듣기 어려웠다. 이치히코 군마저 고개를 갸웃거릴 정도였으니, 거의 입 밖으로 내지 않은 거나 마찬가지 아닐까.

다만── 나는 그 말을 조금은 들을 수 있었다. 귀가 아닌, 마음으로 말이다.

『바보 이치히코, 그리고 나나.』

코코로 양이 마치 중요한 무언가를 부탁하듯이 말했다.

『그 녀석이 그림을 다 그릴 때까지── 절대 아무도 방해하지 못하게 해야 한다?』

"──맡겨만 줘!"

"알았어!"

이치히코 군과 히라카미 양이 동시에 답한 후 통신이 끊어졌다.

흐읍, 숨을 들이마셨다가, 후우, 하고 내쉬었다. 집중력을 조금이라도 높이기 위함이었다.

"……미안해, 유키코 씨."

이치히코 군이 불쑥 그런 말을 꺼냈다. 대체 무엇이 '미안'한 건지 알 수 없어서 나는 고개를 갸웃거렸다.

"아무래도 난 유키코 씨를 은연중에 깔보고 있었나 봐──. 어쩌면 마찬가지로 그 녀석도 깔보고 있었는지 몰라."

그 말을 들은 나는 이치히코 군이 미안하다고 한 이유를 이해했다. 나는 고개를 붕붕 저으며 말했다.

"……신경, 쓰지 마."

"이치히코 군, 그 말은 다음에 우리 언니한테도 꼭 해 줘야 한다?"

히라카미 양이 왠지 모르게 기쁜 기색으로 미소 지었다.

"그렇게. 뭐, 그걸 위해서라도 이 싸움은 꼭 이겨야겠지만──."

이치히코 군이 내 쪽으로 다가오더니── 쓰담쓰담, 내 머리를 쓰다듬어, 주었어?!

"힘내, 유키코 씨. 우린 온 힘을 다해 유키코 씨를 지킬 테니까."

"~~~~웃?!"

갑작스럽게 일어난 일에 집중력이 흐트러지는 게 아닐까 싶을 정도로 내 얼굴이 빨갛게 달아올랐다.

그런 우리의 모습을 바라보던 히라카미 양이 못 말리겠다는 듯한 표정을 지었다.

……이런 타이밍에, 내 머리를…… 에헤헤, 에헤헤헤헷.

기쁜 나머지 뺨이 씰룩였다. 그렇지만 흐트러졌던 내 집중력은 다시 엄청난 기세로 회복되었다.

지금의 나는 역대 최고의 컨디션을 자랑했다. 내가 봐도 나란 녀석은 참 단순하구나 싶었지만.

지금이라면 뭐든 다 할 수 있을 것만 같았다. ……코코로 양에게 왠지 모르게 미안한 마음이 들었다.

"이치, 히코 군……!"

나는 목소리를 쥐어짜 냈다. 젖 먹던 힘까지 다해서.

"나, 열심……히, 할게!"

그런 내 모습을, 히라카미 양과 이치히코 군이 눈을 휘둥그레 치켜뜨며 쳐다본 뒤── 두 사람 모두 웃음으로 답해 주었다.

"부탁해, 유키코 씨!"

"무슨 일이 있어도 그래프가 손끝 하나 대지 못하게 할게요!"

나는 바인더에다 백책을 세팅했다. 그리고 늘 하던 대로 펜을 손에 쥐었다.

손으로 펜을 가볍게 돌리고 나서 속으로 천적에게── 연적에게 선전 포고를 했다.

　나도, 지지 않을 거야!

　봉인 기술이든—— 연애든 간에!

　"하아……."

　시로가네 군이 알 속으로 뛰어든 뒤, 나는 살짝…… 지금껏 겪지
못했던 격렬한 자기 혐오감을 맛보았다.

　이유가 뭐냐 하면, 그야——.

　"마츠바 씨는 잘못한 거 없어요."

　살짝 풀이 죽은 나에게 그렇게 말을 건 사람은 시로가네 군의 비
서 아가씨—— 머리를 올려 묶고 정장을 빈틈없이 갖춰 입은, 나와
같은 안경족인 나카타키 씨였다.

　"그런 상황에서 누군가는 그렇게 말할 수밖에 없었으니까요."

　"……아하하, 고마워유."

　나는 평소에 비해 힘없는 목소리로 대답했다.

　시로가네 군에게 쿠치하라짱을 구하러 가면 안 된다고 말했다.

　친구라 할 수 있는 상대에게 제자를 내버리라고 말했다.

　사실은 망설이지 말라고 말하고 싶었다. ——지금 당장 구하러
가라고 말하고 싶었다.

　하지만 나는 그래피티를 가지고 있지 않다. 전장에조차 나갈 수
없는 내가 그런 무책임한 말을 앞장서서 할 수는 없는 노릇이다.

게다가 그 점은 차치하더라도 시로가네 군은 전장에 남아야 한다고 생각했다.

그렇다면 하다못해 시로가네 군을 홀로 내버려 두지 말자, 나도 같이 나쁜 인간이 되어서 시로가네 군의 심적 부담을 조금이라도 덜어 주자──. 그런 생각도 했었는데.

"시로가네 군……. 알게 모르게 모두로부터 인정받고 있었구나."

설마 전장에 있는 모두가 시로가네 군을 격려할── 줄은 꿈에도 몰랐다.

그 사실에 기쁨을 느낌과 동시에 이레이저 모두에게 죄책감도 들었다. 나는 그들을 신용할 수 없다고 말한 거나 마찬가지니까──.

"지금은 고개나 푹 숙이고 있을 때가 아니에요. 마츠바 씨."

이레이저들에게 제공하는 온갖 정보가 난무하는 가운데, 나카타키 씨가 평소의 투로 말했다.

"싸울 수 없는 저희는 저들의 싸움을 끝까지 지켜볼 의무가 있어요. ──설령 이기든 지든 눈을 돌려서는 안 돼요."

"……나카타키 씨는, 멋지시네유."

내 옆에 늠름한 모습으로 우뚝 선 그녀는 내 말을 듣고는 풉, 하고 웃었다.

"당신보다는 나이가 좀 더 많으니까요."

나는 푹 숙였던 고개를 들어 정면에 설치된 거대한 모니터를 쳐다보며 한창 싸우는 중인 이레이저들의 모습을 망막에 새겼다.

──아, 그래도.

이럴 때 지켜보는 것 말고는 할 수 있는 일이 없어서 살짝 분했다.

스스로 택한 길이었지만, 이 머리로 조직에 공헌할 수 있다고 생각했지만, 그래도──.

"──어?! 지, 지부 상공에! 갑자기 그래프가 나타났습니다!"

"?!"

오퍼레이터의 갑작스러운 경고에 관측실 내부의 분위기가 단숨에 변했다.

화면에 비친 상공 영상에, 얼룩무늬의 날개를 가졌지만 다리는 결손된 거대한 새가 출현했다. 아니── 크기가 10미터는 되잖아. 어라??!

그것보다는── 큰일 났다! 그런 작전이었어?!

"아니── 대체 어디서 나타난 거지?!"

"여, 여기엔 대체 왜?! 방어선이 돌파되었다는 보고는 없었는데?!"

오퍼레이터들이 혼란스러워하는 모습을 보며 나카타키 씨가 숨을 들이마셨다.

"──조용히 하세요!!"

그 한마디에 실내가 물을 끼얹은 것처럼 조용해졌다.

"저 그래프가 오게 된 경위는 나중에 알아보시고 추측은 나중에 하세요. 현재 이레이저는 위치를 이탈할 수 없으니 이곳으로 불러들이는 건 위험해요. 관측실을 포기하겠다고 이레이저들에게 연락하시고, 모두 대형 훈련실로 이동하세요! 서두르세요. 저 그래프──."

영상에 나온 상공의 그래프가 몸을 젖혔다.

마치 사냥감을 쪼아 먹는 움직임으로 말이다.

"아마도 여길 파괴할 작정이에요!"

그 직후, 관측실이 크게 요동쳤다. 천장에서 먼지인지 뭔지가 투두둑 떨어졌다.

흔들림은 두 번, 세 번이나 이어졌다.

"모, 모든 이레이저에게 연락합니다. ──토야마 지부가 그래프의 습격을 받고 있기에 현 시점을 기해 관측실을 포기하겠습니다! 죄송하지만, 앞으로 정보 지원은 어려울 것이라 사료됩니다! 그럼, 무운을 빕니다!"

오퍼레이터가 말을 마침과 동시에 천장이 뻥 뚫렸다.

뻥 뚫린 천장에서 순간적으로 부리의 모습이 보였다가 다시 사라졌다.

다시 소란스러워진 실내에서 나카타키 씨가 필사적으로 크게 소리쳤다.

"허둥대지 마! 이 건물도 그렇게 약하진 않아! 천장 붕괴에 휘말린 부상자를 즉각 부축해!"

하지만 화면 속에서 거대한 새가 새로운 움직임을 보였다.

한 차례 날갯짓을 하는가 싶더니, 그 날개에서 얼룩무늬 깃털이 떨어졌다.

그리고 그 직후── 수많은 폭발음과 함께 관측실이 요동쳤다.

하지만 폭격은 여기 바로 위쪽에만 받은 건 아닌 모양이었다. ──지부 전체를 공격한 건가? 그렇다면 아직 시간이 있어!

"──서둘러! 전원 대형 훈련실로 이동해!"

나도 나카타키 씨와 마찬가지로 크게 소리쳤다.

"그나저나——— 저 그래프는 대체 어디서 나타난 걸까요?"

소란스러운 분위기 속에서 나카타키 씨가 나한테 그렇게 물었다.

"추측은 나중에 해야 하는 거 아니었어유?"

"그런 쪽으로라도 생각을 하지 않으면 저도 더는 냉정함을 유지할 수 없을 것 같아서요. 그래서 연구자의 관점으로 봤을 때 어떻게 생각하세요?"

"흐음…… 글쎄유. 방어선에 걸리지도 않았으면서 갑자기 나타났다는 전제 조건을 고려해 보자면, 가능성이 있는 건 순간 이동이나 미채^{스텔스} 중 하나일 것 같은데유."

하지만 순간 이동이라면 처음 보는 장소로 전이하는 건 어려울 것 같았다. 그렇다면 스텔스가 정답에 가깝겠지.

"그렇군요. 그럼 왜 여길 노렸다고 보세요?"

"정보 지원을 방해———하려는 측면도 없진 않을 것 같지만, 아마도 십중팔구는 이레이저들을 교란할 목적이겠네유. 여기가 공격당했다면, 전장에 있는 이레이저들은 여길 지원하러 갈 것인지, 아니면 이대로 계속 싸울 것인지 고민할 테니까유. 전장에서 그런 빈틈은 꽤나 치명적이지 않을까 싶거든유. ———게다가 망설임 없이 몇몇 팀이 이쪽으로 오면 저쪽 입장에서는 그것도 잘된 셈이니께요. 현 상황에서 아슬아슬하게 유지되고 있는 방어선의 균형을 무너뜨릴 수 있거든유. ……퀸도 참 치사한 짓을 다 하네유."

내 생각을 들은 나카타키 씨가 호오, 하고 감탄했다.

"역시 대단하세요. ———평범한 사람이라면 그런 생각은 떠올릴 수 없을 테죠."

"나카타키 씨는 어떻게 생각하세유?"

"전 보나 마나 새로운 이레이저를 만들어 내는 걸 방해하려는 줄 알았거든요."

"아, 그렇네유. 하지만 아마도 거기까지는 생각이 미치지 못하지 않았을까유? 면밀하게 조사했다고는 해도, 적들도 새로운 이레이저를 만들어 내는 조건 같은 건 아무래도, 모르지, 않을까 싶──."

……이레이저를, 만들어 낸다고?

──그렇구나. 그게 가능하다면……!

"나카타키 씨, 저 잠시 다른 데 좀 갔다 올게유."

"네? 저기, 이런 상황에서 대체 어디를 가시려고요?"

보기 드물게 눈을 휘둥그레 치켜뜬 나카타키 씨에게, 나는 짤막하게 답했다.

"──금서 보관실이유!"

원래 금서를 손에 쥘 자격이 있는 사람은 반년에 걸쳐 훈련을 받은 방위실 지망 단원뿐──. 물론 그 점이야 잘 알고 있지만, 지금만큼은 눈감아 주었으면 싶다.

지부에도 우리 사촌 오빠처럼 그래피티를 습득한 사람은 여럿 남아 있지만, 기술 개발실과 연구실에는 전투에 익숙하지 않거나 전투를 치를 수 없는 사람들밖에 없다.

그렇기에── 나는 이 지부를 지키기 위해 그래피티를 습득할 심산이었다!

물론 전투에 적합한 그래피티를 습득할 수 있다는 보장은 없지만……! 그래도 대개는 전투에 적합한 그래피티일 터였다! 나는 지푸라기라도 잡는 심정으로 없는 체력을 쥐어짜 복도를 내달렸다.

폭음과 진동이 울렸다. 제법 가까운 위치였다. ──얼룩무늬 깃털이 아까부터 끝도 없이 쏟아져 내렸다. 강화 소재로 지어진 훈련동은 웬만해서는 멀쩡할 테지만, 그 외의 건물동이 괴멸하는 건 시간문제일지도 모른다. 나 자신이 생매장당하는 꼴을 면하기 위해서라도 서둘러야 한다!

바로 그때── 내가 향하는 쪽에서 엄청난 폭발음이 났다. 그로인해 생긴 폭풍 때문에 나는 자기도 모르게 비틀거렸다.

"으읏…… 윽, 아앗?!"

10미터 앞쪽에서 천장이 무너져 내리며 길을 막았다. 다시 말해, 금서 관리실로 이어지는 길이 막혔다는 얘기다. ──잔해나 치울 시간은 없었다. 다소 위험하지만 밖에서 돌아 들어갈 수밖에 없다!

각오를 다진 나는 창문을 열고 밖으로 나갔다. 1층이었기에 망정이지…… 2층에서 뛰어내렸다면 발을 접질렸을지도 모른다.

나는 얼룩무늬 깃털이 쏟아져 내리지 않음을 확인하고 나서 처마 밑을 내달렸다.

들키지 마라, 들키지 마라, 나는 속으로 기도했다. ──그리고 어디에선가 들려오는 폭발음을 들으며 마침내 금서 관리실에 도착했다.

──나는 내 눈을 의심했다.

"……말도 안 돼……."

금서 관리실은 이미 붕괴한 상태였다.

──그 그래프가 이곳을 의도적으로 노린 것 같지는 않다.

그렇다면, 정말 우연히 이곳이 붕괴한 바람에──.

"말도 안 돼──! 세상에 그런 우연이 어딨는겨!"

나는 나도 모르게 소리쳤다. 그리고 고개를 흔들어 마음을 추슬렀다. 금서는 저 잔해 안에 있다.

그렇다면 이번에야말로 잔해를 치워야 한다!

거대한 새에게 발각될 가능성이 낮으면서 위에서는 안 보이는 위치로 이동한 뒤, 근처의 잔해를 손으로 잡았지만──.

"흑…… 으, 끄윽……!"

무정하게도 잔해는 온통 무거운 것들밖에 없었다. 연구가 일상인 내 가느다란 팔로는 기껏해야 1, 2센티미터 들어 올리는 게 고작이었다. ──이걸 치우기에는 어림도 없어 보였다.

그렇다고 분주히 움직이면 저 거대한 새에게 발각될지도 모른다. 되도록 조용히 움직여야 한다. 이 부근의 잔해를, 어떻게, 해서든, 치워야……!

"──아얏!"

힘을 너무 준 탓에 손가락이 빠져나올 때 잔해 끄트머리에 긁혔다. 피가 흐르자 잠시 덜컥 겁이 들었지만, 그래도 다시금 잔해를 손으로 쥐었다.

이제 와서 포기할 거라면!

애당초 이런 짓은, 하지도 않았……!

팔이 삐걱거렸다. 손가락이 아팠다. 온몸이 비명을 내질렀다.

그럼에도 분발했지만—— 잔해는 꿈쩍도 하지 않았다.

"하아…… 하아…… 바로 눈앞에, 여길 지킬 수 있는 가능성이, 있는데……!"

——이젠 최후의 수단을 쓸 수밖에.

발각될 위험을 무릅쓰고서, 안으로 들어가기 좀 더 쉬울 만한 곳을——.

(——거기 있는 처자여, 이 목소리가 들리는가.)

너무나도 갑작스럽게.

그 목소리가 내 귀에 들려왔다.

(호오, 아무래도 들리는 모양이로군. ——그냥 장난삼아 말해 봤을 뿐이거늘, 이것도 일종의 인연이겠지.)

이 목소리는 어디에서 나오는 거지? 오른쪽에서 나오는 건가?

나는 잔해를 치우는 손길을 멈추고 오른쪽으로 고개를 돌렸다.

그곳에—— 두꺼운 가죽 커버로 감싸인 책 한 권이 있었다.

저건, 설마…… 금서?!

이게 어떻게 된 거지? 금서는 잔해 더미 밑에 깔려 있—— 아니, 혹시 폭풍에 날려 온 건가?

내가 그렇게 생각하건 말건 목소리는 계속해서 말을 이어 나갔다.

(이곳을 지키고 싶은가?)

……그리고 보니, 훈련생들은 금서 관리실에 들어가기 직전에 이런 말을 듣는다고 한다.

 ──자신을 부르는 금서를 쥐면 된다고 말이다.

 그게 바로 이런 경우일까.

 "그야 물론이지──. 여긴, 모두가 돌아올 곳이니께."

 나는 금서 쪽으로 한 걸음 내디뎠다.

 (지키고 싶다면 기꺼이 힘을 빌려주도록 하마. ──군이 따지자면 이쪽에겐 지켜야 할 도리가 있다고 말하는 게 더 정확하겠지만.)

 "도리?"

 나는 그렇게 물으며 다시 한 걸음 내디뎠다.

 (은혜를 갚는다고 할 수 있겠군.)

 "은혜를 갚는다니…… 그게 무슨?"

 (이름을 받은 은혜다. ──이곳은 그녀가 소속된 조직이 있는 곳이 아닌가? 그렇다면 이곳은 반드시 지켜야 마땅하다. 은혜를 갚을 절호의 기회라 할 수 있지.)

 "──그 말, 믿어도 되는겨?"

 (물론이다. ──내가 힘을 빌려주면 저런 얼룩무늬 새 따위는 상대도 안 되지.)

 ……어쨌든 나에겐 망설일 여유가 없었다.

 나는 각오를 다지고서 그 금서를 손으로 들어 올렸다.

 손가락에서 배어 나온 피가 금서의 가죽 커버를 더럽혔다. 나는 물었다.

 "마지막으로 묻고 싶은 게 있는데."

(흐음? 말해 보거라.)

"방금 이름을 받았다고 그랬지? 그 이름이 뭔데?"

(그렇군……. 그럼 그쪽 이름부터 먼저 듣도록 할까──. 남의 이름을 묻기 전에 자기 이름부터 말하는 게 예의가 아니겠는가?)

대체 그런 얘긴 어디서 들은 건지……. 난 살짝 어이가 없었지만, 그래도 이름을 말했다.

"만나서 반가워. ──화이트 캔버스 연구실 소속, 마츠바 미요리여."

'호오, 마츠바, 미요리──. 미요리, 라. 별난 이름이로군.'

"쓸데없는 참견은 됐거든? 그래서, 그쪽은?"

(으음.)

짐짓 거드름 피우는 말을 들으며 나는 마침내 금서를 펼쳤다.

그와 동시에 그 목소리는 자못 기쁘다는 듯이 활기찬 목소리로 자신의 이름을 말했다.

(──나는 수장룡이다. 이름은, 네스라고 하지!)

"나카타키 씨! 역시나 마츠바 씨는 대형 훈련실 안에 안 계세요!"

단원들이 대형 훈련실로 대피할 수 있도록 돕던 오퍼레이터 소녀가 그렇게 보고했다.

──나 참, 대체 어디서 뭘 하고 있는 건지 원.

"어쩔 수 없죠. 제가 직접 찾아볼게요. ──여러분은 여기서 대기해 주세요."

나는 그렇게 말한 뒤, 뛰는 데 불편한 굽 높은 구두를 벗고서 내달렸다.

관측실에 있던 단원 대부분은 대형 훈련실로 유도했지만, 갑자기 뛰쳐나간 마츠바 씨는 아직도 대형 훈련실로 오지 않았다.

……분명 금서 관리실로 갔을 것이다. 본인이 그렇게 말했으니까 말이다.

그래피티를 습득하여 하늘에 있는 그래프를 격퇴할 심산이겠지만── 그게 성공할 확률은 반반이 아닐까 싶었다.

게다가 그래피티를 미처 습득하기 전에, 무너져 내린 잔해 더미에 깔렸을 가능성도 있다.

어쨌든 서둘러 찾아내지 못하면 마음을 놓을 수 없다──.

"윽……."

금서 관리실로 이어지는 복도에 접어들었다. 나는 앞으로 나아가기를 주저했다.

천장이 무너져 내린 바람에 잔해 더미가 바닥에 산더미처럼 쌓여 있었기 때문이다. ……설마, 이 밑에 깔린 건 아니겠지……?!

하지만 이 많은 잔해 더미를 일일이 뒤집어 확인할 시간은 없다. ──이 너머에 마츠바 씨가 없을 경우에 확인해도 결코 늦지 않다. 지금은 금서 관리실로 가야 한다.

하지만 금서 관리실로 이어지는 통로는 아무래도 천장에서 무너져 내린 잔해 더미에 막힌 모양이었다. ──그렇다면 어쩔 수 없다. 나는 조심스럽게 상공을 확인했다. 토야마 지부를 이렇게까지 쑥대밭으로 만든 우두머리, 아니 새대가리가 있었다. 아, 지금 이거 꽤 괜찮은 농담 같은데.

어쨌거나.

그 그래프는 상공을 느긋하게 선회하는 중이었다. ──그 시선은 훈련동을 향하고 있었다. 어떻게 해야 저 건물을 부술 수 있을지 고민하는 것처럼 보였다. 솔직히 무서웠다.

──그래프가 처음으로 출현한 날의, 그 일그러진 수도녀의 모습이 문득 머릿속에서 떠올랐다. 그것도 저 거대한 새도 날개를 가지고 있었다. 그 때문인지는 몰라도 그날의 기억들이 떠올랐다.

심장이 마구 요동쳤다. ──가빠진 호흡을 진정할 수 없었다.

이거 야단났는데. 아직도 그날 일을 무서워하고 있었을 줄이야.

하지만.

씻을 수 없는 그날의 절망과 눈앞에 있는 거대한 새를 비교해 가며 나는 마음을 추슬렀다.

저 거대한 새의, 폭발하는 얼룩무늬 깃털은 분명 무시무시하다. 만에 하나라도 발각되면 나는 순식간에 죽고 말 테지.

그럼에도 그날의 수도녀에 비하면── 눈 깜짝할 새에 시가지를 통째로 파괴한 그 그래프에 비하면 아무것도 아니었다.

죽을힘을 다해 지금 이 상황을 극복하기로 각오한 뒤, 경로를 모색했다.

……발각당할 위험은 올라가지만, 역시나 바깥으로 나가 달릴 수밖에 없다. 애당초 구두도 신지 않은 상태에서 잔해 더미 위를

돌아다닐 수도 없는 노릇이다.

　나는 반쯤 무너진 창문 밖으로 뛰쳐나갔다.

　내가 해야 할 일은 마츠바 씨를 발견하고, 상황에 따라서는 구출한 뒤―― 대형 훈련실로 데리고 오는 것이다.

　자, 그럼. 그래프에게 발각되면 끝장이지만――.

　이렇게 된 이상 이판사판이다. 금서 관리실이 있는 곳으로 내달릴 수밖에!

　그리고 내가 땅을 박찬 그 직후.

　"――앗?!"

　생각보다 긴장한 탓에 다리가 꼬였는지 나는 꽈당 넘어지고 말았다.

　곧바로 다시 일어서려고 했지만.

　"꺄악……?!"

　바람이 휙 불었다.

　나는 최악의 상황을 상상하며, 질끈 감았던 눈을 떴다.

　――바로 코앞에서, 거대한 새가 얼룩무늬 깃털의 날개를 퍼덕이고 있었다.

　이런……! 하필 이런 중요한 순간에!

　거대한 새가 자신의 부리를 나에게 내밀었다.

　큭, 피하려고 해도 다리가 아직 움직이질 않――.

　"――'작화요란(灼華撩亂)'!"

내가 모든 것을 체념한 그 직후.

옆에서 날아든 붉은색 섬광——. 그것이 거대한 새와 내 사이에서 터졌다. 강렬한 열기의 여파에 놀랐는지 거대한 새가 날갯짓을 하며 공중으로 도망쳤다.

날아든 붉은색 섬광은 마치 폭죽처럼 순식간에 사라졌지만——.

"시, 십년감수했네……! 늦지 않아서 다행이에유, 나카타키 씨!"

내가 눈을 끔벅거리고 있는데, 섬광이 날아든 쪽에서.

지금껏 찾던 인물—— 마츠바 씨가 팔에 특이한 무언가를 착 붙인 모습으로 뛰어오고 있었다.

"마츠바 씨——. 당신, 설마 정말로 그래피티를 습득한 거예요?"

팔에 붙인 것은 마치 네시를 데포르메한 것 같은 수장룡의…… 인형? 게다가 등에는 아주 가느다란 날개가 달려 있는데…… 응? 어라? 왠지 이 특징은 어디서 본 것 같은데……? 어쨌든 이것이 그녀가 습득한 그래피티의 특징인 모양이었다.

"아하하, 어찌어찌 습득하는 데 성공했구만유. 이따가 시로가네 군에게 사과할 건데, 그때 옆에서 같이 변호 좀 부탁해유."

그녀는 쑥스럽다는 듯이 말하고는 하늘에서 날갯짓 중인 거대한 새를 올려다보았다.

"네스!"

네스? 일종의 암호일까. 내가 속으로 생각할 겨를도 없이 팔에 달라붙어 있는 인형의 날개에서 네 줄기의 붉은색 섬광이 뿜어져 나왔다.

그리고 그것들은 아까와 마찬가지로 원을 그리듯 공중에서 터져

나가며, 하늘에서 쏟아져 내리던 얼룩무늬 깃털을 모조리 제거했다. 마치 불꽃놀이의 한 장면 같았다.

"굉장해요. ──벌써 이렇게 잘 다루시네요? 정말로 방금 막 습득한 거 맞아요?"

"그게…… 좀 부끄러운 얘기긴 한데, 아마도 95퍼센트 정도는 얘가 다했을 거예유."

마츠바 씨가 자신의 팔에 착 달라붙어 있는 인형을 손가락으로 가리키면서 말했다.

『흥, 칭찬해 봤자 뭐 없다만? 숙주, 미요리여.』

인형이, 고개를 슬쩍 움직이더니 입을 뻐끔거리며 말했다.

……?!?!

"앗……?! 마, 말했잖아……?!"

『거기 여자는 무엇을 그리도 놀라는 건가. 듣자 하니 '영웅'의 그래피티도 말을 한다지? 그렇다면 나도 말을 한들 무슨 문제가 있겠는가?』

눈을 동그랗게 뜨며 깜짝 놀란 나에게 그 수장룡이 깔보는 듯한 투로 말했다.

『그건 그렇고 말을 할 수 있어서 참으로 다행이로군. ──이로써 내가 직접 그 작은 아씨에게 직접 고마움을 표할 수 있겠어.』

"아, 혹시 아까 그 네스가── 그 수장룡의 이름이에요?"

『오오, 나도 모르게 자기소개가 늦었군. 나는 수장룡이다. ──이름은, 네스. 내 도리를 다하기 위해 숙주의 편에 붙기로 했다. 앞으로 잘 부탁하지.』

이번에는 자랑스럽다는 듯이 당당하게 말했다.

"그려, 이따가 고맙다고 얘기혀——. 뭐, 정작 유키코 씨는 기겁할 것 같지만."

마츠바 씨가 살며시 웃으며 상공을 올려다보았다.

"어쨌든—— 그러기 위해서라도 일단은 저걸 정리해야겠지만."

날갯짓을 하며 이쪽을 주의 깊게 내려다보는 저 거대한 새에 대항해.

"지금까지 실컷 날뛰었지만—— 이 이상은 어림도 없지. 모두가 돌아올 곳은 내가…… 우리가 반드시 지키고 말 테니께!"

『그야 물론이지. 저 새 따위는 작열하는 우리의 꽃으로 살점 하나 남김없이 숯덩이로 만들어 주마.』

새로운 이레이저와 그 파트너가 당당히 맞섰다.

상공에서 거대한 새가 날갯짓한다. 무수한 얼룩 깃털이 춤춘다.

"——네스!"

『알았다!』

"'<ruby>작화요란<rt>파이어 워크스</rt></ruby>'!"

마츠바 씨는 수장룡—— 네스가 착 달라붙어 있는 왼쪽 팔을 하늘 쪽으로 들어 올렸다.

그 직후, 열 개가 넘는 붉은색 줄기 끝에서 작열하는 꽃이 흐드러지게 피었다.

제4장 소원을 받은 세계

"——코토네에에에에에에에! 어디에 있어어어어어어어어!"

알 속—— 다시 말해 그래프가 출현하는 '창문'의 건너편은 칠흑같이 깜깜한 세계였다.

위아래 구분도 없는 이곳에서는, 서려고 마음먹으면 설 수 있고 걷고자 하면 걸을 수 있었다. 위로 향하려고 하면 몸이 떠올랐고, 아래로 향하려고 하면 몸이 끝도 없이 아래로 추락했다. 아예 중력 같은 개념이 없는 세계였다.

이런 세계에서 코토네가 어디에 있는지는 도무지 짐작조차 할 수 없……지는 않았다.

나는 코토네가 아래쪽으로 한참 떨어졌을 거라 추측했다.

——최근에 부쩍 성장했다고는 하지만, 본바탕은 매사에 부정적인 코토네. 갑자기 이런 깜깜한 세계로 내던져졌다면 분명 마음속에서 추락하는 이미지를 떠올렸을 것이다.

그렇기에 나도 계속해서 아래로 내려가는 중이었는데——.

"진짜 끝이 없네!"

내 머리의 한참 위쪽에 있는—— 깜깜한 세계 속에서 유일하게 빛이 들어오고 있는 타원형의 출구를 향해 그래프들이 계속해서 부상했다. 그중 한 마리가 그래프의 무리와 반대로 향하는 나를 보고는 거슬렸는지, 나를 물어뜯기 위해 입을 쩍 벌렸다.

이에 대항해 나는 순신검을 번뜩였다. ──입을 쩍 벌린 뱀 형태의 그래프가 순식간에 산산조각 났다. 그리고 입자로 변한 직후에 어둠 속으로 흩어지듯 사라졌다.

이게 대체 몇 마리째인지 원⋯⋯. 지금까지 쓰러뜨린 그래프만 최소 서른 마리는 넘을 것 같았다. 내가 속으로 그런 생각을 하고 있을 때, 다음 그래프가 위쪽을 향해 부상했다.

"아아아, 거참 성가시네!"

지금은 그래프한테나 신경 쓰고 있을 때가 아닌데!

이게 전부 퀸에게 지배당한 그래프라면, 이쪽 세계에는 대체 얼마나 많은 그래프가── 미완성된 상상의 산물이 도사리고 있을지 신경 쓰일 수밖에 없었다. 물론 지금은 그런 생각이나 하고 있을 때는 아니지만.

──저 밑쪽에서부터 올라오는 그래프들을 비롯하여 눈앞에 있는 놈들을 칠성검으로 죄다 날려 버리는 방법도 있을 테지만⋯⋯ 코토네가 어디에 있는지 알 수 없는 상태에서 그런 위험한 짓을 벌일 수는 없다. 같은 이유로 비상검도 쓸 수 없다.

그렇기에 나는 순신검과 참렬검으로 적을 베어 나가다가 중간중간 멈춰 서서 코토네가 있는지 없는지 확인하며 그 이름을 외치기를 거듭할 뿐이었다.

대체 언제까지 이 짓을 해야 하는지 알 수 없지만── 그것 외에는 달리 방법이 없었다. 알 속이 이렇게나 성가신 공간이었음을 미리 알았다면 탐지 계열 그래피티를 가진 이레이저를 한 명 정도는 데리고 왔을 텐데…….

뭐, 애초에 '창문' 너머로 들어간 사람은 내가 최초니까 어쩔 수 없지──만.

어둠 속에서 번뜩이는 수많은 눈빛을 보고 있으니 아무래도 살짝 짜증이 치솟았다.

"아, 진짜……. 방해하지 말라고. 너희를 상대하는 동안에 코토네에게 무슨 일이 있으면 책임질 거냐?"

그러고 보니 아까 코토네의 이름을 외치고 나서 제법 아래로 내려왔다.

그렇다면 여기서 한 번 이름을 외쳐 볼까.

순신검으로 그래프를 썰어 버리고, 참렬검으로 그래프를 가르면서, 나는 제자의 이름을 외쳤다.

"──코토네에에에에에에에에에에! 대답해애애애애애애애애애애애애!"

하지만 어둠 속에서 돌아오는 건.

여전히 그래프의 노호와 비명뿐이었다.

알 너머──. 다시 말해 깜깜한 세계와는 다른, '창문' 너머에 있는 새하얀 공간 속.

『──코토네에에에에에에에에에에! 대답해애애애애애

애애애애애애애!』

"……저어."

"왜?"

──검을 휘두르며 내 이름을 외치는 시로가네 선배의 영상에서 눈을 떼지 못한 채, 나는 새빨갛게 달아오른 얼굴로 바로 옆에 서 있는 그녀에게 말했다.

"……이 공개 처형은, 대체 언제까지 이어지나요……?"

"괜찮아. 신경 쓰지 마♪"

"아니, 어떻게 신경을 안 쓸 수가 있어요! 이 이상은 여러모로 한계라고요! 저도, 시로가네 선배도!"

──그렇다. 나, 쿠치하라 코토네는 살아 있었다.

눈앞에 선 그녀가 구해 준 덕분에 말이다.

──약 5분 전.

"……응, 응……?"

내 눈에 들어온 건 새하얀 벽이었다. 나는 몸을 일으켜 세우고 나서 낯선 광경을 한동안 바라본 뒤, 무슨 일이 있었는지를 떠올렸다.

──그렇다. 난, 퀸에게 조종당해 알 속으로……?!

떠올리기는 했지만, 그 이후의 광경과 지금 광경이 서로 이어지지가 않았다. 알 속으로 들어온 직후에는 깜깜한 세계와, 출구에서 들어오는 빛이 눈에 보이는 전부였다. 마치 쓰레기통에 처박힌

휴지가 된 듯한 기분이었다. 그러고 나서 계속해서 추락하고, 추락하다가── 기억이 끊어지고 나서 지금에 이르렀다. 그렇다는 말은, 여기가 맨 밑바닥일까? 문득 그런 생각이 들어 천장을 올려다보았지만, 그곳에 구멍처럼 보이는 건 없었다. 심지어 색도 까만색이 아닌 순백색이었다.

"……혹시, 여긴 천국일까? 아니면 지옥 밑바닥일까……."

나는 이미 죽은 게 아닐까 싶은 착각이 들었다. 나에게 유리한 해석을 가장 먼저 부정하는 나 자신의 모습에서, 내 근본은 참 여전하구나 싶은 생각이 들었다. ──바로 그때였다.

"안심해도 돼. 여긴 천국도 지옥도 아닌, 현실이니까."

"앗?!"

갑자기 들려온 목소리에 나는 잽싸게 뒤로 물러나── 허리를 들어 올리고 간이 병장인 검을 뽑아 자세를 취했다. ……불릿 셸은 없으니 싸워야 한다면 이걸 쓸 수밖에 없었다.

……이것은 현실이다. 나는 아직, 살아 있다.

그렇다면 얼른 저쪽으로 돌아가야 한다. 싸움은 아직 계속 이어지고 있을 테니까.

"어라, 움직임이 민첩하네──. 하지만 너무 그렇게 긴장할 건 없어. 내가 널 여기로 불렀으니까."

나에게 말을 건 사람은, 어떤 여성이었다.

시원한 느낌의 담녹색 유카타 위에, 짙은 보라색을 바탕으로 한 밤하늘 무늬의── 중력이 느껴지지 않는 날개옷 비슷한 옷을 걸치고 있었다. ……왜 위화감이 드나 싶었더니, 하늘하늘 떠오른 허리띠와 날개옷에 떠 있는 별 무늬가 저마다 불규칙적으로 깜박이고 있었다. 마치 진짜 밤하늘처럼 말이다. 참으로 신비로운 모습이었다.

키는 나보다 살짝 더 높은 정도로, 그 아리따운 용모는 어른과 아이의 중간쯤에 있는 듯한 느낌을 주었다. 겉모습만 보자면 틀림없는 인간이었다.

하지만── 대체 언제부터 내 뒤에 있었을까? 방금 눈을 뜨고 나서 주위를 확인해 보았을 땐 분명 아무도 없었을 텐데……. 게다가 이 사람은 정말 인간인지조차 알 수 없었다. 설마 그래프일까? 그치만 그렇다면 왜 내가 눈을 뜰 때까지 기다린──? 아니, 애당초 왜 날 여기에 부른 거지? 대체 어떻게 된 거야……?

매끈하게 흘러내리는 검은 머리에 비녀를 꽂고 있는 그 사람이 나를 보며 피식 웃었다.

"미안해. 실은 이런 기회가 좀처럼 없다 보니, 조금 놀래 주려고 했었거든."

그 사람은 순순히 사과하더니 난처한 기색으로 계속해서 말을 이어 나갔다.

"그건 그렇고…… 으~음…… 저기, 나는 뭐부터 얘기부터 하면 좋을까?"

"그걸 저한테 물어보셔도, 뭐라 말씀드리기가…….."

그녀의 신비로운 분위기가 살짝 옅어진 듯한 느낌이 들었다.

"미안해. 나에겐 상대방과 이런 식으로 평범하게 대화할 기회조차 없거든. 아…… 적어도 너한테 해를 끼칠 마음은 추호도 없어.

그러니 너무 그렇게 경계하지 않았으면 좋겠는데."

"……아무리 그래도, 그건 좀……."

처음 만났을 뿐만 아니라, 인간인지도 미심쩍은 상대를 대체 어떻게 믿으란 건지…….

"아하, 알았어. 그럼 이렇게 하면 믿어 주려나?"

딱, 하고 그녀가 손가락을 울렸다. 그러자 뒤에서 떠오른 허리띠가 그녀의 주위를 빙글빙글 회전하더니──불과 2초 뒤에 그녀는 온몸이 허리띠에 휘감긴 상태가 되어 바닥을 데굴데굴 굴러다녔다. 이로써 빈말로도 신비롭다고 할 수 없는 존재가 완성되었다. 그리고 그녀는 납죽 엎드린 자세에서 나를 올려다보며 이렇게 말했다.

"이제 난 너한테 손끝 하나 댈 수 없어. 이러면 어때?!"

"어떠냐고 해도……."

왜 이렇게 자신만만한 걸까? 왜 이렇게 의기양양한 표정을 지으며 나를 올려다보는 걸까?

……하아. 왠지 모르게 긴장감이 탁 풀려 버렸다. 나는 검을 검집에 넣은 뒤, 어깨에서 힘을 빼고는 그녀 쪽으로 다가갔다.

"……알았어요. 저한테 해를 끼칠 마음이 없다는 건 잘 알겠으니까, 이제 그거 푸셔도 돼요."

"어머, 고마워. 믿어 주니까 기뻐. 상대에게 적의가 없다는 의사를 전하는 덴 역시나 이 방법이 정답이었나 봐."

"아뇨, 결과적으로는 정답일지도 모르겠지만, 제가 보기엔 완전히 틀린 것 같은데요."

"어라, 그래? 이름 없는 여왕과 만났을 적에는 이렇게 하니까 이해해 주던데."

"……어?"

허리띠를 풀고 일어선 그녀를, 나는 멍하니 올려다보았다.

"퀸을, 만났어요?"

"퀸? 아아, 너희는 그녀를 그렇게 부르나 보네."

……이게 대체, 어떻게 된 일이지.

이 사람은── 이번 퀸의 습격 사건과 모종의 관계가 있는 걸까?

살짝 경계심을 끌어올린 나에게 그녀가 물었다.

"그래서, 뭐부터 얘기하면 좋을까?"

……묻고 싶은 건 산더미처럼 있지만.

"그럼 먼저 당신의 이름을 알려 주세요. 전 쿠치하라 코토네라고 해요."

"이름…… 아하. 상대를 뭐라고 불러야 할지 알 수 없으면 얘기를 원활하게 할 수 없겠구나."

납득했다는 듯이 고개를 끄덕인 그녀는 자신의 가슴에 손을 대고는.

"그럼── 난 오리히메라고 불러 줘."

살며시 웃으며 스스로를 그렇게 소개했다.

──오리히메라는 이름에 가장 먼저 떠오른 건 칠석날이었다.

견우와 직녀(오리히메). 일 년 중 딱 하루── 7월 7일에 은하수를 건너 서로를 만날 수 있는, 일본에서는 모르는 사람이 없을 만큼 유명한 두 사람이다.

밤하늘 무늬의 날개옷이── 마치 은하수처럼 공중에 떠 있는 허리띠가, 그러한 느낌을 한층 더 돋보이게 해 주었다.

어라? 나는 거기까지 생각했다가 문득 의문을 느꼈다.

……그러고 보니 세컨드 하프가 처음 출현했던 날도…… 7월 7일, 아니었나?

단순히 우연이라고 치부하기에는── 겹치는 점이 너무나도 많은 것 같은데.

눈앞에 있는 그녀, 오리히메는 퀸 안건뿐만 아니라 2.5차원 협계^{세컨드 하프}의 근간과 관련된 존재임을 나는 직감했다.

하지만──.

"저를 여기로 부른 사람이 오리히메 씨라면── 반대로 저를 원래 있던 곳으로 돌려보내 주실 수도 있나요?"

지금 중요한 건 그 부분이다. 지금도 계속해서 싸움이 이어지고 있다면, 나 혼자 여기서 태평하게 잡담이나 나누고 있을 수는 없다.

"가능해──. 애당초 저쪽 편으로 이어지는 문도 내가 열었으니까."

방금, 그냥 흘려들을 수 없는 얘기를 그녀가 아무렇지 않게 한 것 같은 느낌이 들었는데──.

"하지만, 아직은 일러."

내가 뭐라 물어보기도 전에 그녀가 먼저 딱 잘라 말했다.

"이, 이르다고요?"

"걱정 마. 잠시 나랑 얘기만 해 주면 꼭 돌려보내 줄 테니까. 물론, 그 사람도 같이."

"······그 사람이요?"

"그래, 그 사람."

허리띠가 두둥실 떠오르며 공중에서 원을 그렸다. 그리고 그 안에서 서서히 무언가가 보이기 시작──.

"어, 시, 시로가네 선배?"

그랬다.

낯익은 어두컴컴한 공간 속에서 검을 휘둘러 수많은 그래프를 베어 나가며, 나를 걱정하여 내 이름을 외치는 시로가네 선배의 모습이, 그곳에서 비치고 있었다.

◇ ◇ ◇

알 속으로 뛰어든 시로가네 선배의 모습을 보고 가장 먼저 든 감정은 경악이었다.

그리고 나를 찾으며 필사적으로 검을 휘두르는 그 모습에 뒤이어 가슴 설렘을 느꼈다.

──그 광경을 1분 정도 본 뒤부터 여러 가지 이유 때문에 내 얼굴은 빨갛게 달아올랐다.

······아니, 뭐랄까. ······그, 마음에 둔 사람이 필사적으로 나를 찾으며 걱정하는 모습을 생생하게 보고 있으면, 그······ 기쁜 건 확실하지만, 부, 부끄러운 것도, 확실하니까. ······뭐, 부끄러움을

느끼면서도 장장 3분 동안 눈을 떼지 못했던 내가 할 소리도 아닌 것 같지만.

게다가 여기에 나만 있으면 또 모를까, 눈 뜨고 보기 힘든 민망한 광경을 제삼자까지 보고 있으니 그야말로 공개 처형이 따로 없었다.

나는 한바탕 얼굴을 빨갛게 물들이거나 몸을 부르르 떨거나 불평을 표하는 등 오두방정을 떤 뒤에야 오리히메 씨에게 부탁했다.

"어, 어쨌거나, 이 영상을 없애 주실 수 있나요?"

"어머, 그렇게 부끄러워할 건 없는데. 그냥 솔직하게 기뻐해도 되지 않을까? 너를 이렇게나 소중히 여기고 있는데 무척이나 기쁘지 않니?"

"……제발 부탁이니까 영상은 꼭 좀 없애 주세요……."

나는 사이드 테일로 묶은 머리를 흔들며 부탁했다. 이런 영상이 한창 나오고 있는 도중에는 오리히메 씨와 얘기를 제대로 나눌 수 없을 것 같았다. ……하지만.

……이 영상을 녹화해서 보물로 간직하고 싶다는 말은 역시나 차마 입 밖으로 꺼내지 못했다. 단순히 부끄럽고 말고의 얘기가 아니라 내 사회적인 입장에까지 영향을 미치는 얘기니까 말이다.

"그리고 차라리 시로가네 선배도 여기로 부르면——."

"그것도 조금 뒤에 할게. 걱정 마. 그 사람 정도의 힘이 있으면 한동안 가만히 놔둬도 별 문제는 없을 테니까. ——자, 그럼 우리가 얘기를 제대로 나눌 수 있도록 하기 위해서라도 이건 일단 꺼 놓는 게 좋겠어. 이걸 계속 켜 두고 있으면 네 마음이 어수선해질 것 같거든."

공중에서 원을 그리고 있던 허리띠가 풀리며 영상이 꺼졌다. 공중에 두둥실 뜬 허리띠가 저절로 오리히메 씨의 뒤로 이동했다.

……조, 조금 아쉽다든가, 그런 생각한 적 없거든!

"자──. 쿠치하라 코토네 양, 뭐 물어보고 싶은 거라도 있니?"

……이 사람, 정말로 뭐부터 얘기해야 좋을지 모르나 보네……. 본인이 먼저 얘기하자고 했으면서, 얘기해 줬음 싶은 것을 나한테 물어보다니…….

나는 지금 당장 돌아가고 싶다며 떼를 쓰는 건 포기하기로 하고, 오리히메 씨와 얘기를 나누기로 했다. 솔직히 지금도 싸우고 있을 모두에게는 미안한 마음이 들었고, 지금 당장 전장으로 복귀하고 싶은 마음도 굴뚝같았다. 하지만 나 혼자서 이곳을 빠져 나갈 방법은 없다.

……시로가네 선배에겐, 또 다른 의미로 미안한 마음이 들었지만 말이다.

어, 어쨌든, 오리히메 씨는 자기랑 얘기만 나누면 시로가네 선배랑 같이 저쪽으로 돌려보내 준다고 했다. 지금은 그저 그 말을 믿을 수밖에 없었다.

게다가 이왕 이렇게 된 거, 차라리 이 기회에 모든 걸 알아 두는 것도 좋겠다는 생각도 들었고.

"그럼 먼저…… 애당초 이 공간은 대체 뭔가요?"

나는 벽에 손을 척 대며 그렇게 물었다.

"너희가 세컨드 하프라고 부르는 세계, 그 가장 안쪽이야."

"가장 안쪽……. 그럼 전 그런 깊은 곳까지 떨어진 건가요?"

퀸이 뒤에서 미는 바람에 머리부터 거꾸로 추락하던 기억이 머릿속을 스쳐 지나가자 등골이 오싹해졌다.

"아, 그게…… 미안해. 내가 표현을 좀 잘못한 것 같아. 가장 안쪽이라고는 했지만, 물리적으로 그렇다는 건 아니거든. 여긴 차원적으로 봤을 때 가장 안쪽…… 그래프가 탄생하는 세계와 그래프가 통과하는 세계의 딱 중간 부분에 위치해 있어. ……좀 이해가 가?"

"저기…… 대충 뉘앙스는 알겠어요."

정말 대략적으로 이해했을 뿐이지만.

"그런데 왜 그런 곳에 이런 방이 있나요?"

"……내가 두 세계의 감찰관이고, 이곳을 내 거처로 삼아서 그래."

"감찰관이요?"

"감찰관이라는 표현이 이해하기 어렵다면, 균형의 수호자라고 이해해도 될 것 같아. 3차원 세계와 2차원 세계의 균형을 지키는 역할을 맡고 있거든. 때로는 그래프가 지나가는 문을 열기도 해."

"아, 맞다. ──조금 전에도 그렇게 말씀하셨죠? 그래프를 저쪽으로 보내고 있는 것도 본인이라고……. 그렇다는, 말은…… 그……."

나는 이어서 말하려고 했지만 자꾸만 말을 우물거렸다. 그래서 오리히메 씨가 내가 하고 싶은 말을 대신 말했다.

"내가, 모든 일의 원흉이 아니냐는 말이지?"

"……죄, 죄송해요."

"신경 쓰지 마. 그렇게 여기는 것도 자연스러운걸. 이유야 어떻든 간에 결과만 놓고 보면 맞는 말이야."

오리히메 씨가 살짝 난처한 기색으로 미소 지었다.

"저어…… 그렇다는 말씀은, 문을…… 저희는 '창문'이라 부르고 있는 그것을 여는 이유가 따로 있다는 말씀이신가요?"

"어머, 그렇게 이해해 주니 기뻐──. 그리고 정답이야. 어디 보자…… 쉽게 말하자면 용량이 부족하기 때문이거든."

"……용량이요?"

"응. 용량──. 예를 들자면, 3차원 세계에도 이런저런 것에 용량이 있지?"

그야 물론 있다고 나는 고개를 끄덕였다. 일상생활로 예를 들자면 컵이라든가, 페트병이라든가…….

"그리고 3차원 세계에서 살 수 있는 사람 수에도 용량이 있고."

"그걸 용량이라고 표현하는 건, 좀 위화감이── 드네요."

그렇게 답한 나는 대충 이야기의 가닥이 잡히기 시작했다.

오리히메 씨가 무엇을 말하고 싶은지를 말이다.

"──그래프가 있을 수 있는 공간이, 부족한가요?"

"정답이야."

오리히메 씨가 기뻐하는 기색으로 고개를 끄덕였다.

"그래프가 너희── 사람의 상상에서 탄생한 존재라는 건 아니?"

"대강은요. ──그중에서도 세세한 디테일이 부족하고 미완성된 상상이 그래프로 변한다는 얘기는 들었지만요."

대충 설정만 잡아 놓고 방치된 소재거리부터 책상 한쪽 구석에 그려 놓은 낙서까지.

온갖 미완성품, 불완전한 것——. 그것들이 살아 움직이기 시작한 존재가 바로 그래프다.

"응, 맞아. 대충 그런 느낌이지. 하지만 사람의 상상력은 무제한에 가깝거든."

오리히메 씨는 정말로 난처하다는 기색으로 뺨에 손을 대고서 먼 곳을 바라보았다.

"탄생한 그래프가 맨 먼저 내려선 세계—— 2차원 쪽에도 물론 용량은 있었어. 그렇다고 거기가 좁다는 말은 결코 아니야. 다만 끝도 없이 계속해서 탄생하는 그래프들 때문에 세계가, 용량이 서서히 한계에 도달하기 시작했거든."

"……웬만하면 여쭤 보기 싫지만, 그래프의 수가 용량을 넘어서면…… 대체 어떻게 되나요?"

"아마 2차원 세계가 멸망하지 않을까? 풍선을 떠올리면 이해하기 쉽지 않을까 싶어. 파앙, 하고 터지는 거지. 다만 세계와 세계가 이미 서로 밀접하게 이어진 상태에서 어느 한쪽 세계가 무너진다면…… 3차원 쪽에 미칠 악영향은 이루 헤아릴 수가 없어. 일어날 확률이 가장 높은 일은, 원래 2차원 쪽에서 탄생해야 했을 그래프가 대신 3차원 쪽에서 탄생하는 거려나?"

그 말을 들은 나는 쓰레기봉투와 비슷한 걸까 생각했다. ——비유가 좀 그렇긴 하지만.

예를 들어 미완성품을 버리는 쓰레기봉투가 있다고 치자. 하지만 그 쓰레기봉투의 용량을 초과하면서까지 쓰레기를 억지로 계속해서 쑤셔 넣는 바람에, 쓰레기봉투에 구멍이 뚫리면 어떻게 될까. 원래 쓰레기봉투와 함께 분리되었어야 할 쓰레기가 그 구멍을 통해 쓰레기봉투 밖으로 새어 나오고 만다.

그래프가 창궐하는 세계——. 어쩌면 우리의 세계가 그런 위험한 곳이 될지도 모른다.

"뭐, 그래서 그렇게 되지 않도록 내가—— 감찰관이 있는 거야."

"……그래프가 빠져나갈 구멍인 '창문'을 출현시킴으로써 2차원 쪽에 있는 그래프의 수를 줄여 왔다는 말씀인가요?"

"어머——. 똑똑하네, 쿠치하라 양. 그 말대로야."

훌륭한 학생을 대하듯 그렇게 말해 주니 조금은 기뻤…… 지만.

"어라? 하지만 격퇴하면 다시 2차원 쪽으로 돌아오니까 별 의미는——."

"그 경우에는 부활할 때까지 납작해진 상태가 되니까 어쨌든 용량은 벌 수 있어. 뭐, 근본적인 해결책은 절대로 아니지만."

오리히메 씨가 어깨를 으쓱였다.

"그럼 최근 들어 세컨드 하프의 수가 부쩍 증가한 건——."

"상태가 꽤나 위험한 지경에 다다른 탓에 페이스를 올렸던 거야. ——하지만 초기에 비하면 괜찮을 거라 믿었거든."

오리히메 씨가 그렇게 말하며 피식 웃었다. 본인한테 이렇게 묻는 것도 좀 그렇지 않나 싶지만, 그래도 한번 물어보기로 했다.

"저어——. 그래프는 왜 3차원 쪽으로 오려고 하나요?"

한마디로 말하자면 완성하기 위함——이지만, 그게 목적이라면 다른 방법은 얼마든지 있지 않을까. 침략당하는 입장에서는 당연히 드는 의문이었다.

그 말을 들은 오리히메 씨는 진지한 표정을 짓더니——.

"……생긴 건 그래도, 그래프 또한 생물이나 마찬가지거든. 사라지기 싫다, 잊히기 싫다, 불완전한 상태로 있기 싫다, 본능적으로 그렇게 생각하는 거야. 일단은 그게 첫 번째 이유야. 그리고 또 하나는——."

오리히메 씨가 나직이 말했다.

"그것이, 그래프에게 요구된 소원이거든."

"……소원이요?"

"비단 그래프뿐만이 아니야. ——그래프가 탄생하는 2차원 쪽 세계도, 세컨드 하프도, 모든 것은 단 하나의 순수한 소원에서 탄생했거든."

그게 무슨 소릴까……? 소원으로부터 탄생했다고? 누구의 소원이지? 대체 어째서?

오리히메 씨가 생각에 잠긴 나에게 힌트를 주었다.

"——내 이름을 듣고, 내가 입고 있는 옷을 보고, 넌 아까 그걸 떠올리지 않았었니?"

——오리히메라는 이름, 밤하늘 무늬가 새겨진 날개옷, 은하수를 연상케 하는 허리띠.

————세컨드 하프가 출현한 날.

——————7월, 7일. 칠석날.

그리고, 소원? 칠석날의…… 소원, 이라고?

"설, 마——."

"누군가가 그걸 바란 거야. ——그날 밤, 자그마한 종잇장에다 자신의 소원을 담고 밤하늘을 올려다보며 기도했지.”

　나는 어느 생각을 떠올리고 나서 눈을 휘둥그레 치켜떴다. 그런 나에게 오리히메 씨가 답을 말해 주었다.

　“── ‘상상한 것이 진짜가 되게 해 주세요’ 라고 말이야.”

◇ ◇ ◇

　칠석날 밤에 작은 종이에다 소원을 적고 대나무 가지에 끈으로 묶는다. ──일본의 전통 행사로, 나도 옛날에는 자주 그러곤 했었다.

　“그게── 그게 말이 돼요?! 칠석날에 소원이 이루어진다는 건 그냥 동화나 옛날이야기가…….”

　“글쎄──? 위치 조건 등이 갖춰지면 별이 몇십 년에 한 번 진정한 힘을 발휘한다든가, 일종의 그런 경우가 아닐까? 물론 나도 증거는 없으니 누가 부정하면 뭐라 반박할 말도 없지만.”

　……그렇다면 일단 그건 그렇다고 넘어갈 수밖에 없다.

　“뭐, 누군가가 그렇게 빈 소원을 정말로 이루어 주기 위해 어떤 존재가 세계에 새로운 법칙을 만든 거겠지. 그걸 만든 존재가 하느님인지 별님인지는 모르겠지만.”

　──그게 바로 그래프가 탄생하는 시스템. 그리고 세컨드 하프.

　“그래프는 ‘진짜가 되게 해 주세요’ 라는 소원의 결과로 탄생했기에 3차원으로 오려고 하는 거야. 그리고 모든 것이 그들을 실체화시키기 위한 목적으로 마련되어 있지. 그 과정에서 나, 오리히 메는 감찰관 직책에 뽑힌 거고. ──원래는 나도 그래프였지만."

마지막 한마디에 나는 적잖이 놀랐다. ──결손된 부분은 눈을 씻고 찾아봐도 없는데.

"나에게 결손된 부분이 없는 건, 감찰관 직책에 뽑혔을 때 주어진 힘이 부족한 부분을 강제로 채워 넣었기 때문이야. 이 공간을 생 성하는 능력이나, 세계가 지금 상황에 이르기까지의 자잘한 경위, 그 외 기타 등등. 그러한 것들의 상징이 아마도 이 날개옷과 허리 띠일 거야. 아직 그래프였을 무렵에는 이런 게 없었거든."

그녀는 공중에 두둥실 떠 있는 허리띠를 손가락으로 어루만지며 말했다.

"참고로 문을 만드는 능력은 원래부터 타고났어. 어쩌면 그 능력 때문에 뽑혔을지도 모르지만. 그래서 말이야……."

오리히메 씨는 들뜬 기색으로 말을 계속 이어나가려고 했다. 엄 청 즐거워 보였다…….

"뽑힌 직후에 내가 가장 먼저 해야 했던 일이, 그래프에 대항할 수 있는 힘을 인간 쪽에게 주는 거였어. 그렇게 하지 않으면 균형 이 무너지니까. 그래서 높은 지능을 가진 그래프 한 마리를 이곳으 로 데려와서 제안을 했어. 인간 쪽에 붙으면 좋겠다고 말이야."

"대화가…… 통하던가요? 그래프라면 분명 날뛰기만 했을 것 같 은데요."

"인간도 폭력적인 사람만 있는 건 아니잖니? 그런 인류의 상상 에서 태어난 존재인걸. 그래프도 마찬가지야. 어쨌든 그 결과, 그는 이래저래 불평하면서도 내 제안을 받아들여 주었어. 그리고 나는 그 말고도 지능이 없는 일곱 마리의 그래프도 함께 저쪽으로 보냈고."

그럼 '영웅'이 습득한 '금술교전^(마비노기온)', 그것의 바탕이 된 그래프가 오리히메 씨가 말한 그일까?

어쨌거나—— 그 칠석날의 충격적인 진실을 들은 나는 머리가 터질 것만 같았다. 내가 그런 그런 모습을 보여서 그런지 오리히메 씨가 당황한 기색으로 입을 열었다.

"아…… 묻지도 않은 것까지 신나게 떠들어 버렸네. 미안해. 내가 제대로 얘기를 나눌 수 있는 기회는 거의 없거든."

"아, 아뇨……. 분명 충격의 연속이긴 했지만요."

설마 근간과 관련된 얘기를 내가 들을 줄은 꿈에도 몰랐으니까.

"……아, 맞다. 퀸과 만났다고 하셨죠? 그럼 오리히메 씨도 이번 습격에 일익을 맡으신 건가요?"

나는 그녀에게 그렇게 물었다. 세컨드 하프가 평소와 다른 이유는 그녀가 무언가를 했기 때문이 아닐까 싶었기 때문이다.

"그건 그래. 오히려 퀸에게 그 얘길 꺼낸 사람은 나였고."

그녀는 움츠러든 기색도 없이 태연한 투로 답했다.

"……그랬어요?"

"그래. 그래프의 용량이 정말 아슬아슬할 지경까지 오는 바람에 —— 찔끔찔끔 보내기에는 턱도 없이 모자랄 정도였거든. 그래서 원래 평소에는 모습을 드러내지 않지만, 그래프를 대량으로 이끌고 저쪽으로 갈 생각이 없느냐고, 만약 그렇게 하면 문을 살짝 변질시켜서 저쪽에 바로 보내 주겠다고 퀸에게 직접 제안했던 거야. 덕분에 용량 문제는 제법 숨통이 트였어."

그녀는 자못 기뻐하는 기색이었다.

"……아, 혹시 화났니?"

"아, 아뇨. ──어쩔 수 없지 않았나 싶어요."

하지만 앞으로도 계속 그래프가 3차원에 직접 출현하면 큰일인데.

"고마워. 뭐, 그래도 균형을 유지하기 위해서라면 난 뭐든 할 작정이지만."

그녀는 무시무시한 얘기를 아무렇지 않게 하고 나서…….

"게다가── 이제 슬슬 때가 되지 않았나 싶거든."

"때가 되었다고요?"

"응."

다시금 허리띠가 공중에 두둥실 떠오르며 원을 그렸다. 그곳에 인간과 그래프가 격전을 벌이는 3차원 쪽 전투 영상이 비쳤다.

"──그녀의 군세가 저쪽을 습격한들 너희라면 분명 괜찮을 거야. 난 그렇게 믿었으니까 그녀에게 그런 제안을 건넸던 거거든."

◆ ◆ ◆

2차 방어선의 바깥 둘레 근처에서.

"──미나세!"

"알고 있어!"

나는 내 이름을 외친 카고메에게 그렇게 답하고는 '천수창조' 로 증식 그래프를 섬멸해 나갔다. 하지만── 역시나 성가신 상대로 군. 수를 줄여 봤자 어차피 조금만 지나면 금세 복구되었으니까 말이다. 줄어든 느낌이 조금도 느껴지지 않아서 짜증이 났다.

지부 쪽도 습격을 받은 모양이지만, 그쪽은 알아서 잘 대처하길 바랄 수밖에 없다. 아무래도 지금은 인원이 부족──.

"에휴, 정말 끝이 없네?"

"투덜댄다고 어떻게 될 일이 아니잖냐. 그래도 현재까지는 저 녀석이 이레이저를 방해하는 데에만 집중해서 그나마 다행이야. ── 만약 증식 그래프가 방어선 밖으로 나가면 감당이 안 되니까."

모토바네 씨가 그렇게 말한 직후, 모두의 통신기에서 호출음이 울렸다.

『잘 들리냐, 이 자식들아. 봉인반 코코로 아스카다.』

이건 또 뜻밖의 인물이로군. ──봉인반 에이스 코코로 아스카가 연락을 취할 줄이야.

『그 증식 그래프를 봉인할 준비가 끝났어. 그렇다고 본체를 찾을 필요는 없지만. ──장벽이나 결계를 칠 수 있는 녀석들은 모두 쳐. 그러고 나서 모두 신호에 맞춰 범위 공격을 가해 단숨에 수를 줄이는 거야. 그놈은 대량의 수를 토대로 완성되었으니까 수를 줄이면 피해를 입힐 수 있어! 나중에 내가 신호를 내릴 테니 다들 얼른 준비해!』

나에게 지시를 내리다니, 건방지군. 그런 생각이 들기도 했지만 지금 이 국면을 타개할 수만 있다면 눈감아 줄 수밖에.

"──알았어! 카고메, 난 일제 사격 준비에 들어갈 테니까 그래프가 방해하지 못하게 잘 막아.”

“알았어. 널 지키면 되는 거지?——아니, 말 끝나기가 무섭게!”

엉망진창이 된 방어선을 돌파한, 몸길이가 3미터는 되어 보이는 그래프——한쪽 귀와 옆구리가 결손된 거대한 늑대가 우리를 향해 다가왔다.

카고메가 간이 병장인 검을 뽑는 모습을 힐끔 쳐다본 뒤, 나는 구름을 생성하기 시작했다.

“‘금사작^{카 나 리 엘}’!”

그 외침과 함께 금색을 띤 작은 새 다섯 마리가 카고메의 주위에 나타났다. ——그리고 그중 세 마리가 거대한 늑대를 감싸는 모양새로 선회하며 접근했다.

카고메의 그래피티 ‘금사작^{카 나 리 엘}’——. 날개와 꼬리에서 실을 길게 뻗을 수 있는 작은 새를 자아내는 능력이다. 그 진가는 실에 닿은 상대의 능력을 봉인하는 데 있다.

봉인 계열 능력은 수가 적지만—— 내가 아는 한 그중에서도 카고메의 그래피티는 가장 약하다고 할 수 있을 테지. 실이 미처 닿기도 전에 작은 새가 당하면 끝이다. 설령 실을 휘감는 데 성공했다고 한들, 실의 강도는 없는 거나 마찬가지다. 가볍기 때문에 뿌리치면 그걸로 끝이다.

자신에게 날아드는 작은 새를 본 거대한 늑대가 움직임을 보였다. 순식간에 꼬리 끝을 낫처럼 예리하게 만들어 채찍처럼 휘둘렀다. 작은 새 세 마리는 그 실을 미처 휘감기도 전에 제거당했다.

“흡——.”

하지만 카고메는 겁먹은 기색 없이 거대한 늑대를 향해 내달렸다. 적을 인식한 거대한 늑대가 고개를 낮추고 머리를 들어 올리더니 카고메에게 다시금 꼬리를 휘둘렀다.

"……윽!"

옆으로 휘두른 그 일격은 정통으로 맞으면 몸이 위아래로 절단될 정도의 위력이었다. ──하지만 카고메는 검을 겨누며 도약하더니 금속음을 울리며 그 일격을 피했다. 검으로 채찍을 받아 넘기며 그것을 축으로 삼아 채찍을 뛰어넘은 것이다. 흐음, 신체 능력 및 위험한 순간에 대처하는 담력은 인정할 수밖에 없겠군.

착지한 카고메가 다시금 거대한 늑대를 향해 걸음을 내디뎠다. 거대한 늑대는 다시 한번 자세를 취했지만── 채찍은 휘두르지 못했다.

몸을 굳힌 거대한 늑대 앞에서 다시금 변화가 일어났다. 카고메의 모습이 사라진 것이다.

표적을 잃은 바람에 거대한 늑대는 경계하듯 으르렁거렸다. 바로 그때였다. 거대한 늑대의 오른쪽 앞발이 베여 날아갔다. 그리고 순식간에 왼쪽 앞발도 베여 날아갔다.

그리고 잠시 후──.

"──하아압!"

공중에서 날카로운 기합 소리와 함께, 자세가 무너진 거대한 늑대의 목이 날아갔다. 얼마 지나지 않아 거대한 늑대의 몸이 입자가 되어 알 쪽으로 날아갔다.

"후우……. 좋았어."

허공에서 나타난 작은 금색 새의 바로 밑에서 카고메가 모습을 드러냈다.

"수고했어, 카고메. 아주 훌륭했다고."

"아뇨. 이게 다 모토바네 씨의 '해월룡(인비저블)' 덕분이죠."

"쥰짱, 해냈구나~!"

조금 떨어진 곳에서 '의심암귀(글래디에이터)'로 그래프와 싸우던 오리쿠라가 카고메를 칭찬했다.

모토바네 씨의 그래피티 '해월룡(인비저블)'은 접촉한 것을 투명하게 만드는 능력이라고 한다. 게다가 그뿐만 아니라 투명해진 것과 접촉한 것마저 투명하게 만들 수 있다고 한다.

──카고메가 거대한 늑대의 첫 일격을 피한 직후, 모토바네 씨의 그래피티인 '해월룡(인비저블)'으로 투명해진 상태에 있던 '금사작(카나리엘)'이 거대한 늑대에게 실을 휘감았다. 거대한 늑대는 자신의 능력을 봉인당했음을 알아차리고는 당황했고, 투명한 상태에서 실을 다 휘감은 '금사작(카나리엘)'이 그 틈을 타 카고메와 접촉──. 모습이 투명해진 카고메가 가까이 다가가 검으로 거대한 늑대를 처치했다. 아마 이런 전개였을 테지.

오호라, 서로 간의 연계가 제법이었다. 부족한 힘은 전법으로 보충한다──. 왠지 사사미야 그 녀석이 입에 담을 만한 말이 문득 떠올랐다.

그건 그렇고 신호는 아직 멀었나? 나는 이미 준비가 다 끝났──.

『이제 때가 왔군. 이 자식들아, 준비는 다 끝났겠지?』

내가 속으로 그런 생각을 하고 있을 때, 껄렁껄렁한 목소리가 통신기에서 울려 퍼졌다. 나는 그 말을 듣고 회심의 미소를 지었다. 오리쿠라, 카고메, 모토바네 씨 세 사람은 내가 만든 구름 밑에서 벗어나듯 거리를 벌렸다.

『그럼 간다앗──! 하나, 두울!』

"── '천수창조'!"

내가 그렇게 외침과 동시에 하늘에 떠 있는 구름에서 비가 쏟아져 내렸다. 범위 안에 다른 이레이저가 있을 가능성도 고려해 위력은 중간 정도로 설정했다. 웬만한 방어법만 갖춰도 충분히 막을 수 있을 만한 위력이었다.

그럼에도 증식 그래프의 수는 눈에 띄게 감소해 나갔다.

빗소리에 섞여 다른 쪽에서도 폭음이나 무언가가 붕괴하는 소리가 울려 퍼졌다. 각자 공격을 가하는 중일 테지.

얼마 지나지 않아── 공격을 피해 살아남아 있던 증식 그래프가 움직임을 멈추었다.

놈들의 몸이 일제히 빛의 입자로 변해 하늘을 향해 올라갔다. ──그리고 그것들은 어느 한 점을 향해 날아갔다. 아마 코코로가 손에 쥐고 있을 금서 쪽으로 날아갔을 테지.

『좋아, 다들 수고했어. ……하지만 어디까지나 방해꾼만 사라졌을 뿐이지 아직 방심하면 안 된다? 그래프 놈들은 아직도 왕창 나오고 있는 것 같거든!』

코코로의 통신은 그걸로 끝이었다. ──그 직후에 별개의 전체 통신이 들어왔다.

『이…… 이저……니까. 이레이…… 여러분, 들리십니까.』

띄엄띄엄 들려오던 음성이 서서히 알아들을 수 있는 상태로 변했다.

『여기는 지부. 이레이저 여러분, 들리십니까.』

그 목소리의 주인은 나카타키 씨였다. ――지부? 지부의 관측실은 포기했다고 하지 않았던가? 내 의문은 아랑곳하지 않은 채 나카타키 씨가 계속해서 말을 이어 나갔다.

『지부를 습격한 그래프를 격퇴했습니다. ――기기가 파손된 탓에 정보 지원은 여전히 불가능한 상태입니다만, 이쪽은 신경 쓰지 말고 전투를 계속해 주십시오!』

"?!"

그 말을 듣고 나는 솔직히 놀랐다. ――지부를 습격한 그래프를 격퇴했다고? 싸울 수 있는 이레이저는 죄다 방어선에 동원되어서 지부에는 아무도 없을 줄 알았는데……. 혹시 누군가가 그래피티를 습득해서 처치한 건가? 훈련조차 받지 않은 사람이 그래프를 상대해서 이길 정도면 상당히 강력한 그래피티를 습득했나 본데.

나는 놀라워하며 추측에 잠겼고, 내 옆에 있는 오리쿠라는 '굉장해, 굉장해!'라고 떠들어 댔다. 그리고 드문드문 함성 소리가 들려왔다. ……이레이저 쪽의 사기가 다소 올라간 건가?

게다가 잇따라 전체 통신이 들어왔다. 이번엔 누구지?

『아, 여보세요……. 나, 1급 이레이저 야가미 하루마인데.』

그 말을 들은 모두가 머리 위에 물음표를 띄웠다. 이런 타이밍에 갑자기 무슨 일이지?

나는 통신기를 조작하며 의문을 말로 표현했다.

"그 '영웅'이 이런 때 무슨 일이지? 이쪽은 지금 정신없이 바쁘거든."

"뭣⋯⋯?!"

가만히 있으라는 듯이 카고메가 나를 찌릿 노려보았다. 뭘 그렇게 당황하는 건지 원──. 난 그저 무슨 볼일인지 물어봤을 뿐인데.

『하핫, 매섭구먼⋯⋯. 너무 그렇게 매정하게 굴지 말라고. 우린 지금 도움을 주려는 거니까.』

내 의문에 답한 목소리의 주인은 '영웅'이 아닌 그래피티── '금술교전(_{마비노기온})'이었다. 왠지 모르게 귀에 거슬렸던 탓에 나는 이 녀석의 목소리가 마음에 들지 않았다.

"도움을 주겠다고?"

『그래⋯⋯. 늦어서 미안. 아무래도 거리가 좀 있다 보니까──.』

바로 그때였다.

제트기가 가까이 다가오는 듯한 소리가 나더니── 갑작스럽게 불어닥친 폭풍에 내 머리카락이 흩날렸다. 나는 고개를 들어 위쪽을 올려다보았다. 거대한 박쥐와도 같은 날개를 펼친 용이 하늘을 통과했다. 그러더니 살짝 속도를 줄이며 방어선의 중간 부분 상공을 선회했다.

와카야마 본부에는 용을 불러내는 이레이저가 있다고 들은 적 있었는데── 설마 저게 그건가. 상공을 선회하는 용의 등 위에서 사람 실루엣 몇 개가 서로 같은 간격을 두고 뛰어내렸다.

『우리도 뒤늦게나마 싸움에 힘을 보태도록 할게.』

　마지막으로 뛰어내린 남자는 옆구리에 커다란 책을 끼고 있었는데, 머리는 심하게 뻗쳐 있었고 그 표정은 왠지 모르게 께느른한 것처럼 보였다.

　그 남자가 바로 인류 최초의 이레이저—— 흔히들 '영웅'이라 부르는 야가미 하루마다!

　"흥, 힘을 보태겠다고 했는데—— 본부 쪽은 괜찮은가?"

　『하핫, 그쪽에 누가 있는지 몰라서 하는 소린가?』

　『그래프를 섬멸할 목적이면 치히로 혼자만 있어도 그다지 문제없거든…….』

　'영웅'이 진지한 투로 나직이 말했다.

　치히로—— 히이라기 치히로. 자신이 본 것을 모조리 유리로 바꾸는 '마녀'다. 하긴, 그 녀석이 있으면 별 문제없겠지.

　『그리고 이 모든 사태의 원흉인 퀸이 이쪽에 와 있다면 전력을 이쪽에 집중하는 건 자연스럽지 않겠어?』

　'영웅'이 그렇게 말했다.

　『그럼, 이제 퀸의 군세를 한꺼번에 정리해 볼까? 시로가네를 제쳐 놓고 지휘를 하는 것도 좀 마음에 걸리니, 난 정보를 전념하는 데 주력할게. 다들 그 정보를 토대로 그래프에 대응해 줬으면 싶어.』

　『자, 다들 분발해! 지금부터 단숨에 반격해 보자고!』

　전장 곳곳에서 다시금 함성 소리가 났다.

　이쪽의 사기는 갈수록 높아졌다——.

◆ ◆ ◆

"──거 봐, 괜찮은 것 같지?"

허리띠가 비추는 영상을 보며 오리히메 씨는 웃음을 머금었지만, 나는 웃을 수 없었다.

"돌아가야 해."

모두가 싸우는 모습을 보면서── 나는 자기도 모르게 그렇게 중얼거렸다.

"부탁이에요, 오리히메 씨. 저랑 시로가네 선배를 저쪽으로 돌려보내 주세요."

"어머── 전의에 불을 지폈나 보네."

똑바로 자신의 눈을 쳐다보는 내 모습에 그녀는 웃어 보였다.

──어차피 내가 다시 돌아간다고 전황이 극적으로 변하는 건 아니다. 물론 시로가네 선배가 돌아가면 전세를 단숨에 뒤집을 수 있겠지만.

하지만 그렇다고 여기서 계속 얘기나 나누고 있자니, 다른 사람은 용납해 줄지 몰라도 내가 용납할 수 없었다.

그렇기에.

"──하긴, 이제 슬슬…… 때가 된 것 같으니까."

그녀는 영상에 비치는 퀸을 의미심장하게 바라본 뒤, 오른팔을 들어 올리고 무언가를 붙잡더니 잡아당기는 듯한 동작을 취했다.

뭘까? 내가 속으로 그렇게 생각하고 있는데── 오리히메 씨가 음흉하게 웃었다. ⋯⋯불길한 예감밖에 들지 않았다. 딱 봐도 못된 짓을 꾸미는 표정이었으니까.

"자, 오래 기다렸지?──그럼, 널 맞이하러 온 왕자님을 이리로 불러 줄게."

그 직후.

"?!"

문은커녕 창문조차 없는 새하얀 벽에서 시로가네 선배가 나타났다.

◆ ◆ ◆

"──엉?"

온통 그래프밖에 없는 공간을 계속해서 나아가고 있었는데, 느닷없이 새하얀 공간으로 끌려왔다. 너무나도 급격한 환경 변화에 나도 모르게 얼빠진 소리를 냈는데.

"시, 시로가네 선배?!"

──줄곧 찾고 있던 녀석의 모습이 눈에 들어오자, 머릿속에 든 의문은 모조리 날아가 버렸다.

"코토네?! 코토네 맞지?! 괜찮아?!"

나는 그렇게 말하며 한달음에 달려가 코토네를 주의 깊게 살폈다. 어디 다친 곳은⋯⋯ 없네?!

"저, 저기⋯⋯ 네, 네에, 괜찮⋯⋯아요?!"

응⋯⋯? 코토네의 깜짝 놀란 목소리가 귓가에 들리는가 싶더니,

뒤이어 팔과 몸에서 느껴지는 따뜻한 감촉에 나는 의문이 들었다.

"……시 ……시로가, 네, 선…… 배?"

──내가 코토네를 끌어안고 있음을 알아차린 건 그로부터 2초가 지난 뒤였다.

"──아…… 미, 미안!"

"……아 ……아뇨……."

나는 곧바로 팔을 풀고 코토네로부터 한 걸음 물러났다. 코토네의 얼굴은 말 그대로 사과처럼 새빨갛게 물들었고, 눈은 소용돌이치며 뱅글뱅글 돌고 있었다. 그리고 입은 마치 잉어처럼 뻐끔거리기만 할 뿐이었다. ……왠지 모르게 귀엽네. 아니, 그게 아니라.

……난 대체 뭐 하는 거람? ……코토네가 별다른 부상 없이 무사해서 기뻤던 걸까. 내가 저지른 행위 때문에 뒤늦게 부끄러움이 올라와서 나도 살짝 쑥스러웠다.

"어머나, 그렇게 쑥스러워할 건 없는데."

우리가 그런 미묘한 분위기를 형성하고 있을 때, 어떤 목소리가 끼어들었다.

거기에 서 있는 사람은 유카타 위에 밤하늘 무늬의 날개옷을 걸친 여자였다.

……이유는 모르겠지만 엄청 음흉한 미소를 짓고 있잖아. 이거 왠지, 마치 미요리 씨가 귀여워할 대상을 발견했을 때 짓던 표정이랑 똑같은 것 같은데. 이런, 경계심보다 수치심이 먼저 들었잖아. 나는 쑥스러움을 얼버무리고자 코토네에게 물었다.

"……코토네, 저 사람은 누구야?"

"아, 저어…… 오리히메 씨라고…… 그, 적은 아니에요. 절 이쪽으로 데리고 온 사람이거든요."

코토네는 나에게서 시선을 돌린 채 그렇게 가르쳐 주었다. 아직도 쑥스러운 걸까? 차라리 그랬으면 싶었다. 구하러 온 줄 알았더니 다짜고짜 성희롱을 저지른 변태 취급받는 것보단 나으니까 말이다. 그런다고 내가 엉엉 울지는 않겠지만 앞으로 최소 3년은 상처가 되겠지.

그건 차치하고── 딱히 차치하고 싶진 않지만, 어쨌든 일단 차치하고.

"그렇다는 말은, 당신이 나도 여기로 데리고 왔어?"

"맞아. ──아, 일단 기다려 봐. 문답이 시작되면 얘기가 길어질 것 같거든."

내가 무어라 말하기 전에 그녀가 먼저 입을 열었다.

"네가 궁금해할 만한 건 이미 대부분 쿠치하라 양에게 말해 놨어. 모든 일이 끝난 뒤에라도 천천히 물어보면 될 거야. 하지만 지금은 일단 저쪽으로 돌아가는 게 좋겠어. 그녀도 비장의 수가 없는 건 아니니까."

"그녀?"

오리히메라고 하는 사람이 손가락으로 가리킨 곳에는 원 모양을 이루고 있는 밤하늘 무늬의 허리띠가 있었다. 그리고 그 안에는 퀸의 모습이 비치고 있었다. 이건── 3차원 ^저 쪽 영상인가? 대체 이 녀석의 정체가 뭐지?

"간단히 말하자면, 나는 저쪽으로 이어지는 문…… 너희가 말하는 '창문'을 열 수 있거든. 지금부터 하나 만들 테니, 그걸 통해서 가면 그래프와 맞닥뜨리지 않고 전장으로 돌아갈 수 있어."

"……코토네, 믿어도 돼?"

……이제 막 만난, 수수께끼의 존재가 하는 말을 곧이곧대로 받아들일 수는 없는 노릇이지만.

──코토네의 말이라면, 나는 믿을 수 있다.

과연 코토네의 대답은──.

"네…… 네, 아마도, 괜찮을 거예요."

"……음, 그렇군. 그럼 잘 부탁해."

"어머나, 쿠치하라 양이 한마디 하니까 곧바로…… 엄청 신뢰하고 있나 봐."

"뭐, 내 귀여……."

내 귀여운 수제자……라고 말하려다가 어째선지 말문이 막히고 말았다.

아니, 이유는 알 수 있었다. 순전히 쑥스러웠기 때문이다. 정말 내가 왜 이러는 거지. 불과 얼마 전까지만 해도 아무렇지 않게 입에 담을 수 있는 말이었는데.

그렇지만 말문이 막힌 상태로 어중간하게 말을 끝맺는 것도 좀 그러니…… 좋았어.

"귀여운, 수제자거든."

내가 그렇게 말하자마자 코토네 쪽에서 화악, 하는 소리가 난 것 같은 느낌이 들었다. 평소 다른 사람에게 귀여운 수제자라고 소개할 때면, 코토네는 늘 지금처럼 얼굴을 빨갛게 물들이곤 했다. 요 최근에는 그 모습을 즐기는 여유마저 생겼었는데, 뭐지? 지금은 코토네의 빨개진 얼굴을 차마 똑바로 쳐다볼 수가 없었다.

아까 끌어안은 탓일까.

"……후훗. 대놓고 말하네?"

"놀리지 마……. 아, 그리고……."

나는 오리히메에게 고개를 숙였다.

"미안해, 고맙다는 말이 늦었어. ——코토네를 구해 줘서, 고마워."

"……후후훗, 정말로 소중하게 여기고 있나 보네. 그렇지? 쿠치하라 양."

"히엑?! 아, 그게…… 으으……."

코토네가 얼굴을 붉힌 채 나를 힐끗힐끗 쳐다보았다. ——그리고 그제야 알아차린 모양인지 코토네가 소리쳤다.

"시, 시로가네 선배! 선배야말로 몸 곳곳이 상처투성이잖아요?!"

코토네의 말마따나—— 내 제복은 곳곳이 찢어지거나 뜯어져 있었다.

"아…… 중간에 무진장 강한 녀석이 방해를 했거든. 그리고 혹시나 네가 말려들까 싶어서 칠성검도 쓰지 않았고——. 뭐, 늘 쓰던 여섯 자루만으로 쓰러뜨렸지만."

"괘, 괜찮으세요?"

"괜찮아. 멀쩡해. 그냥 긁힌 상처만 좀 났을 뿐이거든."

……사실 지금 떠올려 보면, 그 여섯 자루만 가지고도 아무 피해 없이 이길 수 있었을 것이다. 하지만 그때는 코토네가 위험할지도

모른다며 마음이 급했으니까——. 아, 이거야 원. 나도 아직 한참 멀었군.

"게다가——아, 아니, 아무것도 아니야."

"?"

게다가 너를 구하기 위해서라면 이 정도쯤은 아무렇지도 않다는 말은 역시나 입 밖에 낼 수 없었다. 입에 담으려니 무진장 부끄러웠으니까 말이다.

"——오리히메, 문은 준비됐어?"

"응, 마침 완성한 참이야."

새하얀 벽에 무지개 색의 타원이 나타났다. 그래프가 출현하는 세컨드 하프 내부에서 볼 수 있는 '창문'. ——이 안에 뛰어들기도 하고 다시 '창문'을 통해 돌아오기도 하다니. 설마 이런 날이 올 줄은 몰랐다.

"좋았어. ——가자, 코토네."

"네, 넵!"

"아, 잠깐만 기다려."

문에 발을 내디디려던 우리를 오리히메가 불러 세웠다.

"——쿠치하라 양, 고마웠어. 덕분에 무척 즐거운 시간을 보냈지 뭐야."

"아뇨……. 저야말로, 구해 주셔서 감사했어요."

천만에, 라고 답한 오리히메가 손가락 하나를 세우며 말을 이었다.

"이번 퀸 사건의 사과 겸, 나랑 같이 얘기를 나눠 준 보답으로—— 너에게 선물 하나를 줄게."

선물? 의아한 표정을 짓는 우리에게 그녀가 말했다.

마치 비장의 깜짝 선물을 준비한 소녀처럼 만면에 웃음을 짓고 코토네의 손을 쥐면서.

"퀸한테만 힘을 빌려주는 건 아무래도 공정하지 않으니까 말이야."

제5장 '절검의 은황^{오 버 로 드}'과 '절대 영역'

——흐음.

나는 알 바로 위쪽의 공중에 뜬 상태에서 대략적인 전황과 분위기를 보고, 살폈다.

아무래도 전세는 문지기 쪽으로 기운 것 같군. ——증식술을 가진 그 동포가 봉인당한 이상, 저들이 태세를 정비하는 것도 시간문제일 거라 예상하고는 있었지만 말이다.

하지만—— 저들의 거점을 박살 내지 못한 건 예상 밖이었다. 설마 그쪽에도 싸울 수 있는 자를 남겨 두고 있었을 줄이야.

게다가 다른 곳에서 원군까지 온 모양이니……. 이미 전장에서 벗어났지만, 조금 전 원군을 데리고 나타난 그 용은 무척이나 훌륭했다. ——내 전용 탈것으로 삼고 싶을 정도였다. 내 부하 중에는 그토록 완벽한 자태를 가진 자는 없으니까 말이지. 실로 부러웠다.

문지기 놈들은 나를 상대로 우세를 점했다고 여기는 모양이었다. 훼방꾼이 사라지고, 거점을 습격당할 우려가 사라졌다. 그리고 뜻하지 않게도 원군도 달려와 주었다. 이런 상황에서 사기가 오르지 않을 리 없다.

다시 말해, 슬슬 때가 된 것이다.

──응?

시야 밖에서 무언가가 날아오고 있군. ──그걸 알아차린 직후, 나를 섬기는 동포가 액체 상태의 방패를 펼치며 그 공격을 막아 냈다.

날아든 건 화염이었던 모양인지 순간적으로 공기에 열기가 섞였다.

"웬 놈이냐?"

슈르륵, 방패가 액체 상태로 돌아온 뒤── 나는 내 눈높이에서 내려다보이는 곳에 서 있는 인물에게 물었다.

"여어, 당신이 퀸이구나."

저 괘씸한 놈은 감히 내 질문을 무시했다.

언뜻 보기에는 얼빠진 표정을 짓고 있는 남자로, 손에는 거대한 책을 쥐고 있었다.

그렇군. 이 녀석이 바로── 그 말로만 듣던 '영웅'인가. 이곳에는 없다고 들었으니, 아까 원군으로 온 사람 중 하나라고 보는 게 타당하겠지. 여기까지 혼자서 온 이유는 동료가 지배당할 위험을 피하기 위함인 것 같았다.

『굳이 물어볼 것도 없잖냐, 하루마.』

그리고 책에서 목소리가 흘러나왔다. 창조주 놈들에게 쓸데없는 지혜를 불어넣은, 그 배신자였다.

"그러게. 딱 보기만 해도 차림새가 왕족이니까 말이야, 크로우."

『아니, 미리 사진을 봤으니까 이미 알고 있는 것 아니었냐는 뜻으로 말한 건데…….』

……그런데 대화를 나누는 모습은 '영웅'이라는 호칭에서 오는 느낌과 사뭇 동떨어져 있었다.

"'영웅'이라고 불리기에 얼마나 굳센 남자인가 싶었더니── 이거야 원, 순 광대가 따로 없구나."

"아하핫, 기대에 못 미쳐서 미안하군……. 그렇지만 내가 나 스스로를 그렇게 부르는 건 아니니까 너그러이 이해해 줬으면 싶은데."

『그나저나 넌 지금 상황을 똑바로 이해하고 있는 거 맞냐? 지배 능력을 빼면 별다른 전투력도 없는 주제에 엄청 여유로워 보이는데?』

"배신자 주제에 잘도 지껄이는구나. ──나는 탄생했을 때부터 여왕이었느니라. 지배력 말고 대체 무엇이 필요하단 말이냐?"

나는 턱을 들어 올리며 놈들을 내려다보았다.

"나를 상대로 혼자서 온 그 만용──. 지금 바로 후회하게 만들어 주마."

나는 부하들에게 지시를 내렸다.

"그런데── 이건 어떠냐? 방금 그대들을 태우고 나타난 그 용을 기수와 함께 나에게 바친다면 극형만은 면해 줄 수도 있다만?"

반쯤 진심을 담아 물어보았다. 기수가 조종하는 그 용은 내가 올라타기에 참으로 어울리니까 말이다.

"……여왕님도 참 재미있는 농담을 다 하네?"

하지만 '영웅'은 감정을 절제한 투로 그렇게 말했다.

"──설마 내가 동료를 팔 줄 알았어?"

그와 동시에 '영웅'이 쥐고 있는 책이 저절로 페이지를 팔랑팔랑 넘겼다. 그리고 그 움직임이 멈추었을 때, 불의 화살 몇 개가 녀석의 주위를 떠돌고 있었다. 방금 그 공격은 아무래도 이것이었나 보군.

"흥――. 교섭이 결렬되었군. 그렇다면 어쩔 수 없지. 그대를 처치한 뒤에 내가 직접 그 용의 기수를 맞이하러 가 봐야겠구나."

"순순히 보낼 줄――."

『――알았냐?!』

'영웅'이 책을 쥐고 있지 않은 오른팔을 휘두르자, 주위에 떠돌던 불의 화살이 마치 벌처럼 복잡한 움직임을 보이며 사방팔방에서 날아들었다.

방패가 펼쳐지며 화살이 날아드는 족족 막아 냈다. 하지만 그것을 전부 막아 내기도 전에 위에서 빛이 번쩍였다.

――쩌렁쩌렁하게 울리는 소리로 봤을 때, 아마 벼락이라도 떨어뜨린 모양이었다.

하지만 번갯불이 나를 삼키기도 전에, 내 위쪽으로 이동한 방패가 벼락을 튕겨 냈다. 그랬더니 이번에는 밑에서 땅이 솟아오르는가 싶더니, 회색 첨탑이 나를 꿰뚫고자 치솟았다.

이거야 원. 고리를 날릴 틈도 없군. 모든 방향을 감싸며 방어하는 거야 손쉬운 일이지만―― 상대의 모습이 보이지 않는 상태에서는 상대가 무슨 짓을 벌일지 알 수 없다. 상대가 투명한 상태도 아닌데 안이하게 방어에 전념하는 건 어리석음의 극치일 뿐이다.

방패가 아래쪽으로 이동하여 콘크리트 첨탑을 막아 냈다.

"하아…… 역시 쉽게 쓰러뜨릴 만한 상대가 아니네."

『그야 당연하잖냐. 전투력 자체는 없는 거나 마찬가지지만, 이게 세컨프였다면 족히 1킬로미터급은 되었을걸?』

"흥, 그대들 따위가 감히 나를 평가하려 드느냐? 무례하기 그지
없구나."

『어쨌든 성가신 건 저 방패야. 아까부터 퀸은 거의 꼼짝도 않고
있다고.』

"그럼 일단 저 방패부터 처리해 볼까!"

저들은 내 말을 무시하고서 어떻게 공격할지 정한 모양이었다.

참으로 무례한 녀석들이로군──. 음?

"후우──."

짤막하게 숨을 토해 낸 '영웅'의 주위를 이번에는 바람이 둘러쌌
다.

그리고 그 바람이 잦아들었나 싶었을 때, 나를 향해 탄환과도 같
은 무언가가 날아들었다. ──그것이 무엇인가를 확인하기도 전
에 방패가 시야를 가렸다. 착탄 직후에 바람이 휘몰아쳤다. 바람
을 압축한 탄환인가.

뒤이어 아래쪽에서는 아까 막았던 불의 화살이 날아들었다. 설마
겨우 이 정도로 나를 쓰러뜨릴 수 있을 거라 생각하는 건가. ──하
지만 방패가 이동하는 순간에 나는 보았다.

옆에서 날아든 바람의 탄환이 불덩어리와 충돌한 것을── 그리
고.

조금 전과는 차원이 다른 폭발이 발생한 것을, 방패 너머로까지
전해져 오는 충격을 통해 알 수 있었다.

방패를 둘러싼 뜨거운 열기가 안쪽까지 전해질 정도의 위력이었
다. ──조금 전과는 명백하게 달랐다.

"단순한 상승 효과치고는—— 규모가 엄청나군."

요컨대 저들의 술식에는 그런 효과가 있다는 말인가.

특정한 술식끼리 조합함으로써 위력을 끌어올리는 것이다.

"——과연, 역시나 광대답게 다재다능하구나!"

"딱히 나 자신을 광대라고 얘기한 적은 없지만. ——그나저나 이런 상황에서 그렇게 떠드는 걸 보니 참 여유가 넘치나 봐? 다음 일격으로 그 방패를 날려 버릴 건데?"

책에서 빛이 뿜어져 나오더니, 여러 개의 물 덩어리가 '영웅'의 주위를 두둥실 떠 다녔다.

그리고 그것들이 좌우로 나뉘며 나를 양쪽에서 공격하고자 움직였다. 하지만 설령 위력이 있다고 한들 어차피 한낱 물 덩어리에 불과하다. 물 덩어리들은 내 방패에 막혔고, 물이 사방으로 흩날렸다. 하지만—— 조금 전 일도 있었던 참이라 나는 다음 이어질 공격에 주의를 기울였다.

아까부터 녀석은 계속 방향을 바꿔 가며 일격을 가해 왔다. ——그럼, 다음은?

——내 바로 아래에서 땅바닥이 쩌적, 하는 소리를 냈다.

"아래쪽인가!"

그 순간 첨탑이 튀어나왔다. 아까와는 달리 돌로 이루어진 탑이 아니라 흙으로 이루어진 탑이었다. 하지만 이 정도라면 방패로 손쉽게 막아 낼 수 있다.

하지만 아까 막아 냈던, 사방으로 흩어진 물이 흙으로 이루어진 첨탑에 흡수되었다.

그러자 흙의 탑이 솟아오르는 속도가 증가했고, 그 끄트머리가 무수히 많은 갈래로 나뉘었다. 색도 암갈색으로 변했다. 한눈에 봐도 위력이 증가했음을 알 수 있었다.

　"쳇!"

　나는 혀를 차며 방패 뒤로 몸을 물렸다.

　예상했던 대로── 위력이 증가한 흙의 창이, 비 내리는 여자의 공격 이후로 한 번도 뚫리지 않았던 방패를 꿰뚫었다. 만약 방패 뒤에 그대로 있었다면 마찬가지로 나 또한 꼬치구이 신세가 되었을 테지.

　하지만 그 방패는 액체 상태로도 변할 수 있다. 단단해진 상태에서 그토록 꿰뚫렸으니 피해도 적지 않게 입었을 테지만, 아직 방패로서는 기능할──.

　"아직 멀었어!"

　'영웅'의 목소리가 내 생각을 방해했다. 그 직후에 하늘에서 빛이 번쩍이더니── 벼락이 떨어졌다.

　다만 그 벼락은 내가 아닌.

　방패를 꿰뚫은 흙의 창으로 떨어졌다.

　마치 피뢰침에 떨어지듯, 벼락이 흙의 창과 접촉한 그 순간── 흙의 탑에서 막대한 양의 벼락이 뿜어져 나왔다. 그칠 줄을 모르던 벼락은 마침내 하늘에까지 뻗어 나가는 벼락의 기둥을 만든 뒤에야 가까스로 잦아들었다. ……안에 있는 물과 반응한 건가? 연쇄하면 할수록 강해진다고 보는 게 타당하겠지.

　빠져나올 틈도 없이 벼락의 기둥에 휘말린 방패는 아무래도 소멸

된 모양이었다. ──근처에 있는 알을 향해 빛의 입자가 빨려 들어 갔다.

흥, 일격은 무슨──. 공격을 세 번이나 했잖은가.

"자──이제 방패는 없어졌어!"

『이제 궁지에 몰렸구나, 퀸이여!』

그리고 나를 향해 불의 화살과 물 덩어리를 날려 댔다. 그렇군. 저걸 정통으로 맞았다간 아무리 나라도 분명 위험할 테지.

하지만.

"궁지에, 몰렸다고? 이젠 언행마저 광대 노릇을 하다니, 참으로 유쾌한 녀석이로구나."

나는 싸늘한 투로 쏘아붙였다.

그 직후, 내 눈앞에 펼쳐진 오각형 장벽이 불의 화살과 물 덩어리를 막아 내고──튕겨 냈다.

"……?!"

『반사했어?! 피해라, 하루마!』

"미안, 늦을 것 같으니까 그냥 받아칠게!"

놈들은 내가 튕겨 낸 수와 정확히 같은 횟수만큼 공격을 가해 상쇄함으로써 그것을 막아 냈다.

흥──. 이제야 왔구나.

"……방금, 무슨 일이 일어난 거지?"

『……이봐, 하루마.』

"……너의 그 목소리를 들으니 상황이 무진장 안 좋은 것 같은데…… 뭔데?"

『상황이 좋지 않다.』

"그건 나도 안다니까! 대체 무슨 일이 일, 어…… 아아…… 그런 거구나……."

배신자와 대화를 주고받던 '영웅' 이 알 쪽을 쳐다보더니, 그리고 손에 쥐고 있던 책에 떠오른 문자를 보더니── 표정을 일그러뜨렸다.

내 명에 따라 알에서 다섯 마리의 부하가 모습을 드러냈다.

지팡이에 천을 뒤집어씌운 것처럼 보이는 자. 맹금류의 날개에 용의 몸을 가진 머리 없는 자. 아지랑이처럼 일렁이는 자. 얼음 등딱지를 짊어진 자. 몸이 잘게 분해된 자.

지금까지 알에서 나온 잡것들과는 달리── 그 하나하나가 중후하면서도 강렬한 위압감을 뿜어냈다.

"어디 대답해 보거라, '영웅' 이여. 그대는 무척 신뢰받는 모양이다만── 자신이 쓰러졌을 때, 병졸들이 그대를 어떻게 여길지 생각해 본 적은 없었나?"

역시나 그 녀석은 내 말에 아무 대답도 하지 못했다. 그저 팔찌에 대고 소리칠 뿐이었다.

"──다들 조심해! 1킬로미터급의 그래프가 다섯 마리나 나타났어!"

"──저기, 미나세짱. 정말 중심부로 가도 괜찮을까?"

달리는 '의심암귀'의 등에 올라탄 오리쿠라가 오른팔에 안겨 있는 나에게 물었다.

글래디에이터

"상관없어. 방어선은 재정비되었고 본부에서 원군까지 왔으니까. 방어선을 돌파할 만한 그래프를 그때그때 처치하는 일은 이미 완수했다고 봐도 무방해."

──우리 네 사람은 현재 중심부를 향하는 중이었다.

그 이유는──.

"정말 바깥 둘레를 벗어나도 괜찮나 모르겠는데."

오리쿠라의 옆에 있는 카고메가 빵모자를 눌러쓰면서 살짝 불안한 투로 말했다.

"그게 무슨 뜻이지? 아까도 말했을 텐데?"

"……여기까지 오는 동안에 보니까, 다들 사기가 좀 떨어진 것 같은 게 좀 찜찜해서 말이야."

──그 부분은 나 또한 동감이었다.

"그야 그렇겠지. 1킬로미터급 그래프가 다섯 마리나 나타났다는 말을 들으면 어중이떠중이들은 동요할 테니까."

"그렇다고 말을 그렇게 하면 안 되지, 미나세……."

──본부 방위실 '실장', 야가미 하루마가 마지막으로 보낸 전체 통신에 따르면 1킬로미터급 그래프가 추가로 나타났다고 한다.

그것도 다섯 마리씩이나. 나 원, 그 망할 퀸 녀석──. 제법인데?

"방어선이 건재하다면 그래프가 방어선 밖으로 나갈 우려는 없어. 사기는 다소 떨어지겠지만, 그럼에도 그래프와의 전력 차이는 압도적이야. ──그리고 그 전력 차이보다도 압도적인 전력이 지금 중심부에 있고."

나는 정면을 응시하며 그렇게 말했다.

"유격을 담당했던 우리는 오히려 중심부로 가야 해. 현재 '영웅'이 퀸과 1킬로미터급 다섯 마리에 맞서 싸우고 있을 텐데, 승산이 있을 것 같아?"

"없겠지. 아무리 그 '영웅'이라고 해도 실력은 1급 평균 이상 특급 미만일걸? 시간을 벌기만 해도 기적이지 않을까 싶은데."

그렇게 말한 사람은 입에 담배를 물고서 오니의 왼팔에 안겨 있는 모토바네 씨였다.

"으~음, 근데 그 '영웅'은 정말로 싸우고 있을까? 전력 차이가 그 정도로 심하게 난다면 도망치지 않았을까 싶은데."

"이 멍청아. 아무리 전력에 차이가 난다고 해도 그 녀석만큼은 그럴 수가 없어. 본부에서 원군으로 온 '영웅'이 적을 앞에 두고 도망을 친다니──. 그랬다간 사기가 뚝 떨어질걸? 퀸은 엄청 교활한 녀석이야. 만약 '영웅'이 그런 짓을 했다면 곧바로 온 사방팔방에 다 퍼뜨렸을 거라고."

저번에 사사미야와 마츠바 녀석도 비슷한 얘기를 했었지만 말이지.

"그럼 싸우다가 쓰러져도 똑같은 거 아니야?"

내 말에 오리쿠라가 불만스러운 투로 답했다. 뭐, 그 말도 맞지만.

"그러니까 쓰러지지 않도록 지원해 주려고 우리가 지금 그쪽으로 가는 길이잖아. 비록 이기지는 못하더라도 사사미야가 돌아올 때까지 시간을 벌 수 있으면 그걸로 족해. 알았으면 오니더러 더 빨리 움직이라고 해."

"이미 전속력으로 달리고 있다구~!"

옆에서 오리쿠라가 투덜거리며 한 말은 바람 소리에 묻혔다.

"……의외네."

"엉? 뭐가?"

"네 입에서 지원이라든가, 사사미야를 의지하는 듯한 말이 나올 줄은 몰랐어."

"음? 내가 딱히 이상한 얘길 한 것도 아닐 텐데?"

"애당초 네가 사사미야 그 녀석을 의지한다는 것 자체가 의외야."

모토바네 씨가 중간에 끼어들었다.

"지금 여기에도 없고, 언제 돌아올지 알 수 없는 녀석을 의지하는 게 놀라울 따름이라고. 네가 원래 그런 불확실한 요소에 의지하는 녀석이었던가?"

"모토바네 씨, 그럼 반대로 묻겠는데. 지금 이 전장에서 퀸은 그렇다 치더라도 1킬로미터급 다섯 마리를 동시에 상대해서 이길 수 있는 녀석이 있어?"

"……없지."

"그렇지? 엄청난 군세가 우르르 쏟아져 나오기만 했던 조금 전과는 상황이 완전히 바뀌었어. 적어도 지금 이 상황을 타개하려면 그 녀석의 힘이── '칠식'이 반드시 필요해. 사사미야가 돌아올 가능성이 아무리 낮다고 해도, 그 녀석이 돌아오지 않으면 우리의 미래는 전멸밖에 없어."

"……뭐, 그건 그렇긴 한데."

"……머릿속엔 날뛸 생각 밖에 없을 줄 알았는데, 너도 참 많이 변했다?"

"지금 누구더러 전투광이라고 하는 거냐? ——뭐, 실제로 요 몇 달 사이에 생각이 좀 바뀌긴 했지만."

주로 사사미야와 엮어서 그럴까.

"지금의 너라면 왠지 팀도 짤 것 같은데?"

"웃기지 마. 내가 걸리적거리는 놈들을 왜 달고 다녀야 해?"

"……방금 했던 말 취소할게. 예나 지금이나 말하는 게 똑같은 걸 보니 역시나 넌 팀을 못 짤 것 같아."

카고메가 어이가 없다는 투로 중얼거렸다.

"자, 잡담은 거기까지 해. 이제 거의 다 왔어."

1차 방어선에서 싸우는 이레이저들의 모습을 보고 모토바네 씨가 주의를 환기했다. ——중심부까지는 이제 얼마 남지 않았다.

"우리 입장에서도 퀸 입장에서도 본부에서 원군이 온 건 뜻밖이었지만—— 어쩌면 퀸은 오히려 잘됐다고 여겼을지도 몰라. 주도권을 잡을 수 있는 절호의 먹잇감이니까."

"그럼 오히려 도망쳐 주는 쪽이 좋을지도 모르겠네요. 전력으로 남아 있는 쪽이 도움이 되고."

"하긴, 듣고 보니 그래."

카고메의 말에 모토바네 씨가 말했다.

"그래도 그 남자는 절대로 도망가지 않겠지."

"엔지 씨, 그렇게 딱 잘라 말할 수 있는 이유가 뭐예요?"

"한번 생각해 봐, 카고메. 그 녀석은 인류 최초의 이레이저라고. 비록 파트너와 함께라고는 하지만, 전국 각지에서 날뛰던 일곱 마리의 그래프를 만신창이가 되어 가면서까지 혼자서 상대한 '영웅'이라고."

그는 어이가 없다는 듯이, 그래도 못 당하겠다는 듯이 웃으며 말했다.

"눈앞에서 적을 놓치면 누군가가 위험에 처하고 말아. 그런 상황에서 도망쳤다면, 녀석은 애당초 '영웅'이라 불리지도 않았을 거야."

"그럼 더 서둘러야——."

요란한 폭발음이 오리쿠라의 말을 막으며 폐허가 된 시가지에 울려 퍼졌다.

"……슬슬 도착했나 본데."

"그럼 이제 몸을 투명하게 만들 테니, 그대로 접근해서 '영웅'을 돕는 거야."

"네~ 네~!"

오리쿠라의 대답과 동시에 가장 먼저 오니의 모습이 사라졌다. 그리고 그 뒤를 이어 오니와 접촉하고 있던 우리의 모습도 사라졌다.

모토바네 씨는 '해월룡'의 효과를 훌륭하게 발휘했다. ——그나저나 자신의 모습이 보이지 않으니 위화감이 장난 아니군.

그러고 나서 5초 후, 우리는 마침내 전장의 중심부에 도달했다.

그곳에는 머리가 없는 용처럼 생긴 그래프의 등에 올라탄 퀸과, 그 곁을 따르는 네 마리의 그래프가 있었다. 그리고 놈들과 대치 중인, 만신창이가 된 '영웅'의 모습이──.

지금은 몸을 숨긴 채 상황이나 보고 때가 아니었다.

"'천수창조'!"
_{레이니 웍스}

나는 오니의 몸에서 떨어진 뒤, 적들을 향해 물의 탄환을 내쏘았다. ──하지만 놈들 앞에 나타난 오각형 장벽이 물의 탄환을 튕겨냈다. 쳇──. 반사 능력인가.

나는 곧바로 내 앞에 구름을 자아냈다. 내 구름은 물을 내쏘는 것 외에도 물을 흡수하는 능력도 지니고 있다. 때마침 투명화의 효력이 끝나 내 모습이 드러났다.

"비 내리는 여자인가. 이다음엔 그대를 잡으러 갈까 싶던 차였는데── 이렇게 알아서 제 발로 와 줄 줄이야. 덕분에 수고를 덜었구나."

목 없는 용의 등에서 내려다보던 퀸이 '영웅'을 감싸듯이 앞에 나선 나에게 말했다.

"흥, 안됐지만 순순히 붙잡혀 줄 마음은 없거든. 난 내 뒤에 있는 '영웅'을 지원하러 왔을 뿐이니까. ──내가 온 이상 네놈들 마음대로는 안 될걸?"

"주둥아리를 나불대는 건 여전하구나. 숫자가 좀 늘었다고 어떻게 될 것 같으냐?"

"하긴, 네놈은 그렇다 쳐도 뒤쪽에 있는 그래프 다섯 마리는 확실히 좀 성가실 것 같긴 하군──."

"──미나세, 뒤를 조심해!"

카고메가 왜 그렇게 소리쳤는지 생각할 겨를도 없이.

──갑자기 고열과 충격이 내 등을 덮쳤다.

"으, 으헉?!"

나는 견디지 못하고 입 밖으로 괴로운 신음을 토해 내며 바닥에 무릎을 찧었다.

"아, 하핫! 아하하하하하하핫! 왜 그러느냐! 마치 날개 꺾인 병아리처럼 표정이 아주 볼 만하구나!"

표정을 일그러뜨리는 나를 내려다보며 퀸이 드높이 웃었다.

뭐지──? 그래프가 움직인 낌새는 없었는데……!

아니면 저들 중에 자연 발화하는 능력을 가진 그래프라도 있는 건가? 아니, 아까 카고메는 뒤를 조심하라고 했던가? 뒤?──설마?!

나는 등에서 느껴지는 열기로부터 벗어나듯, 그래프들로부터 떨어져 일행들이 있는 쪽으로 몸을 날렸다.

"──윽, 이게 대체 무슨 짓이냐, '영웅'!"

──꽤나 정통으로 맞았지만…… 그래도 피해는 생각보다 그리 크지 않군. 옷이랑 등을 조금 데었을 뿐인가.

나는 표정을 일그러뜨리며 그래프와 '영웅'을──나를 덮친 것으로 보이는 불덩어리를 주위에 거느린 '영웅'을 노려보았다. 그리고.

의지가 조금도 느껴지지 않는 그 눈을 보고서── 내가 생각할 수 있는 최악의 가능성을 떠올렸다.

"그렇게, 된 거였나……!"

"미나세짱! 괜찮아?!"

"……문제없어. 그보단 일단 여길 벗어나야 해."

오리쿠라가 고개를 끄덕였다. 곧바로 '의심암귀^{글래디에이터}'가 우리 모두를 끌어안고서 모습을 감춘 채 중심부에서 이탈했다.

나는 흔들리는 오니에게 몸을 맡긴 채, 투명해진 통신기를 평소 사용하던 감각으로 조작했다. 이러면 전체 통신 모드로 설정되었을 터──. 나는 우리의 위치가 탄로 나지 않을 정도의 목소리로 말했다.

"──다들 잘 들어. 퀸이 '영웅'을 지배했어. 맞닥뜨렸을 시엔 기습을 당하지 않도록 주의해."

나는 응답이 돌아오기 전에 통신을 끊었다. 대체 어떻게 된 거냐며 다른 사람들이 따지고 들었다가 우리 위치가 노출되면 죽도 밥도 안 되니까 말이다.

"……미나세, 그 얘길 알리는 게 정말로 상책이었을까? 그거야말로 사기를 뚝 떨어뜨리는 행위가 아닐까 싶은데."

"영문도 모른 채 기습당하는 것보단 낫잖아. 동료라고 믿어 의심치 않는 상대에게 갑자기 공격을 받으면 충격은 클 거야. 오리쿠라, 일단 저 교정에서 멈춰──. 히라카미의 팀이 싸우고 있어."

"네네넷~!"

투명화의 효력이 끝나고── 오리쿠라의 오니가 착지하는 김에 그래프 한마리를 짓밟았다. 우리는 어느 학교의 교정에 도착했다.

그것을 본 히라카미가 쿠치하라의 우산을 한 손에 쥐고서 이쪽으로 달려왔다.

"아, 풍 선배! 방금 그 통신── 대체 어떻게 된 거예요? 등은 또 왜 그렇게 됐고요?!"

"질문은 나중에 해. 좀 떨어져 봐."

나는 머리 위에 자그마한 비구름을 생성하여 비를 내리게 한 뒤, 그 비를 맞았다.

"윽…… 크윽!"

차가운 물의 감촉과, 등에 난 상처에 물이 스며드는 아픔에 나도 모르게 신음했다. 하지만 등에 입은 화상은 이 정도 응급 처치면 충분하겠지. 살과 옷이 엉겨 붙지 않았으면 좋겠는데.

"……후우. 그럼, 뭐부터 얘기해 볼까."

"얘기하기 전에 일단 이거 좀 입으세요, 풍 선배."

대충 물을 닦으며, 젖은 머리를 쓸어 올리는 나에게 히라카미가 자신의 재킷을 벗어서 내밀었다.

"왜지? 그냥 이대로도 상관없는데."

"옷 뒤쪽이 불에 타 구멍이 난 바람에, 맨살이 제법 많이 드러나 보이거든요."

"난 조금도 신경 쓰지 않는다만?"

"그럼 못써요. 입으세요."

"어쩔 수 없지……."

이럴 때의 히라카미는 의외로 고집스럽단 말이지. 나는 얌전히 흰색 재킷을 벗고, 망설임 없이 그 밑에 입고 있던 블라우스도 벗었다. 으~음…… 요즘 같은 계절에, 그것도 흠뻑 젖은 상태에서 속옷 바람으로 상반신을 드러내고 있으니 역시나 춥군.

"앗?! 풍 선배, 지금 뭐 하시는 거예요! 모토바네 씨는 얼른 고개 저쪽으로 돌리시고요!"

히라카미가 그렇게 외쳤고, 모토바네 씨가 거북한 기색으로 고개를 돌렸다.

"응? 물에 젖은 블라우스를 입고 있으면 찝찝하잖아."

"아니, 저기요……. 남자가 보는 앞에서 망설임 없이 옷을 벗고 속옷 차림으로 있으면 안 된다고요! 정조 관념이 없어도 너무 없는 거 아니에요?! 수치심은 대체 어디에 내다 버린 건데요!"

"말도 안 되는 소리. 나도 수치심쯤은 가지고 있어. 하지만 지금은 딱히 수치심이 느껴지지 않는다만?"

"풍 선배, 그 이상 아무 말도 하지 마세요! 그리고 얼른 이거 입으시고요!"

"뭐, 하긴. 지금은 말다툼이나 벌이고 있을 상황도 아니지. 서두르지 않으면 녀석들이 여기까지 올지도 모를 일이니까."

"큭……. 풍 선배가 납득하는 방식이 어쩐지 납득이 안 가……!"

웬일로 히라카미가 패배했다는 듯한 표정을 짓고 있었다. 아까부터 뭐라는 건지 원.

"네가 부상을 다 입다니 별일이잖아, 미나세."

내가 히라카미로부터 건네받은 재킷을 몸에 걸친 뒤, 그래프를 정리하고 유키코 씨와 함께 이쪽으로 다가온 아스카 씨가 그렇게 말했다.

"…… '영웅' 한테 뒤에서 당했거든. 어쩔 수 없지."

"그럼, 정말로 지배당했던 거군요."

"아마 1킬로미터급 다섯 마리한테 호되게 당했을 거야. 만신창이가 될 지경까지 당한 다음, 몸 하나 까딱할 수 없는 상태에서 고리가 몸을 통과했던 게 아닐까 싶어."

"1킬로미터급이 다섯 마리나 있는 데다, '영웅'까지 적으로 돌아선 상황이라……. 퀸 봉인 작업 자체는 이제 곧 끝날 것 같은데─. 안 그래? 유키코 씨."

아스카 씨에게 이름을 불린 유키코 씨가 펜을 끄적이며 후드 밑에서 고개를 꾸벅 숙였다.

"그렇다면 이제 퀸을 어떻게 쓰러뜨릴지 대책을 강구해야겠네. 내 '금사작'이라면 상대가 1킬로미터급이라도 빈틈을 찌를 수 있는데."

"─아니, 잠깐만."

나는 대화를 일단 중지시켰다.

"뭐 신경 쓰이는 점이라도 있어?"

"퀸을 우선적으로 쓰러뜨리는 건 상책이 아니야."

"……그게 무슨 소리야?"

"한번 생각해 봐. 지금 그 1킬로미터급 그래프들은 퀸의 지시에 따르고 있지만─ 만약 그 퀸이 없어진 뒤에는 어떻게 될까?"

"어떻게 되냐니─ 아."

"어떻게 되는데?"

"무슨 소린지 하나도 모르겠어~."

멍청이 두 명이 입을 모아 그렇게 말하자, 모토바네 씨가 어쩔 수 없다는 듯이 입을 열었다.

"퀸에게 지배당한 놈들이 지배로부터 벗어났을 때 어떻게 움직일지 예상조차 할 수 없다는 말이야. 그렇잖아도 상대하기 벅찬 상대가 다섯 마리나 있는데, 그놈들이 한꺼번에 날뛰면 어떻게 되겠어? 퀸 하나만 어떻게 처리해 봤자, 이 나라가 위기 상황인 건 매한가지야."

"아…… 그렇군요. 듣고 보니 그러네요~."

"똑똑하네? 미나세."

"이치히코 군이 멍청한 거야."

히라카미가 옆에서 딱 잘라 말했다. 그러고 나서 카고메가 입을 열었다.

"그럼, 어떻게 하면 좋지? 설마 이대로 가만히 앉아서 당하고만 있자는 건 아니겠지?"

"퀸의 능력을 봉인해야 해."

내가 망설이지도 않고 답하자, 카고메가 난처한 표정을 지었다.

"능력을 봉인하다니…… 그랬다간 그래프들의 지배가 풀리잖아? 방금 네가 네 입으로 말했잖아. 그건 상책이 아니라고――."

"퀸 그 자체를 봉인하자는 게 아니라, 어디까지나 퀸의 능력을 봉인하자는 얘기야. 그렇게 하면 그놈은 허겁지겁 다시 1킬로미터급들을 지배하려 들 테니 시간을 벌 수 있어."

그 녀석도 자기 눈앞에서 1킬로미터급들이 멋대로 날뛰기 시작하면 꽤나 골치가 아플 터. 그렇잖아도 원래부터 거물인 놈들이다. ――자신들이 조종당하고 있다는 사실을 달가워할 리 없다. 오히려 지배가 풀리면 가장 먼저 퀸을 제거하려 들지 않을까. 사실 너무 이쪽 입맛에만 맞는 상상에 불과했던지라 굳이 입 밖에 내지는 않았지만, 그래도 가능성은 제법 높다고 봐도 될 테지.

"게다가 '영웅'의 지배도 풀릴 테니――일석이조지."

그리고 방어선에서 전투 중인 그래프는 지배당했건 말았건 별반 상관없을 테고.

"……어라? 풍 선배, 아까 시간을 벌 수 있다고 하셨죠? 무슨 시간 말인가요? 그래프를 쓰러뜨릴 시간……은 아니죠?"

히라카미가 이상하다는 듯이 묻자, 나는 속으로 혀를 차며 답했다.

"그야 물론 사사미야가 돌아올 때까지의 시간을 말하는 거 아니겠어?"

"어?"

히라카미가 눈을 휘둥그레 치켜뜨고서 나를 쳐다보았다. 그러고 보니 아까 모토바네 씨랑 카고메도 그런 표정을 짓곤 했었지.

"……대체 뭐야. 이놈이고 저놈이고 내가 사사미야를 의지하는 게 그렇게나 의외냐?"

"……의외인지 아닌지를 묻는다면, 의외긴 하죠. 풍 선배, 많이 변하셨네요."

아스카 씨가 고개를 끄덕였고 히라카미가 웃었다. 뭐야, 진짜. 변했네, 변했네. 이놈이고 저놈이고 진짜――. 전력 차이를 확인하고 대책을 강구하는 일이야 예전부터 쭉 해 왔던 건데 말이다.

"이런 절체절명의 상황에서 그럴 수 있으니까 변했구나 싶은 거예요, 풍 선배."

"……흥. 날 부를 땐 룬짱이라 부르라고 했을 텐데, 히라카미."

"그건 사양할게요."

……이 자식…… 이럴 때 그렇게 말해 주면 어디가 덧나나…….

역시 나에겐 사사미야밖에 없단 말인가.

"그럼 카고메랑 모토바네 씨가 퀸의 빈틈을 노리는 게 좋겠군. 나랑 미나세랑 오리쿠라랑 니나짱이 그래프에게 공격을 가하는 걸로. 오케이?"

"음~, 이치히코 군은 유키코 씨를 지켜 줘. 맨몸으로 들이박는 이치히코 군한테는 너무 위험하니까."

"나도 그렇게 해야 한다고 본다. 오니가 사라져도 피해를 입지 않는 오리쿠라와는 여건이 달라. 그래프들의 능력도 제대로 알 수 없는 상황이니, 적어도 처음엔――."

바로 그때였다.

나는 말하는 도중에 말을 끊었다.

퀸의 군세가 이쪽을 향해 조금씩 전진해 오고 있음을 알아차렸기 때문이다. ――퀸과 '영웅'을 제외하면 겨우 다섯 마리밖에 없으니 군세라고 표현하기엔 좀 어폐가 있겠지만, 어쨌거나 그만큼의 위압감을 뿜어내고 있다는 얘기다.

……그 자식, 설마 일부러 나를 노리고 온 건가? 아까 도발 좀 했다고……? 이거야 원. 꼭 누군가가 떠오르는군. 나는 몇 달 전의 나 자신을 떠올리며 코웃음을 쳤다.

"――카고메, 빈틈을 만들 테니 놓치지 마!"

"알았어. 그러는 너도 빈틈을 만드는 건 좋지만 조심해."

"그리고 저것들 중 하나는 공격을 반사하는 장벽을 칠 수 있으니, 단단히 주의해."

"알았어요."

"그래."

서로 간의 거리가 가까워짐에 따라 땅울림이 점점 심해졌다.

자, 과연 시간을 얼마나 벌 수 있을지……. 사사미야 그 자식이 늦으면 늦을수록 사망자가 늘 것 같긴 하지만.

그래도 뭐, 적어도 난 여기서 죽을 생각은 추호도 없지만 말이다.

나는 비구름을 조금씩 곳곳에 전개해 나가며————————

어라?

시야에서 위화감을 느꼈다. 마치 햇빛이 구름에 가려진 것처럼 눈앞의 광경이 어슴푸레해졌다.

하지만 구름이 가린 건 아니다. 이건————.

퀸의 무리가 시시각각 다가오는 와중에, 나는 눈만 돌려 하늘을 올려다보았다.

"————뭣, 이?"

그렇게 중얼거린 사람은.

나도 아니었고, 카고메 팀 쪽 사람도 아니었고, 아스카 씨 팀 쪽 사람도 아니었다.

진군을 멈추게 하고, 하늘을 올려다보았던———— 퀸이 중얼거린 것이었다.

나는 너무나도 깜짝 놀라서 말조차 나오지 않았다.

왜냐하면 하늘에 떠 있는 건———— 무지개 색을 띤 거대한 타원형 물체였기 때문이다.

설마. 나는 그 의미를 헤아리고서 입꼬리를 끌어올렸다.

……왜 저런 곳에서 돌아오는 건지, 의문도 들었지만.

나는 그 타원형 물체의 중심을 보면서.

통신기를 전체 통신 모드로 설정하고 그 녀석에게 말했다.

"뭐야. ──벌써 돌아왔냐, 사사미야?"

『벌써, 라고 하기엔 좀 그렇고, 룬짱. ──다들, 오래 기다렸지!
일단 누가 나한테 상황 좀 가르쳐 줄래?』

타원형 물체의 중심에서 나타난, 쿠치하라를 양팔로 끌어안은
사사미야가 전체 통신으로 그렇게 응답했다.

──이럴 수가?!

보검을 다루는 자가 자기 제자를 끌어안은 채 하늘에서 내려오는
모습을 보고 나는 경악했다. ──아무리 그래도 너무 빨리 돌아왔
기 때문에, 그리고 녀석이 나온 저 타원형 문 때문에 말이다. 돌아
온다면 알을 통해서 오는 게 자연스러울 텐데──.

저런 문을 만들어 낼 수 있는 자는, 내가 아는 한 단 한 사람밖에
없었다.

나는 밤하늘 무늬의 날개옷을 머릿속으로 떠올리며 이를 빠드득
갈았다.

"감찰관…… 그 망할 것 같으니, 감히 쓸데없는 짓거리를!"

우산을 다루는 제자의 사지가 멀쩡한 모습을 보아하니, 아무래
도 저쪽에 던져 놓은 지 얼마 지나지 않아 감찰관이 보호한 모양이
었다. 내가 짐작하기에 이쪽을 제압하기 전까지는 보검을 다루는

자가 오지 않을 줄 알았는데──.

　이러면 꺾였던 문지기 놈들의 사기도 다소 회복될 테지. ──보검을 다루는 자가 없는 상태에서 이 다섯 마리의 부하들을 투입하여 단숨에 주도권을 움켜쥘 심산이었는데…… 이쯤 되면 거의 실패했다고 봐야겠군.

　오히려 절망적인 상황에서 그 녀석의 제자까지 구출하여 돌아온 참이다. 저쪽의 사기는 오를지언정 내려가지는──응?

　크흑, 갑자기 무언가가 내 목을 당기는 듯한 느낌, 이──윽?!

　그 직후, 부하를 지배하고 있다는 감각을 무언가가 삽시간에 흐트러뜨렸다. 마치 모래성을 무너뜨리듯 손쉽게 말이다!

　"──이 자식, 대체 무슨 짓을 한 거냐?!"

　"……설마 이렇게 빨리 빈틈을 만들 수 있을 줄은 몰랐어."

　내가 노려보고 있는, 모자를 눌러 쓴 문지기 한 사람이 나직이 말함과 동시에── 나를 둘러싼 동포들로부터 불온한 분위기가 느껴졌다.

　……윽, 이런! 지금은 이 녀석들을 다시 지배하는 게 급선무다!

　조금 전에 위화감을 느꼈던 목을 손가락으로 긁어 대자, 거미줄처럼 가벼운 무언가가 손끝에 걸렸다. 곧바로 금색 실이 모습을 드러냈다. 뒤이어 시야 한쪽 구석에서 날개와 꼬리에서 실을 길게 늘어뜨리고 있는, 금색을 띤 작은 새의 모습을 포착했다. ──저놈의 짓이었구나!

　나는 서둘러 몸에 휘감긴 실을 떼어 냈다. 그와 동시에 내가 지배를 행사할 때의 감각이 다시금 돌아왔다.

곧바로 뒤쪽의 고리를 전개하여 일단은 발치에 있는, 머리 없는 용을 지배하는 작업에 착수했다——!

◆ ◆ ◆

"——그렇군. 상황은 대강 이해했어."

결계를 따라 하늘에서 지상으로 이동하는 동안, 내가 없었을 당시의 정보를 미나세로부터 대부분 들었다. 덕분에 전황, 퀸을 둘러싼 다섯 마리의 그래프, 퀸 봉인 준비 등을 파악할 수 있었다.

"설마 야가미 씨가 와 주실 줄은 몰랐어……. 하지만 역시나 1킬로미터급을 동시에 다섯 마리나 상대하는 건 어려웠나 보네."

『그랬겠지. 하지만 방금 카고메가 퀸의 지배를 모조리 해제한 틈을 타 이쪽으로 데리고 왔다. 지금은 정신을 잃은 모양이다만.』

"짧은 시간 동안이긴 했어도 1킬로미터급을 다섯 마리나 막아냈으니까 말이지……. 역시 야가미 씨야."

내 시야 밑에서 얼음 등딱지를 가진 몸길이 20미터에 달하는 거대한 거북이 형태의 그래프와, 크기가 약 5미터쯤 되는 인간 형태의 그래프가 서로 대치 중이었다. 인간 형태의 그래프 쪽은 몸이 저절로 부서져—— 잘게, 잘게 분해되고 있었다. 바로 그때였다. 분해되던 몸이 소용돌이치며 얼음 거북이를 소용돌이 내부에 가두었다. ——튼튼해 보이는 저 얼음 등딱지가 조금씩이나마 깎여나가는 것 같았다. 아무래도 단순한 소용돌이는 아닌 것 같군.

그렇게 생각했을 때였다. 공기가 빨려 들어가는 듯한 소리가 나는가 싶더니, 미립자의 소용돌이와 함께 얼음 거북이의 주위가 얼어붙었다. 마침 근처에 있던 학교 건물도 이에 휘말렸다. 그리고 직경 50미터 정도의 거대한 얼음 왕관처럼 생긴 것이 만들어졌다.

아니, 싸우는 규모가 장난 아니잖아……. 1킬로미터급 그래프들이 서로 마구 날뛰기 시작하면, 그것만으로도 주변 시가지가 풍비박산 날 것 같았다. 하지만 내가 보기로, 퀸이 다시 지배하려 드는 건 아무래도 저 얼음 거북이 한 마리뿐인 것 같은데.

"이제 곧 그쪽에 도착할 것 같으니 이만 끊을게."

나는 통신을 끊고 나서 코토네와 함께 얼마간 작전 개요를 확인했다. 그리고 크큭, 하고 웃었다.

"설마 1킬로미터급을 다섯 마리나 데리고 올 줄이야. 퀸 그 녀석, 정말 제법인데?"

"……위기감이라곤 눈곱만큼도 없네요, 시로가네 선배."

얼굴을 빨갛게 물들이면서도 얌전히 있는 코토네가 내 품 안에서 그렇게 말했다. 코토네를 이런 식으로 끌어안은 건…… 이번이 세 번째인가. 하하하, 왠지 모르게 우리는 공주님 안기랑 묘하게 인연이 있는 것 같단 말이지.

"그야 그렇지──. 어쨌든 너를 무사히 구했으니, 더 이상 위기라고 할 것도 없거든."

"윽, 시로가네 선배. 저 지금 놀리는 거죠? 그렇죠?"

코토네가 원망의 눈초리로 나를 쳐다보았지만, 나는 평정을 가장하며 답했다.

"난 진심으로 말한 건데?"

"아으아으아으……."

닭살이 쫙 돋을 것만 같은 대사를 마구마구 던지자, 코토네는 얼굴을 빨갛게 물들였다. ……흐음. 어떻게 된 걸까. 지금 코토네의 모습이 무진장 귀여워 보이는데.

그 새하얀 방을 나오고 나서 이쪽으로 돌아올 때까지 대화를 나누는 동안 살짝 긴장이 풀려서 그런 걸까.

자, 그럼──. 나는 통신기를 전체 통신 모드로 설정했다.

"지금부터 지시를 내릴 테니, 다들 귀담아들어 줘. 1차 방어선에서 전투 중인 팀은 일단 전투를 중지하고 아스카 씨의 팀이 있는 곳으로 모여 줘. 학교와 교정을 목표로 삼아서 오면 돼. 그리고 2차 방어선에 있는 사람들에겐 부담이 좀 커지겠지만, 가능한 한 오래 버텨 줘. 모두 정리하고 나면 내가 지원하러 갈 테니까."

나는 그렇게 말하는 동안 결계를 따라 공중에서 지상으로 다가갔다.

"그래서 1차 방어선에 있는 모두에게 부탁하고 싶은 게 뭐냐면 ──각자 그래피티를 구사해서 벽을 만들어 줬으면 해. 무진장 거대하면서도 빈틈없는 벽을 말이야. 그래피티의 종류에 따라서는 벽을 만드는 데 참가하지 못하는 사람도 있을 텐데, 그 사람들은 벽을 만드는 데 방해가 되지 않도록 주변의 그래프들을 격퇴해 줘. ──나는 그 벽이 완성될 동안 퀸과 1킬로미터급 그래프 다섯 마리를 막고 있을게."

『──사사미야, 대체 무슨 목적으로 벽을 만들라고 하는 거지?』

미나세로부터 통신이 들어왔다. ──뭐, 지당한 의문이었다.

"그야 물론 당연한 거 아니겠어? ──우리가 이기기 위해서지!"

나는 미나세뿐만 아니라 단원 모두에게 그렇게 소리쳤다.

"이제 슬슬 퀸도 그놈들을 다시 지배할 것 같거든. ──그러니까 다들 행동 개시! 벽 완성 진척 상황은 코토네에게 알려 줘!"

『『『네, 알겠습니다!』』』

──꽤나 무리한 부탁이었지만, 대답하는 걸 봐서는 괜찮겠지.

"코토짱!"

"아, 니나와읍?!"

지상에 내려서서 코토네를 내려 주자마자, 이쪽으로 달려온 히라카미가 코토네에게 뛰어들었다. 코토네는 그런 니나를 어찌어찌 껴안았다.

"다행이야. 정말 다행이야, 코토짱!"

"아, 하하……. 미안해. 걱정 많이 끼쳤지?"

"이야, 참으로 고생 많았어, 사사미야."

"뭘요. 하지만 아직 모든 게 끝난 건 아니에요, 아스카 씨."

나는 순신검과 결계검을 다시 쥐고서 혼란을 수습해 가는 퀸의 군세 쪽으로 몸을 틀었는데.

"사사미야, 아직 네놈은 내 질문에 답하지 않았어. ──이기기 위해서 벽을 만드는 거야 딱히 상관은 없다만, 그걸 어떻게 쓸 건지는 마저 설명하고 가."

미나세의 말에 나는 멈춰 섰다.

뭐, 그야 당연한 의문일 테지만──.

"미안해. 지금은 자세하게 설명할 시간도 없고 근거도 없거든.

──하지만 이 작전이라면 반드시 놈들을 전멸시킬 수 있어. 나를 믿어 주지 않을래? 룬짱."

"──하여간 네놈은 진짜! 그걸로 내가 납득하리라 생각했나! 그래도 뭐, 네놈 말대로 시간이 부족한 건 사실일 테니 어쩔 수 없지. 네놈의 그 작전인지 뭔지에 기꺼이 동참해 주마!"

방금 그 회의적인 분위기는 어디로 갔는지, 미나세는 만면에 미소를 머금고서 납득해 주었다. 참 단순한 녀석이란 말이지! 뭐, 이미 알고는 있었지만. 그래도 너무 단순하잖냐, 미나세! 너 정말 그렇게 단순해도 되는 거냐!

"──그리고 보니, 1급 이레이저 중에 빙결 능력을 구사하는 자가 있었을 텐데? 그 녀석의 도움은 반드시 필요할 터."

"그럼 난 벽 일부에 '십구의'를 제공하는 게 좋을 것 같아. 균형을 고려하자면 그다지 넓게 펼칠 수는 없을 테지만."

"난 접근하는 그래프가 방해하지 못하도록 막는 게 좋겠……다고 생각했지만, 유키코 씨가 스케치를 마치기 전까지는 여기에 있는 게 좋겠군."

"…………."

"엔지 씨, 기절한 '영웅'은 여기에 두고 저희는 그래프를 격퇴하러 가는 게 어때요?"

"좋은 생각이야! 우리만으로는 벽을 만들 수 없으니까! 팔이 마구 근질거려!"

"아, 잠시만 기다려 주세요. ──실은 모토바네 씨에게 부탁드리고 싶은 게 있거든요."

"웬일이냐, 쿠치하라. 그래서 내가 무엇을 투명하게 만들어 주면 될까? 응?"

모두가 각자 해야 할 일을 정하기 시작했다. 이제 그만 가 봐도 괜찮겠지.

"그럼 난 저쪽으로 갈 테니. ——벽이랑 방어를 잘 부탁해."

나는 그렇게 말하고 나서 코토네와 눈빛을 교환한 뒤, 나란히 고개를 끄덕였다.

그리고 코트 자락을 휘날리며, 이번에야말로 퀸이 있는 곳으로 향했다.

——모두가 각자 뿔뿔이 흩어지는 와중에 나는 퀸을 스케치하는 데 계속 집중하는 중이었다.

……좋아. 퀸의 스케치가 끝났고 이제 색만 칠하면 되니까, 잠시 한숨 돌릴…… 어라?

"……쿠치하라 양……?"

알 너머로 갔었던 그녀가 대체 언제 다시 돌아왔지?

"오, 유키코 씨, 아까부터 엄청 집중하던데 이제 알아차렸나 봐?"

"……미안……."

"아니야. 그만큼 열심히 하고 있었단 증거잖아. 쿠치하라에게 뭐 전할 말이라도 있어?"

"……잘 돌아왔다고, 전해 줄래……?"

"알았어. 쿠치하라! 유키코 씨가 너보고 잘 돌아왔대!"

"아, 네, 넵! 걱정 끼쳐드려서 죄송해요. 그리고 고마워요, 유키코 씨. ……아, 그거 혹시 퀸을 봉인할 용도로 그리신 거예요?"

"응……. 여러 우여곡절을 거쳐서, 내가 맡고 있어."

내 스케치를 보러 온 쿠치하라 양에게 나는 백책을 보여 주었다. 오만한 표정, 화려한 드레스와 티아라. 원래는 얼굴이 반쪽밖에 없어서 비스듬하게 쓰고 있던 티아라도 그림 속에서는 똑바로 썼고, 결손된 머리 부분에는 반으로 쪼개진 가면을 쓰고 있었다. 마치 가면무도회에 참가한 사람 같아 보였다. 물론 뒤에는 고리 두 개가 떠 있었다.

"굉장해……. 아직 색도 안 칠했는데 엄청 예뻐요."

솔직하게 칭찬하는 말에 나는 자그마한 목소리로 고맙다고 말한 뒤, 다시 집중력을 끌어올렸다.

자, 이제 남은 건 채색이다.

허리에 찬 홀더에 펜을 넣고, 대신 색연필을 여러 종류 꺼냈다. 일단은 드레스부터 채색하자. 두세 가지 색을 섞음으로써 붉은 색에 깊이를 더해야 한다. 나는 계속 집중해서 색연필로 색칠해 나갔다──.

살짝 신경 쓰이는 점은 원래 다른 곳에 있어야 할 이레이저들이 점점 이쪽으로 모여들고 있다는 건데, 지금의 나에겐 사소한 일에 지나지 않았다.

곁에 이치히코 군이 있어 준다면──난, 용기백배니까.

◆ ◆ ◆

나는 일행으로부터 50미터 정도 떨어진 거리에서 정지한 뒤, 근처에 있는 건물 옥상 위에 섰다.

그리고 그곳에서, 이제 막 다섯 마리의 그래프들을 다시 자신의 지배하에 둔 퀸을 향해 소리쳤다.

"——어이, 퀸! 아직 잘 살아 있냐!"

나보다 낮은 위치에 있던 퀸이 가증스럽다는 듯이 나를 올려다보았다.

"그건 내가 할 말이로구나, 보검을 다루는 자여. 설마 그 안에서 멀쩡하게 살아 돌아올 줄은 몰랐구나. ……그것도 제자와 함께 말이다."

"공교롭게도 내가 습득한 능력이 무진장 세서 말이야. 그리 쉽게 죽지 않거든."

"웃기는 소리 말거라. 네놈들이 돌아올 수 있었던 건 순전히 감찰관 덕분이 아니냐."

그 말에는 나도 뭐라 할 말이 없었다. 그때 퀸이 웬일로 한숨을 내쉬더니 다시금 입을 열었다.

"그대는 분명 성가시다. 하지만 지나친 힘이 때로는 발목을 잡을 수도 있지. 지금 이 자리에서는 설마 그대도 비장의 수단은 쓰지 못할 텐데?"

"——칠성검을 말하는 거겠지. 이거야 원, 거참 조사 한번 꼼꼼하게 잘했네. 웬만해서는 쓰지 않는 비기 중의 비기인데 말이지. 지배한 그래프로부터 정보를 캐낸 건가?

"뭐, 그건 그래. 건물만 있으면 또 모를까, 설불리 공격했다가 동료들까지 말려들 수 있거든."

"흥——. 그런 상황에서 우리 전원을 혼자서 상대할 셈이냐?"

그 말에 나는 어깨를 으쓱이면서 있는 힘껏 도발적인 투로 답했다.

"뭐 핸디캡이야 이 정도면 충분하지 않겠어? 내가 온 이상, 여기서 한 발짝도 못 지나갈 거라고."

"——그렇다면, 그대를 토벌하고 지나갈 따름이다!"

다시금 지배당한 얼음 거북이가 퀸의 선언에 호응하며 낮게 으르렁거렸다. 그러자 공기가 빨려 들어갈 것 같은 소리가 났다.

나는 곧바로 결계검에서 전신검으로 바꿔 쥐고, 위쪽 30미터 지점으로 순간 이동했다. ——내 바로 아래에서 거대한 얼음 기둥이 솟아났다.

아까도 봤지만—— 저 거북이의 능력은 아무래도 순간 동결인 것 같았다. 넓은 범위를 서서히 얼리는 능력이 아닌, 특정 범위를 순식간에 얼리는 능력이었다. 평범한 사람은 단 한순간이라도 저 범위 안에 들어가면 그대로 끝장일 테지. 범위 안에 있는 시점에서 살과 뼈뿐만 아니라 피조차 얼려 버리니까 말이다. 이쯤 되면 괴사는 문제도 아니겠군.

나는 그 얼음 기둥에 전신검을 박아 넣어 몸의 균형을 잡은 뒤, 비상검으로 바꿔 쥐고 참격을 날렸다. ——하지만 그 참격은 퀸과 그래프들 앞에 나타난 오각형 장벽에 가로막혔고, 내 쪽으로 튕겨져 돌아왔다. 미나세가 말했던 그 반사 장벽인가.

나는 튕겨져 돌아온 참격에 새로운 참격을 날려 두 참격을 상쇄하고 나서 놈들을 관찰했다. ──장벽을 친 건 저 녀석인가…….

마치 해나리 인형의 몸을 꽉 졸라매면 저런 모습이 될 것 같은 녀석이었다. 다리는 보이지 않았다. 단순히 공중에 떠 있어서 그런지 결손된 부분이라서 그런지…… 여기서는 판단하기 좀 어려웠다.

"응……? 아, 이런."

착지한 나는 시야에 노란색의 무언가가 희미하게 감도는 것을 알아차리고 숨을 참았다.

모래 먼지처럼 보이는 미세한 무언가였는데, 이것도 아까 본 적이 있었다. 저 거북이의 움직임을 막았던, 자신의 몸을 분해하는 그래프가 내뿜던 것이었다.

이러한 부류의 능력 중에서 내가 떠올릴 수 있는 가장 잔인한 방법은 몸 안에 침입하여 내부부터 상처를 입혀 죽음에 이르게 하는 것이다. ──나는 그것을 경계하여 숨을 참았지만, 사실 코를 통해 들어오면 아무 소용도 없다. 게다가 몸 내부를 따지기 이전에 그냥 외부에서부터 서서히 몸을 깎아 나갈 가능성도 있고 말이다. 나는 임시방편으로 코트 자락을 들어 올려 입을 가렸다.

그나저나 이제 어쩐다? 이제 남은 시간은 별로── 아, 맞다.

평소에는 좀처럼 쓸 기회가 없지만, 지금은 이 녀석이 제일 쓸 만하겠군. ──나는 순신검을 쥔 채로 비상검을 손에서 놓고 두 번째 일본도를 손에 쥐었다. 그러자 도신에 살짝 물방울이 맺혔다.

융해검──. 도신에 닿은 것을 액체로 만드는 능력을 지닌 검이다. 설령 그것이 흙이든 공기든 화염이든── 심지어 그래프든 간에 가리지 않고 효력을 발휘한다.

나는 순신검으로 끌어올린 속도로 융해검을 휘둘렀다. ——내 주위를 360도 빈틈없이 말이다.

그 순간, 노란색 액체가 내 시야를 가득 메웠다.

나는 그것을 뒤집어쓰지 않도록 주의하면서, 바꿔 든 전신검을 이용해 바로 위쪽으로 이동했다. ——그 직후에 노란색 액체가 땅바닥에 철퍼덕 쏟아지는 소리가 났다. 이제 보니 노란색 액체가 꿈틀꿈틀 움직이고 있었다. 으아, 징그러워.

융해검은 어디까지나 액체 상태로 만들 뿐, 결코 숨통을 끊는 건 아니다. 피해는 조금도 입히지 못했다. 오히려 액체 상태가 되고 나서는 물리 공격이 전혀 먹혀들지 않을 텐데——. 뭐, 애당초 그 녀석은 참격이 통할지조차 미심쩍은 상대였으니 상관은 없겠지만.

뒤이어 공중에 있는 나를 향해 달려든 건, 퀸을 등에서 내린 머리 없는 용이었다. 그놈은 독수리와도 같은 맹금류의 날개를 퍼덕이며 나를 향해 일직선으로 돌진해 왔다. 그것도 충격파가 발생할 정도의 엄청난 속도로 말이다.

나는 융해검을 참렬검으로 바꿔 든 뒤, 정면에서 날아드는 상대를 향해 검을 휘두르고자 했다. 바로 그때였다. 그 녀석의 모습이 흐릿해졌다.

"——이, 쪽?!"

간신히 알아차린 나는 원래 정면에 휘두르려고 했던 참렬검을 오른쪽으로 그었다.

불과 영점 몇 초 전까지만 해도 정면에 있었을 터인 용이 바로 옆에서 참렬검의 도신과 충돌했다. 그 충돌로 인해 발생한 충격에 머리가 살짝 지끈거렸다.

——큰일 날 뻔했네! 미리 순신검을 쥐고 있지 않았다면 늦었을 테, 지……?!

"……이 자식……!"

마치 코등이싸움을 벌이는 모양새로, 용의 머리를 막고 있는 참렬검의 도신이 덜덜 떨렸다. ——공중에서는 힘을 주고 버티기 힘들었던 나는 땅바닥을 향해 튕겨져 나갔다.

나는 공중에서 전신검으로 바꿔 쥔 뒤, 땅바닥과 충돌하기 바로 직전에 아주 살짝 순간 이동 능력을 써서 땅바닥에 무사히 착지했다.

나는 위쪽에 있는 용을 올려다보며 자기도 모르게 웃음을 머금었다.

아니, 이거 실화냐. ——참렬검을 쥐고 있는 동안에는 내 힘도 강화되는데 말이지? 그런데도 저 녀석은 나와 대등하게 힘 싸움을 벌였을 뿐만 아니라 아예 나를 튕겨 내기까지 했잖아!

"저 녀석의 능력은 단순 명확하군……. '칠식'에 필적하거나 그 이상의 힘과 속도를 가지고 있잖아!"
^{세븐즈 액터}

이제 능력이 알려지지 않은 건 한 마리뿐——. 내가 속으로 그렇게 생각한 순간, 공기를 빨아들이는 듯한 소리가 났다.

이런——! 나는 거북이가 있는 쪽과 반대 방향으로 내달리면서 순간 이동을 사용하여 가능한 한 멀리 떨어졌다. 뒤에서 얼음 덩어리가 나타났다. 으아아, 거참 무섭네 진짜—— 앗?!

"우왓?!"

──내가 달아난 건물의 그늘진 곳에서 무수히 많은 콘크리트 파편이 나를 향해 날아들었다.

나는 순신검과 전신검을 휘둘러 콘크리트 파편을 모조리 다 쳐서 떨어뜨렸고──.

"……윽?!"

그리고 그 순간, 나는 무언가가 내 몸을 조종하고 있음을 알아차렸다. 물 흐르듯 자연스러운 동작으로, 내 팔이 그 손에 쥔 순신검을 내 목에다 대고 그으려고 하자──.

"허억! ……죽는 줄 알았잖아…… 저 녀석은 또 뭐야."

나는 전신검을 사용해 그 자리에서 벗어났다. 지금까지 살면서 이 정도로 생명의 위기를 느낀 적은 없었다. 나는 참았던 숨을 나도 모르게 다시 내쉰 뒤, 조금 전까지 내가 있던 건물의 그늘진 곳을 확인했다.

그늘져 어둑어둑해야 할 그림자가 마치 노을빛에 반사된 것처럼 새빨개져 있었다.

나는 그 붉은 그림자의 끄트머리에서 마치 아지랑이처럼 일렁이는 그래프 한 마리를 쳐다보았다.

몸을 절반 정도 그림자 속에 담그고 있었기에 마치 땅바닥에서 솟아난 것처럼 보였다.

"……퀸과는 다른 종류의 지배 및 조종 계열 능력인가 본데……. 그 녀석의 능력이 미치는 범위가 저 붉은색 그림자인가?"

……아무래도 저 녀석은 자신의 입김이 미치는 그림자에 발을 들인 녀석을 조종할 수 있는 것 같았다. 하지만 아까 콘크리트 파

편이 날아든 것을 봤을 때, 어쩌면 그 위에 있는 모든 것을 조종하는 능력일지도 모른다. 다만 그래피티에는 효과를 발휘할 수 없는 모양이었다. ——만약 그럴 수 있었다면 순신검을 쥐고 있던 나는 순식간에 다진 고기 신세가 됐을 테니까 말이다.

동굴이나 그늘이 많은 곳을 끼고 있으면 무적이잖아……. 이거야 원. 정석적인 능력부터 변칙적인 능력까지, 죄다 귀찮은 능력밖에 없잖아. 역시 1킬로미터급 그래프답군.

나는 비상검으로 바꿔 쥐고 저 아지랑이 그래프를 향해 시험 삼아 참격을 날려 보았다. ——하지만 참격은 그래프를 그대로 통과하여 그 뒤쪽에 있는 건물 벽만 헐었을 뿐이었다.

……뭐야, 설마 저 그래프는 물리 공격마저 안 통하나? ……어, 이걸 어떻게 쓰러뜨린담?

액체 상태로 만든 녀석은 어찌어찌 처치할 방법이 있기는 한데…… 그럼 이번에도 융해검을 써서 액체로 만들어 볼까? 아니, 잠깐만. 물리 공격이 통하지 않는다는 건, 애초에 '벨' 수조차 없다는 뜻이잖아……. 액체 상태로 만들 수도 없을뿐더러 검으로 자국조차 낼 수 없다는 건가? 끄응, 저 녀석을 대체 어떻게 처리해야 한담?

……뭐, 저 녀석은 일단 나중에 상대해야겠군. 그림자에 발만 들이지 않으면 그렇게 위험하지는 않을 것 같으니까 말이다.

"——흥, 참으로 끈질긴 녀석이로구나."

머리 위쪽에서 퀸의 목소리와, 머리가 없는 용이 날갯짓을 하는 소리가 들려왔다.

"이 녀석들의 공격을 모조리 목도했음에도 살아남았을 뿐만 아니라 별다른 부상도 입지 않았다니."

"그래도 꽤 위험했거든? 역시나 칠성검—— 네가 말한 비장의 수단 없이 전멸시키는 건 힘들 것 같아."

"뭐냐, 이 마당에 이르러 항복하겠다고 지껄일 셈이냐?"

"여왕님, 거 농담이 좀 심한 거 아니야? 네 밑에서 일하는 건 죽어도 사절이라고."

"허, 그대와 같은 실력자라면 내 친히 부하로 삼아 줄까도 싶었건만—— 응?"

퀸이 말하는 도중에 의아한 표정을 지으며 내 뒤쪽을 쳐다보았다.

"……저게, 대체 무엇이냐?"

"——어이, 퀸!"

나는 땅바닥을 박차고 하늘에 떠 있는 용과 거리를 좁히며 전신검을 휘둘렀다. 하지만 용의 반응 속도도 보통이 아니었다. 머리가 없는 목으로 내 검을 받아 냈다.

비늘이 달리긴 했어도 맨몸으로 검을 받아 낸 것이다. ——전신검의 날이 살짝 파고 들어갔다. 쳇, 참렬검이었다면 이 녀석을 처치했을 텐데. 뭐, 어쩔 수 없지.

그 상태에서 나는 거리가 가까워진 퀸에게 말했다.

"한눈파는 걸 보니 엄청 여유롭나 봐? ——아무리 부하가 우수해도 그렇지 얕보다간 큰코다칠걸?"

"흥——! 같잖은 소리를 지껄이는구나!"

퀸이 내 쪽으로 눈길을 돌렸고, 용이 날뛰기 시작했다. ——좋아.

──이 녀석의 주의는 내가 최대한 끌도록 해야겠군.

다른 일행들이 만들고 있을 그 거대한 벽이 완성되기 전까지는 말이지.

◆ ◆ ◆

"우와아. 있잖아, 준짱. 사사미는 정말 굉장하지 않아? 1킬로미터급 다섯 마리를 혼자서 막고 있어!"

"음, 저걸 굉장하다고 해야 할지……. 저 녀석은…… 이미 우리랑은 차원이 달라, 카오리."

1차 방어선에서 싸우던 이레이저들이 집합하여 벽을 만드는 작업을 서두르는 와중에── 나와 카오리는 그 벽의 가장자리에 와 있었다. 벽 내부로 들어가려고 하는 그래프를 격퇴하기 위함이었다. 엔지 씨는, 해 주었으면 싶은 일이 있다며 쿠치하라가 빌려 갔다. ──뭐, 우리 일에 지장은 없다고 판단한 나와 카오리가 이를 승낙하여 지금에 이르렀지만.

"그건 그렇고 장관이야. 정예 팀이 모두 모여 벽을 만들고 있다니."

나는 각자의 그래피티를 활용하여 벽을 높이 쌓아 가는 이레이저들을 보면서 말했다.

흙을 높이 쌓거나, 장벽을 벽 사이에 끼워 넣는 등── 그중에서도 가장 큰 활약을 하고 있는 사람은 놀랍게도 미나세였다.

미나세가 '천수창조'로 자아낸 물을 얼음 능력을 가진 1급 이레이저가 얼리고 있었다. 벽은 눈 깜짝할 사이에 그 크기를 키워 나갔다. 거기에 아주 자그마한 틈을 메우거나 벽이 넘어지지 않도록 보강하는 작업도 동시에 이루어지는 모양이었다. 어쩌면 예상보다 훨씬 빨리 완성될지도 모른다.

벽 너비는 약 200미터로, 현재 벽을 만들고 있는 학교 운동장 밖으로 벽이 살짝 삐져 나간 바람에 담장과 그물망이 다소 파손된 상태였다. 그래도 지금은 상황이 상황인지라 어쩔 수 없었다.

중심부의 벽을 고려했을 때, 높이는 대략 20미터쯤 될 것 같다.

벽 양쪽 끝부분은 쿠치하라의 부탁으로 퀸과 그래프들이 있는 바깥쪽으로 살짝 휘어져서 만들어지는 중이었다.

그나저나 사사미야는 대체 뭘 하려는 건지――.

"――그러고 보니, 준짱의 '금사작(카나리엘)' 도 이제 슬슬 저쪽에 도착할 때 되지 않았어? 걔네가 일을 잘해야 할 텐데."

"그러게. 이제 슬슬 도착할 때가 됐을 텐데……. 과연 적을 얼마나 방해할 수 있을지가 관건이겠어. 여기에서 눈으로 확인하기에는 거리가 제법 머니까 결국 그 애들한테 맡길 수밖에 없겠지만."

――조금이라도 사사미야에게 보탬이 되었으면 싶어서, 여기에 도착하자마자 '적의 능력을 봉쇄하라' 는 간단한 명령만 내린 채 '금사작(카나리엘)' 일곱 마리를 날려 보냈다. 사사미야의 훈련 덕분에 지금의 나는 최대 열 마리까지 명령을 내릴 수 있다. 나머지 세 마리는 여기에서 적을 요격하는 임무를 맡겼다. 사사미야가 자기 쪽으로 날아온 '금사작(카나리엘)' 을 미처 알아차리지 못하고 실에 걸려 능력을 봉쇄당하는 일은 없었으면 좋겠는데…….

뭐, 괜찮겠지. 그 녀석은 그렇게까지 얼간이가 아닐 테고, 또 금색은 눈에 잘 띄니까.

……근데 그건 적에게도 발견당하기 쉽다는 말이 아닐까. 뭐, 적의 주의를 끄는 것도 나쁘지 않겠지.

"──혹시, 여기가 벽의 끝 부분 맞을까?"

갑자기 뒤에서 들려온 물음에 우리는 그쪽으로 고개를 돌렸다. 그곳에는 께느른한 분위기가 감도는 만신창이 상태의 한 청년이 거대한 책을 끌어안은 채 서 있었다.

"당신은── 이제 정신이 좀 드세요?"

"앗, '영웅' 이잖아? 여기엔 어쩐 일이세요?"

본부 방위실 '실장', 야가미 하루마 씨가 서 있었다. 기절했던 그는 다른 일행들이 있는 곳에 두고 왔을 텐데.

"그래, 괜찮아. 내가 기절했던 이유는 외상 때문이 아니라 퀸의 지배가 풀린 탓이었으니까."

『뭐, 만신창이인 건 매한가지지만. 나 원, 차마 고개를 들 수가 없구먼.』

책에서도 부루퉁한 목소리가 들려왔다. 이게 그 말로만 듣던 '금술교전^{마비노기온}' 인가.

"그래서 여기엔 어쩐 일이냐고 물었지? ──실은 벽 너머에 좀 볼일이 있거든. 아무래도 벽 위로 날아가면 괜히 이목을 끌 것 같아서 여기까지 뛰어서 온 참이야."

"어, 근데 저쪽으로 가시게요? 위험해서 그런지는 몰라도, 쿠치하라는 벽 너머로 가면 안 된다고 했었는데요."

"괜찮아. 아무리 그래도 너희를 방해할 생각은 전혀 없으니까. 다만 딱 하나—— 반드시 우리가 처치해야 하는 녀석이 있는 것 같아서 말이야."

『시로가네와 그 녀석의 제자가 무슨 일을 꾸미고 있다는 건 잘 알겠지만, 제아무리 그 녀석이라 할지라도 물리적인 힘이 통하지 않는 적에게는 손 쓸 방법이 없을 테니까 말이지. 그러니 우리가 나서는 거고.』

"——그리고."

'영웅'이 씨익 웃으며 말했다.

께느른한 표정을 짓고 있으면서도, 그 눈동자에 희미한 전의의 빛을 밝히면서.

"'영웅'이라는 이름에 연연할 마음은 없지만, 그래도 명색이 방위실 '실장'이 원군으로 왔는데 한 마리 정도는 해치워야 체면이 살지 않겠어?"

『그럼 우리는 이만 가 볼 테니—— 둘 다 수고해.』

촤라라라락, 책 페이지가 넘어가며 야가미 씨의 몸이 공중에 뜨더니—— 전장으로 날아갔다.

"어…… 말릴 새도 없이 가 버렸는데, 괜찮을까?"

"뭐 어때? 그 '영웅'인데."

"……이거야 원, 그런 별명을 갖고 있으면 뭘 해도 참 편하겠어."

카오리의 대답에 나는 어깨를 으쓱이며 '영웅'의 뒷모습을 떠나보냈다.

◆ ◆ ◆

"하──아아압!"

쩌어엉! 둔탁한 소리와 함께, 얼음 수정과도 같은 얼음 거북이의 등딱지에 나는 전신검을 박아 넣었다. 제길, 역시 단단하잖아!

그때 공기를 빨아들이는 듯한 소리가 났다. 나는 전신검을 사용해 순간 이동했다.

살짝 떨어진 곳에서 본 얼음 거북이의 등딱지 위에는, 얼음 덩어리가 마치 수정으로 이루어진 탑과 같은 형상으로 서 있었다.

"흥──. 한 번 공격하고 도망치는 걸 반복하다니, 겁이라도 먹은 거냐?"

"너무 그러진 말라고. ──몸이 잘려 나가도 죽지 않는 너희랑은 달리, 난 한 대라도 맞으면 그대로 끝장이잖냐."

나는 용의 등 위에 올라선 퀸에게 답했다.

──좋았어. 내가 이런 식으로 공격한 의도는 눈치 못 챘나 본데?

방금 그 거북이를 끝으로, 나는 물리 공격이 통하지 않는 그 그래프를 제외한 모든 그래프에게 표식을 새겨 놓았다. 거북이의 등딱지, 반사 장벽을 치는 그래프가 뒤집어쓰고 있는 천의 가장자리, 용의 목, 퀸이 입고 있는 드레스의 가장자리……. 원래 먼지 형태였던 그래프가 살짝 마음에 걸렸지만, 뭐, 문제는 없을 테지. 도신은 박아 넣었으니까.

이걸로 언제 벽이 완성되더라도 문제없다. ──내가 그렇게 생각하자마자 통신기가 울렸다.

다른 일행들이 준비를 마쳤나 싶어서 나는 자세를 취했는데,

『──시로가네, 내 말 들려?』

　뜻밖에도, 통신기에서 들려온 건 아까 조종당했던 '영웅'의 목소리였다.

"야, 야가미 씨? 정신이 좀 드세요?"

『덕분에 말이야. 아, 말하는 게 늦었군. 무사히 잘 돌아와서 다행이야. 그건 그렇고 지금 거기에 물리 공격이 통하지 않는 그래프가 있지?』

"아, 있어요. 그렇잖아도 어떻게 처리할까 싶던 차였거든요."

『그건 우리가 처리할게.』

"그래 주시면 저야 감사하지만── 무슨 방법이라도 있나요?"

『있으니까 이런 얘길 꺼내는 거 아니겠어. 그건 선배한테 맡겨.』

"──그럼 부탁 좀 드릴게요. 혹시 작전 내용은 들으셨나요?"

『듣지는 않았지만, 알고 있어.』

"⋯⋯하하. 그럼 잘 부탁드릴게요."

　알고 싶은 정보를 알 수 있는 그래피터 '금술교전'^{마 비 노 기 온} ── 경우에 따라서는 '칠식'^{세븐즈 액터}보다 더 사기란 말이지.

『그래, 너도 수고하고.』

　통신이 끝남과 동시에, 나는 뒤에서 날아들던 퀸의 고리를 튕겨냈다.

"쳇──. 여전히 반응 속도는 훌륭하구나."

"잠시 한눈팔 때 쓰면 날 지배할 수 있을 줄 알았냐? 어림도 없다고, 퀸."

"그렇다면── 가라!"

퀸이 등에서 뛰어내리며 머리 없는 용에게 지시를 내렸다. ──설마!

용의 모습이 흐릿해졌다. 녀석은 내가 아닌 벽을 노리는 건가!

"누가 순순히 보내 줄 줄 알고!"

나는 전신검의 능력을 땅바닥 쪽을 향해 발동했다──. 미리 표식을 새겨 놓았던 용이, 머리……라고 해야 할지, 목을 땅바닥으로 향한 상태에서 내 발 밑으로 순간 이동했다. 그리고 녀석은 그대로 땅바닥과 격돌──하는가 싶더니, 땅바닥과 닿기 바로 직전에 우뚝 멈추었다. 눈치가 참 빠른데?

그나저나── 이거 일이 좀 골치 아파지겠는데?

"호오…… 그대의 입장에서 저 벽을 파괴당하는 건 썩 달가운 일이 아닌가 보지?"

그럼── 이제 나도 이 녀석들로부터 벽을 사수해 볼까.

◆ ◆ ◆

『어이, 하루마. 이제 슬슬 때가 됐다.』

"알았어, 크로우. ──휴대폰도 미리 준비해 놔야지."

나── 야가미 하루마는 전장으로 변한 탓에 너덜너덜해진 건물 사이를 저공비행으로 미끄러지듯 나아가는 중이었다. 목적지는 아지랑이처럼 일렁이는 그 그래프가 있는 곳이었다.

물리 공격이 통하지 않는 적은 상당히 보기 드물다. 그것만으로도 성가신데, 그 녀석은 자기 그림자에 발을 들인 상대를 조종하는 능력을 가지고 있다. 정확히 말하자면 그 녀석이 지배하는 붉은색 그림자와 상대의 그림자가 겹칠 경우, 그 상대를 조종하는 능력이다. 그림자가 겹치면 상대가 인간이든 잔해든 상관없는 모양이었다. 햇빛이 비치는 방향에 따라서는 그 녀석의 붉은색 그림자에 발을 들이지 않았는데도 조종당하는 경우가 있다. ──물론 정보 출처는 '금술교전'이다. 이거 참 편리하단 말이지.

물론 나도 물리 공격이 먹히지 않는 상대에게 유효한 공격 수단을 가지고 있는 건 아니다.

하지만── 나에겐 듬직한 동료가 있단 말이지.

나는 아지랑이 그래프가 있는 바로 앞에 정지한 후, 어디론가 전화를 걸었다. 그리고 저쪽의 준비가 끝났음을 확인한 뒤에 앞으로 뛰쳐나갔다.

"그럼── 간다!"

『그림자는 조심해!』

나도 알고 있다니까──. 한쪽이 붉은 그림자로 물든 풍경 속에서 그림자가 겹치지 않도록 주의하며, 안쪽에 서 있는 아지랑이 그래프를 향해 불의 화살과 바람의 탄환을 날렸다.

내 그래피티는 위력이 별로 강하지 않지만 다양한 용도로 사용할 수 있다. 저 퀸도 다재다능하다고 말했을 정도다.

게다가 조합하는 방식에 따라 위력을 끌어올릴 수 있다. ──내 화염과 바람을 동시에 부딪치게 하면 위력이 비약적으로 상승한다. 속도도 제법 빠를 뿐만 아니라 맞으면 상당한 피해를 입힐 수 있다.

하지만 그 녀석은 그것을 보고도 전혀 움직이는 기색이 없었다.

──통하지 않는다는 사실을 잘 알고 있기에 얕보고 있겠지. 아까도 썼지만 피해는 조금도 입힐 수 없었고 말이다.

하지만── 내가 멍청해서 아무 의미도 없는 공격을 거듭하는 건 아니란 말이지!

나는 휴대 전화의 카메라로 아지랑이 그래프를 찍으면서 소리쳤다.

"부탁해──! 치히로!"

『응──.』

휴대 전화 스피커에서 짤막한 대답이 흘러나왔다.

일렁이는 아지랑이 그래프의 몸이 단단한── 유리 덩어리로 변했다.

그 직후에 내가 날린 화염의 덩어리와 바람의 덩어리가 동시에 착탄하며 엄청난 폭발을 일으켰다. 그리고 물리 공격이 먹히지 않았던 그 녀석의 몸이 산산이 부서졌다.

어이가 없을 만큼 아주 간단히 해치웠다. 그 아지랑이 그래프는 기본적으로 공격이 통하지 않기에 공격당했을 때의 방어 수단은 없는 모양이었다.

그리고 유리 파편에서 피어오르는 빛의 입자가 알 쪽으로 향했다. 마음 같아서는 봉인까지 하고 싶었지만. 뭐, 어쩔 수 없지. 격퇴에 성공한 것만으로도 만족할 수밖에.

"고마워. ──그리고 한창 바쁠 텐데 미안해, 치히로."

『······뭘 이런 걸 가지고. 네 힘으로도 감당이 안 되는 그래프라면 내가 눈을 빌려줄 수밖에 없지 않겠어?』

　수화기 너머에서 부루퉁한 목소리가── 본부 소속의 특급 이레이저, 히이라기 치히로의 목소리가 들려왔다.

　물리 공격이 통하지 않으면, 단단하게 만들어서 대처하면 된다는 게 내가 떠올린 생각이었고── 이를 위해 치히로가 습득한 '유리의 사안^{스 톤 아 이 즈}'의 힘을 빌렸다.

　직접 보지 않더라도 카메라를 사용하면 능력은 통하니까 말이지. 저번에…… 내가 조느라 참석하지 못했던 임시 회의 때도 치히로가 키노의 귤을 단단하게 만들었다고 한다.

　하지만 치히로는 거의 혼자서 그래프들과 싸우고 있는 거나 마찬가지니까── 한순간이라고는 해도 그 주력 무기인 눈을 빌려 달라고 한 건 상당히 무리한 부탁이 아니었나 싶었다. 가능하다면 나머지 1킬로미터급도 단단하게 만들고 싶은 심정이었지만, 역시나 거기까지 부탁할 순 없는 노릇이다.

　『뭐, 실장으로서 체면이 살지 않는다고 말해 놓고선, 정작 가장 중요한 순간을 치히로에게 맡기는 것도 영 모양이 안 사는 것 같지만.』

　"분명 우리라고 했잖아. ──의지할 수 있는 동료가 있다면 나는 기꺼이 의지할 거라고. 뭐, 그래도 확실히 이번에는 치히로 덕분이었지만."

　『뭐, 뭐라는 거야. 칭찬한다고 뭐 없거든?』

　"아니, 왜 네가 무언가를 준다는 식으로 얘기하는 거야? ──오히려 줘야 하는 쪽은 나라고. 다음에 밥이라도 한턱낼게. 같이 가자."

　『밥? 같이? ……그거 꼭…… 데이…… 그, 그럼 어쩔 수 없지!

네가 정 그렇게까지 말한다면야 함께해 줄 수도 있는데── 앗, 물론 밥 얘기하는 거라고! 따, 딱히 기대한 적 없거든!』

왠지 묘하게 기분이 들떠 보이는 치히로의 목소리가 스피커 너머에서 울렸다.

"응? 그야 당연하지. 우리 지금 밥 얘기하는 중이었잖아."

치히로와는 고등학교 시절부터 알고 지낸 사이였는데, 가끔 가다 영문 모를 소릴 하곤 했다. 치히로는 츠지 아야토 군처럼 자칭 천재가 아닌, 진짜 천재다. 바보와 천재는 종이 한 장 차이라고들 하는데, 그렇기 때문에 이따금 바보의 면모가 드러나는 걸까. 아니면 내가 한턱낸다고 해서 기쁜 걸까……. 뭐, 치히로와 함께 화캔을 설립하고 난 이후로는 늘 이런 식이었으니까 이젠 익숙해졌지만.

『……둔감한 것도 어느 정도여야 말이지 원……. 치히로 걔도 참 답답하지만.』

"응? 크로우, 방금 뭐라고 했어?"

통화를 마친 뒤에 크로우가 무슨 말을 중얼중얼한 것 같았는데, 목소리가 작아서 잘 들리지 않았다.

『아니, 너의 그런 점에 두 손 두 발 다 들었다는 얘기야. ──그건 그렇고 여길 얼른 벗어나는 게 좋겠어. 이제 슬슬 때가 된 것 같으니까.』

"듣고 보니 그러네."

방금 크로우가 한 말을 듣고 무언가가 마음에 걸렸지만, 어쨌거나 여길 벗어나야 한다는 점은 나도 동감이었다.

왜냐하면──.

"──여기에 있으면 칠성검에 휘말릴 테니까 말이지."

나는 다른 사람들이 만들고 있는 벽을 등진 채──.

『시로가네 군, 그 아지랑이 그래프는 해치웠어.』

"역시 '영웅'이네요! 감사, 합니다!"

나는 오른손에는 순신검을, 왼손에는 결계검을 쥐고서 반쯤 소리치듯 응답했다. 10미터 공중에서 머리 없는 용과 한창 접근전을 벌이는 도중에 들어온 통신이었기 때문이다.

날개를 베어 내고자 휘두른 순신검은 옆에서 날아든 꼬리의 일격에 궤도가 빗나갔다. 그대로 몸을 비틀어 다시 한번 날개를 노리고 검을 휘둘렀지만, 그에 맞춰 용도 몸을 선회하는 바람에 날이 닿지 않았다. 그리고 용은 선회한 기세를 실어 나에게 팔을 뻗었다. 용의 체구에 비하면 크기가 작은 팔이었지만, 그 발톱은 사람 하나 도려내 죽이고도 남을 만큼 예리했다. 나는 그것을 결계로 방어한 뒤, 다시 세 장의 결계를 용의 몸과 닿을락 말락 한 위치에 쳐서 그 움직임을 제한했다.

그다음엔 발판으로 친 결계를 박차고 용의 뒤로 점프하여, 공중에서 결계검을 참렬검으로 바꿔 쥐고 그 등에 검을 박아 넣으려고 했다. 바로 그때였다.

"으윽……?!"

오각형 장벽이 참렬검의 일격을 막아 냈다. 검과 장벽이 서로 잠시 힘 싸움을 벌이다가, 내 몸이 공중으로 튕겨져 나갔다.

……모든 것을 베는 참렬검과, 지팡이에 천을 뒤집어씌운 듯한 모습의 그래프가 친 반사 장벽. 마치 모순이 발생할 것 같은 양자의 격돌에서 승리를 쟁취한 쪽은 아무래도 장벽인 것 같았다. ── 반사하는 데 특화된 장벽과, 여러 개로 나뉜 능력 중 하나에 불과한 참렬검은 역시 차이가 있을 수밖에 없단 말인가.

내가 속으로 그렇게 생각하고 있을 때였다. 시가지에서 건물이 붕괴했다. ──무슨 일인가 싶어 그쪽으로 눈길을 돌렸더니, 그곳에 꿈틀거리는 노란색 액체가 있었다.

"쳇……. 쓸데없이 시가지를 파괴하다니. 액체로 만들어도 성가신 녀석이군!"

원래 먼지 형태였던 그 그래프가 몸을 꾸물꾸물 움직이며 자신과 닿은 건물을 조금씩 무너뜨려 나갔다. ──얼음 거북이의 그 단단한 등딱지도 깎아 내는 걸로 봤을 때, 아무래도 저 녀석은 '분해'하는 능력을 가진 것 같았다. 자신의 몸에 닿은 모든 것을 닥치는 대로 분해해 나간다. 미리 액체로 만들어 놔서 다행이군. ── 저런 게 공기 중에 떠돌아다녔다간 애초에 싸움 자체가 안 될 테니 말이다. 하지만 어디까지나 범위만 줄어들었을 뿐이지, 저 녀석의 존재 자체가 위험한 건 여전했다. 마치 용암 덩어리 같다고 해야 할지, 아니면 왕수……? 어쨌든 초강력 산성 물질 덩어리나 마찬가지였다. 저 녀석이 벽에 접근하면 왠지 성가신 일이 일어날 것 같은데──.

내가 한눈을 파는 와중에 갑자기 시야가 흐릿해졌다. 무슨 일인가 싶어 위를 올려다…… 이런! 머리 없는 용이 마치 운석처럼 나를 향해 위에서 떨어지고 있잖아!

저 속도와 위압감──── 결계만으로 막아 낼 수 없어!

나는 결계를 앞쪽에 치는 한편, 순신검을 손에서 놓고 참렬검으로 바꿔 쥐었다. 하지만 검을 휘두를 여유는 없었다. ──예상했던 대로 요란한 파쇄음과 함께 결계는 박살 나고 말았다.

그리고 그 직후, 아슬아슬하게 겨눈 참렬검의 도신과 용의 목이 격돌했다.

"이, 자식이!"

참렬검의 힘 덕분에 발판으로 삼고 있는 결계와 용 사이에 끼이는 사태는 막았지만──── 결계를 부수고도 이 정도의 위력을 발휘할 줄이야. 왠지 모르게 기시감이 살짝 드는데……!

어쨌든 이 용은 제법 버거운 상대였다.

만약 그 녀석의 도움이 없었다면 의외로 위험했을지도 모르겠군. 나는 용의 목을 밀어내며 아래쪽으로 눈길을 돌렸다. 그곳에는────.

"────이 자식, 감히 성가신 짓을!"

벽에서 약 30미터 정도 떨어진 위치에 얼음 거북이가 서 있었다. 그리고 그 옆에서 격노하는 퀸이 지배의 용도로 쓰는 고리를 휘두르며 얼음 거북이의 다리를 휘감은 금색 실을 풀고 있었다.

────그렇다. 금색 실이었다.

카고메의 '금사작'이 얼음 거북이의 주변을 돌며 실을 휘감았던 것이다. ──그 녀석이 얼음 거북이의 능력을 봉쇄해 준 덕분에, 얼음 거북이는 얼음으로 된 벽을 파괴할 수 없다.

만약 그대로 돌진해서 벽을 무너뜨리고자 한다면 순간 이동시켜서 벽으로부터 떼어 놓으면 그만이다.

덕분에 나는 이 머리 없는 용에게 집중할 수 있었다.

퀸 본인은 저 실을 함부로 건드릴 수 없기에 실을 풀고자 한다면 신중할 수밖에 없고, 그동안에 공중을 날던 '금사작'이 거북이의 다른 부위에 실을 휘감는다. 그야말로 무한 루프였다.

게다가 얼음 거북이는 몸집은 커도 그만큼 움직임이 둔했기에 저 농결 능력 없이는 재빠르게 날아다니는 '금사작'을 처치할 수도 없다. ──상성이 극과 극이었다!

"나도, 질 수는 없지!"

나는 다시 힘을 꾹 주고서 온 힘을 다해 용의 머리를 밀어냈다. 용도 질 수 없다며 더욱 힘을 실었다. 하지만 나는 그 타이밍에 검을 뒤로 빼 도신을 대각선 위로 겨누었다. 밀어서 안 되면 당겨보라고 했던가. ──갑자기 내가 검을 뒤로 빼는 바람에 용은 자세가 무너졌다. 그리고 내 바로 위를 용이 지나갈 때, 나는 밑에서부터 복부에 발차기를 먹였다. 아무리 비늘의 보호를 받고 있다 해도 참렬검으로 다릿심을 강화해서 먹인 발차기다. ──용은 몸을 살짝 구부러뜨리더니 위쪽으로 날아올랐다.

그때였다. ──다시금 통신기가 울렸다.

『시로가네 선배!』

그 목소리를 듣고 나는 자기도 모르게 입꼬리를 끌어올렸다.

"코토네! 벽을 완성한 거지?!"

『네! 준비 다 끝났어요!』

나는 잠시 등 뒤에 있는 벽을 바라보았다. 대부분은 얼음으로 이루어져 있지만, 군데군데 투명한 부분이나 흙, 바위, 불꽃, 정체불명의 소재 등등으로 이루어진 부분도 있었다. 이레이저들이 그래피티를 결집해서 만든 벽이었다. ……겉모습은 누더기에 가까웠고 울퉁불퉁했지만 말이다.

뭐, 어쨌든 빈틈만 없으면 그걸로 됐지만!

나는 순신검과 결계검을 써서 퀸과 그래프들의 정면으로 이동했다. 벽을 등진 채 놈들과 대치하고서 참렬검을 공중으로 내밀었다.

"자──퀸! 이제 그만 결판을 내 볼까!"

그 참렬검 주위를 나머지 다섯 자루의 검이 선회하더니── 뒤이어 눈부신 은색 빛을 내뿜었다.

"윽……?! 이럴 수가, 그건?!"

그 빛이 뜻하는 바를 알아차렸는지, 웬일로 퀸이 당황한 기색으로 소리쳤다.

"내 온 힘을 다해서──네놈들을 모조리 알 너머로 되돌려 보내 줄게!"

이내 빛이 잦아들었고, 나는 도신에 북두칠성을 연상케 하는 점이 박혀 있는 양날 검을 오른손으로 쥐고 있었다.

'칠식' 제7식, 칠성검!

은색으로 빛나는 이 검을 본 퀸이── 내 비장의 수단을 본 퀸이 초조한 기색으로 말했다.

"그대는—— 지금 대체 무슨 허세를 부리고 있는 건가?!"

"안됐지만 난 진심이라고. ——이제 그만 이 축제도 슬슬 막을 내려야 하지 않겠어?"

"……윽! 나와 함께 이 시가지를 통째로 날릴 셈이냐?"

"시가지 하나로 네 지배를 벗어날 수만 있다면 어쩔 수 없지——. 이보다 더한 피해를 막기 위해 다소의 피해는 감수할 수밖에. 아까 나더러 장수로서의 역량은 제법 훌륭하다고 했던가?"

양손으로 검의 자루를 쥔 나에게 퀸이 섬뜩해하는 표정을 지었다. 내가 진심임을 알아차린 모양이었다.

"막을 수 있으면, 어디 한번 막아 봐!"

내가 검을 높이 치켜 드는 것과 동시에 퀸 또한 오른팔을 휘둘렀다.

"쓸데없는 소린 됐느니라! ——그대가 온 힘을 다해 가한 일격을 튕겨 낸 다음, 벽 뒤쪽에 있을 문지기 놈들도 모조리 없애 주마! 여기에 장벽을 쳐라!"

퀸과 그래프들 앞에 나타난 거대한 오각형 장벽을 향해 내가 온 힘을 다해 칠성검을 휘두르, 기 직전.

"——간다, 코토네!"

나는 통신기에다 대고 그렇게 소리쳤다.

——시로가네 선배로부터 신호가 들어왔다!

"모토바네 씨, 부탁드릴게요!"

"알았어."

벽 바로 옆에 선 나는 내 옆에 선 모토바네 씨에게 능력을 사용해 달라고 요청했다. ──다양한 재질로 만들어진 벽에 모토바네 씨가 손을 댄 그 직후, '해월룡' 의 능력으로 벽 전체가 투명해졌다.

그리고 벽 너머에서──.

『하아아아아아아아아앗!』

통신기에서 들려오는 날카로운 기합 소리와 함께 시로가네 선배가 퀸을 향해 칠성검을 휘둘렀다.

폭발적으로 뿜어져 나온 은색 빛이 시가지의 땅바닥을 헤집으며 퀸을 향해 날아갔다.

"어──잠깐, 코토짱! 저거 정말 괜찮은 거 맞아?!"

"저번에 그 증식 그래프를 날려 버릴 때 사용했던 그거 맞지?── 반사당하면 큰일 나는 거 아니야?"

멸망을 부르는 은색 빛이 퀸을 지키는 오각형 반사 장벽을 향해 일직선으로 날아가는 모습을 보고, 니나와 이치히코 선배가 평소에 비해 훨씬 당황한 기색으로 나에게 물었다.

"……완, 성…… 후우."

퀸을 봉인할 준비를 마친 모양인지 유키코 씨가 만족스러운 기색으로 한숨을 내쉬었다. 아무래도 지금 무슨 일이 일어나고 있는지는 알아차리지 못했나 보다.

"──쿠치하라! 사사미야 그 녀석, 정말 대책은 있는 거 맞겠지?! 사사미야가 내뿜은 저 빛이 반사되든 말든 간에, 이대로 가다가는 시가지에 크나큰 피해가 발생할 거라고!"

"어? 사사미야가 그런 위험한 공격을 가한 거야? 지금?"

칠성검의 공격을 처음 보는 모토바네 씨가 미나세 선배의 말을 듣고 흠칫 놀란 표정을 지었다. 그리고 그 놀라움은 뒤쪽에 있는 이레이저들에게도 서서히 퍼져 나갔다.

──미나세 선배의 말마따나, 반사될 경우엔 저 빛은 두말할 것도 없이 우리를 덮치고 말 것이다. 그리고 반사 장벽을 박살 낼 경우엔 퀸과 함께 그 뒤쪽에 있는 시가지는 허허벌판이 되고 말 것이다.

시로가네 선배가 날린 빛이 퀸을 지키는 장벽과 격돌했다. ── 역시 대단하다고 해야 할지, 칠성검으로 가한 공격은 곧바로 반사되지 않았다. 빛과 장벽 사이에서 뿜어져 나오는 에너지가 갈 곳을 잃고 주변 건물을 조금씩 깎아 내기 시작했다.

이레이저들 사이에서 의문을 제기하는 목소리가 높아지기 전에 나는 통신기에다 대고 소리쳤다.

"──절대! 벽 밖으로 나가면 안 돼요!"

빛과 장벽이 서로 힘 싸움을 벌이는 와중에, 장벽에 금이 갔다.

"설령 시로가네 선배의 공격이 반사된다 하더라도, 절대로요!"

나는 그 광경에서 눈을 떼지 않은 채 소리쳤다.

"어째서지, 쿠치하라? 지금 네 녀석은 우리더러 죽으라는 거냐?"

조용한 투로 묻는 미나세 선배의 말에, 나는 역시나 고개는 돌리지 않은 채 답했다.

"이 벽 안쪽에 있는 한은──."

나는 앞으로 팔을 뻗으며 그 순간이 오기를 기다렸다.

"제가 모두를, 지킬 수 있으니까요!"

──내가 그렇게 딱 잘라 말한 그 순간.

시로가네 선배가 날린 빛이 퀸의 장벽에 막혀 반사되었다.

모든 것을 티끌로 만들 파멸의 빛이, 지금 우리를 향해 날아왔다

──!!

◆ ◆ ◆

"아하하하하하하하하핫! 우리가 이겼도다! 보검을 다루는 자여!"

이쪽으로 날아오는 빛 너머에서 퀸의 폭소가 들려왔다.

그 모습을 본 나는 한차례 한숨을 내쉬고는──.

"만약 반사되지 않았으면 어떻게 되나 싶었다고."

내 중얼거림은 퀸의 귀에 들어가지 않았다.

그러니 아마 이 말도 들리지 않겠지──. 나는 속으로 그런 생각을 하면서 칠성검을 해제했다. 그리고 주머니 속에서 베인 자국이 나 있는 작은 돌을 꺼냈다.

"이번 승부는── 우리가, 이겼어!"

◆ ◆ ◆

"지킨다니──! 코토짱, 설마 저걸 막아 낼 셈이야?!"

"맞아."

"하, 하지만, 네 '삼탄총' 은 튕겨 낼 수 있는 면적이 직경 3미터가 한계일──."

"괜찮아."

나는 니나의 의문을 그 한마디로 일축하고서 의식을 집중했다.

뒤에서 들려오는 떠들썩한 소리가 점점 아득해져 갔다.

"다들 조용히 해! ──이제 와서 도망갈 곳은 없어! 쿠치하라에게 모든 걸 걸라고!"

미나세 선배의 말도 무척이나 아득하게 들렸다.

"──여긴 내 절대 영역이야."

나는 나 스스로에게 자기 암시를 걸듯 나직이 말했다.

"설령 무엇이 상대든 간에── 반드시 지키고 말 거야!"

◆ ◆ ◆

"아하하핫── 엉?"

"안녕, 여왕님."

갑자기 자기 눈앞에 나타난 내 모습을 보고, 웃음을 터뜨리던 퀸이 어리둥절한 목소리를 냈다.

──뭐, 정확히 말하자면.

내 눈앞에 퀸을 순간 이동시킨 거지만 말이지.

"뭐, 뭣──?!"

게다가 퀸뿐만이 아니었다. 반사 장벽을 친 그래프, 얼음 거북이, 머리 없는 용, 원래 먼지 형태였다가 지금은 액체 상태가 된 그 래프도, 모조리 이쪽으로 데리고 왔다. ──전신검의 능력으로 말이다.

전신검은 표식을 새긴 것이 있는 쪽으로 순간 이동할 수 있지만, 반대로 표식을 새긴 것을 내 쪽으로 순간시킬 수도 있다.

반사된 칠성검의 일격이 날아드는 이곳으로 갑자기 순간 이동한 바람에 퀸은 혼란에 빠진 상태였다. 이 타이밍이라면 장벽을 쳐 봤자 늦는다. 그리고 그동안에 나는 참렬검을 쥔 상태에서, 전신검으로 상처를 낸 돌을 위쪽으로 있는 힘껏 던졌다.

강화된 힘으로 던진 돌은 순식간에 엄청 높은 고도까지 올라갔다. ──그리고.

"그럼 잘 가, 퀸!"

그 돌이 있는 곳으로── 칠성검의 빛이 절대로 닿지 않는 곳으로 순간 이동했다.

이걸로 나는 빠져나오는 데 성공했고──.

"그럼── 이제 뒷일은 너에게 맡길게, 코토네!"

『네이놈네이놈네이놈네이노오오오오오오오오옴! 잘도 날 함정에 빠뜨렸구나, 보검을, 다루는 자여어어!』

투명해진 벽 반대쪽에서 파멸의 빛이 날아드는 와중에 퀸이 울부짖었다.

갑자기 나타난 1킬로미터급 그래프들의 모습에 뒤쪽에서는 소란이 일어난 모양이지만──상관없었다.

흐읍, 나는 짤막하게 숨을 토해 낸 뒤──평소 불릿 셸을 쓸 때처럼 집중했다.

──몇 번이고, 몇 번이고, 거듭해 온 일이다. 투명해진 벽이 어느 위치에 있는지 눈으로 볼 수 있게끔 땅바닥에 미리 표시도 해 놓았다.

나는 수도 없이 연습해 온 감각과, 거리를 가늠하는 내 눈을 의지했다.

눈 하나 깜빡이지 않았다. 눈을 떼지 않았다. 눈동자를 불사르는 은색 빛을 완벽한 타이밍에 저지하기 위해서.

─────────얼음 거북이의 등딱지 가장자리에 은색 빛이 닿았다. 아직 멀었다.

───────얼음 거북이와 용의 몸이 은색 빛에 반쯤 삼켜졌다. 노란색 액체가 증발했다. 아직 멀었다.

──그리고, 분노로 표정을 일그러뜨렸던 퀸이 자신을 향해 날아드는 은색 빛을 보고선 공포에 질린 표정을 지었다.

지금이다!

"──'삼탄총'[앱솔루트 로어]!!"

시로가네 선배가 온 힘을 다해 가한 공격이 퀸과 그래프들을 모조리 집어삼켰다.

그리고 그것이 투명한 벽에 직격할 듯 말 듯한 절묘한 타이밍에.

나는 벽 전체에──'삼탄총'[앱솔루트 로어]을 사용했다.

드득! 육중한 것을 억지로 움직인 듯한 소리가 울려 퍼졌다. 그 한순간 동안, 날아든 빛의 격류가 격렬한 소리를 내며 벽에 가로막혔고──── 이내 위쪽을 향해 방향을 틀었다. 양쪽 가장자리가 바깥쪽으로 살짝 휘어진 덕분에 옆으로 나아가지도 않았다.

빛은 위로, 위로, 저 먼 곳을 향해 날아갔다. ──그리고 하늘에서 은색의 불꽃처럼 터졌다.

모든 이가 위를 올려다보며, 주위가 정적 속에 잠긴 와중에.

"……으, 하, 아아~……!"

시로가네 선배와 짰던 작전이 성공했음을 깨닫고서.

긴장이 풀린 나는 숨을 토해 내며 그 자리에서 쫘당, 엉덩방아를 찧고 말았다.

◇ ◇ ◇

──그 새하얀 방에서 나오기 직전.

오리히메 씨는 내 손을 쥐고서 이렇게 말했다.

『퀸한테만 힘을 빌려주는 건 아무래도 공정하지 않으니까 말이야. ──지금부터 너에게 딱 한 번만, 네가 습득한 능력의 한계를 하나 확장할 수 있는 권리를 줄게. 네가 쓰고 싶을 때 쓸 수 있지만, 딱 한 번밖에 쓸 수 없으니 신중하게 써야 해.』

그리고 내 손을 쥔 오리히메 씨의 오른손에서 빛이 났다가 금세 다시 잦아들었다.

──듣자 하니, 감찰관인 오리히메 씨는 그래프의 능력에 적잖

이 간섭할 수 있는 권한을 가진 모양이었다.

움직일 수 있는 거리는 딱 3센티미터뿐, 효과가 미치는 범위는 나를 중심으로 반경 3미터 이내, 튕겨 낼 수 있는 최대 면적은 직경 3미터, 능력을 두 군데 이상 동시에 사용하는 건 불가능──. 그것이 내가 습득한 그래피티 '삼탄총'의 능력 한계였다.

하지만 그러한 능력 한계를 딱 한 번, 하나만 확장할 수 있는 것이다. ──3센티미터뿐이라는 한계를 없애면 대상을 무한정 꿰뚫을 수 있는 무적의 창이 된다. 딱 한 번뿐이라면 그것도 나쁘지 않을 것 같지만── 결국, 내가 고른 건 절대 방패였다.

우리가 나오기 직전까지 이쪽을 비추고 있던 영상에서 퀸이 다섯 마리의 그래프를 불러냈을 때, 오리히메 씨가 했던 말이 계기가 되었다.

『어머, 비장의 패를 벌써 드러냈나 보네. ──저 다섯 마리는, 너희의 기준으로 말하자면 1킬로미터급이야.』

눈을 부릅뜬 나와 시로가네 선배는 끝으로 오리히메 씨에게 감사를 표하고 나서 그 새하얀 방을 나섰다.

그리고 돌아오는 동안, 저만한 수의 그래프를 처치하려면 칠성검의 힘이 필요하다는 얘기가 나왔다.

하지만 이번 전장은 2.5차원이 아닌, 3차원의 시가지다. ──칠성검으로 1킬로미터급들을 날려 버리기는 어렵지 않겠지만, 자칫 잘못하면 시가지와 그곳에 남아 있는 단원들도 휩쓸리고 만다.

그래서 나는 이런 제안을 건넸다. ── '이레이저들에게 커다란 벽을 만들게 한 뒤, 튕겨 낼 수 있는 최대 면적의 한계를 확장한 내가 그 벽을 튕겨 내 시로가네 선배의 공격을 막는다' 는 작전을 말이다.

그리고 이쪽으로 돌아오고 나서 1킬로미터급 그래프들의 능력을 알게 되어 시로가네 선배와 작전을 살짝 조정했다. ──상대방으로 하여금 칠성검의 공격을 반사시키게끔 유도한 뒤, 상대방을 방심하게 만듦과 동시에 내가 벽으로 시로가네 선배의 공격을 막아 낸다는 작전으로 말이다.

그리고 그 결과가 바로──.

◇ ◇ ◇

가능하다고는 생각했지만…… 실제로도 일이 잘 풀려서, 정말 다행이다……! 나는 엉덩방아를 찧은 채 가슴을 쓸어내렸다. 새삼스럽게 심장이 마구 요동쳤다. 엄청 집중했던 탓인지 머리가 살짝 어질어질한데…… . 게다가 눈도 엄청 반짝거리고.

나는 앞쪽을 바라보았다. 아무리 좁은 범위였다고 해도 칠성검의 빛이 지나간 탓에 아무것도 남지 않은 길과, 불과 조금 전까지 그래프들이 있었다는 사실이 마치 거짓이 아니었나 싶을 만큼 고스트 타운처럼 변해 버린 시가지의 풍경이 눈앞에 펼쳐졌다.

투명화 효과가 끝나 다시금 벽이 그 모습을 드러낸 뒤에…… 어라? 나는 아직도 뒤쪽이 정적 속에 잠겨 있음을 알아차리고는 머뭇거리며 고개를 뒤로 돌렸다. 히익?!

모두의 시선이 나를 향하고 있었다. 나도 모르게 그만 몸을 흠칫

했는데, 문득 그 시선들이 위쪽을 향했다. 엄청난 양을 자랑하는 빛의 입자가 하늘로 올라가고 있었다. 이윽고 그것들은 세 갈래 방향으로 나뉘어 움직이기 시작했다.

그리고 그중 하나가 우리 쪽으로 내려오더니, 아스카 씨의 옆에 있는 유키코 씨가 손에 쥔 책으로 모여들었다. 나머지 두 개는…… 하나는 알 쪽으로 향했지만, 나머지 하나는 뭘까? 다른 누군가가 봉인한 걸까?

"……아."

유키코 씨는 한동안 멍한 표정으로 있다가, 입자가 모두 모이자 가죽 커버를 꺼내 익숙한 손놀림으로 책에다 씌웠다. 살짝 보인 커버에 적힌 제목은── '퀸 마리오네트'였다.

아하하…… 지배하여 조종하는 능력을 가지고 있던 퀸에게 그 이름은 너무 노골적이지 않나 싶었지만── 어쨌든 퀸을 봉인하는 작업은 잘 마무리된 모양이었다.

"……저기……."

하지만 그럼에도 불구하고 미묘한 분위기는 계속해서 이어졌다. 모두 하나같이 믿을 수 없는 광경이라도 본 듯한, 그런 분위기였다.

어, 어쩜 좋아. ──내가 속으로 그렇게 생각했을 때였다.

"──좋아, 다들 수고 많았어!"

갑자기 위에서 그런 목소리가 들려왔다. ──모두가 그쪽으로 고개를 돌렸다. 시로가네 선배가 결계 위에 올라타고 있었다. 몸을 피했던 곳에서 벽을 넘어 온 것 같았다.

"퀸 봉인 작업은 잘 마무리되었나 본데? ──하지만 아직 다 안 끝났어! 즉각 1차 방어선을 재정비해! 2차 방어선을 지키던 사람들에게 큰 부담을 지웠으니까 다들 서둘러!"

시로가네 선배가 내린 지시에, 마치 다들 꿈에서 깨어난 것처럼 퍼뜩 정신을 차리고 행동에 나서기 시작했다.

"하지만 좋은 소식도 있어. ──알이 조금씩 줄어들고 있거든! 이제 고비는 넘겼고 마무리만 잘하면 돼! 남은 그래프를 섬멸할 때까지 조금만 더 힘내! 모두 다 함께 돌아가는 거야!"

『──알겠습니다!』

모두의 목소리가 벽에 부딪쳐 반향을 일으켰다.

원래 우리는 이 부근 담당이었으니 움직일 필요는 없겠지만── 아얏?!

누군가가 갑자기 내 등을 때렸다. 고개를 돌리고 보니── 미나세 선배가 눈앞에 서 있었다.

"흥, 설마 이런 작전을 세웠을 줄이야. 용케도 네가 호언장담한 대로 무사히 잘 지켜 냈군, 쿠치하라."

"아, 아뇨. ──이번 일은, 좀 특별한 경우니까요."

"뭐, 네 녀석의 그래피티에 무슨 일이 있었다는 건 알겠지만── 그래도 굳이 지금 캐물을 건 없겠지. 그럼 난 이만 가 보겠다, 쿠치하라. 물어볼 마음이 들 때 다시 물어보도록 하지."

미나세 선배가 끝으로 훗, 하고 웃으며 내게서 등을 돌렸다. 그리고 모토바네 씨의 목덜미를 붙잡고── 카고메 선배 일행과 합류하러 가는 걸까?

아니, 어라? 미, 미나세 선배…… 방금 날 보고, 웃었어?

"코토네, 미나세가 뭐라고 하든?"

지상에 내려선 시로가네 선배가 나에게 물었다.

"아, 저기……. 뭐랄까, 아무래도 칭찬받은 것 같아요."

"이야…… 그건 그거대로 또 별일이네. 어쨌든 고마웠어. 네 덕분에 결판도 빨리 났고, 시가지와 단원들도 괜한 피해를 입지 않았거든."

"아, 아뇨……."

아무 사심 없는 칭찬의 말을 듣고 나는 자기도 모르게 고개를 푹 숙였는데──.

"……코토네, 이쪽 한번 볼래?"

"네, 넵?!"

내가 허둥지둥 고개를 들어 올리자, 시로가네 선배가 한쪽 팔을 들고 있었다. 뭐, 뭘까?

"……하이파이브 해 보자."

"아…… 네, 넵!"

나는 시로가네 선배의 의도를 알 수 없어서 당황했다가 황급히 오른팔을 들었다. 짜악, 하고 우리의 손에서 기분 좋은 소리가 났다.

하이파이브를 마치고 기쁜 기색으로 웃는 시로가네 선배가 직도와 일본도를 쥐고 벽 쪽으로 몸을 돌렸다.

"좋았어. ──그럼 난 이 벽을 적당히 해체하고 난 다음에 2차 방어선을 지원하러 가 볼 테니, 너도 그래프랑 싸울 땐 몸조심해."

"네, 네에──."

"어라라? 사사미야 실장님? 저희도 코토짱과 같은 팀인데, 저희에겐 뭐 아무것도 없나요?"

내 대답을 가로막으며 시로가네 선배의 뒤에서 무진장 의미심장한 투로 그렇게 말한 사람은 니나였다.

"어, 니, 니나?"

"이야, 아무래도 사사미야 실장님은 저희 따윈 안중에도 없으신가 보네요."

"아, 아니, 그건 결코 아닌데? 물론 너랑 너희 팀원들도 고생 많았——."

"에이~ 그런 마음에도 없는 말씀은 됐네요. 됐어."

"어이, 니나쨩. ——너무 그렇게 구박하지 마."

그런데도 계속 말을 이어 가려던 니나를 이치히코 선배가 만류했다.

"그야 쿠치하라라면 사사미야가 어느 정도 특별 취급할 수도 있는 거 아니겠어? 자기 수제자잖냐. ——그동안 얼마나 손을 댔는지 니나쨩도 똑똑히 봤잖아?"

콜록, 나는 자기도 모르게 헛기침을 했다. 이, 이치히코 선배, 누가 들으면 오해할 만한 말을 또 그렇게…… 아마 이번에도 니나가 옆에서 따끔하게 지적하는 식으로 흘러갈——.

"……코토쨩, 사사미야 실장님이 정말 그렇게까지 너에게 손을 댄 거야?"

"이, 이건 이치히코 선배가 말을 잘못 한 거잖아! 그걸 곧이곧대로 받아들이면 어떡해?! 그냥 손이 많이 갔다는 말을 잘못 말했다는 거 다 알면서 그러기야?!"

당황한 나는 그렇게 소리쳤다. 이건 뜻밖이었다. 어디까지나 이치히코 선배가 잘못 말했을 뿐인데, 웬일로 니나마저 덩달아 진지한 표정으로 그렇게 물을 줄은 몰랐다.

"……로, ……거야……?"

"정말로, 손을 댄 거야? 라는데."

"유, 유키코 씨까지 그러기예요?! 시, 시로가네 선배! 선배도 뭐라 한마디 좀──."

"……흐음, 듣고 보니 손을 댔다고 볼 수도 있겠어."

"히익?!"

유일하게 내 편일 줄 알았던 시로가네 선배마저 저쪽 편에 붙을 줄이야. 그나저나 선배도 진지한 표정으로 대체 무슨 소릴 하는 거야.

아니, 손을 댔다니. 대체 어느 부분을 보고 그렇게 말하는 건데? 노, 농담으로 하는 말이겠지?──속으로 애써 그렇게 생각하는 동안, 내 얼굴은 서서히 빨갛게 달아오르기 시작했다.

그런 내 모습을 보면서 웃음을 참고 있는 시로가네 선배의 얼굴을 보고── 문득 의아함이 들었다. 왠지 평소랑 웃는 모습이 다른 것 같은데……? 뭐랄까, 흐뭇하게 웃는 느낌이랄까?

살짝 이상한 느낌이 들었지만, 내가 그걸 물어보기도 전에 시로가네 선배가 행동에 나섰다.

"그럼── 슬슬 하던 일을 마저 해 볼까? 지금부터 저 벽을 부술 테니 다들 조심해."

나식이 말한 시로가네 선배가 눈으로 쫓을 수 없을 만큼 빠른 속도로 움직였다. 그리고 눈앞에 있는 거대한 벽이 순식간에 산산 조각 났다. 그리고 직도를 플랑베르주로 바꿔 쥔 시로가네 선배가 벽의 잔해 덩어리를 땅바닥 위로 차례차례 순간 이동시켜 나갔다.

"'십구의[익스피어]'."

그 광경을 올려다보던 우리를, 반투명한 결계가 뒤덮었다. 자잘한 파편이 니나의 '십구의[익스피어]'에 닿자마자 후드득후드득 소리를 냈다.

『그럼 난 이만 2차 방어선 쪽을 지원하러 가 볼 테니, 이쪽은 잘 부탁해!』

벽을 대략적으로 분해했을 때, 시로가네 선배가 통신기 너머로 그렇게 말하며 레이피어와 일본도를 쥔 채 알의 반대 방향으로 달려 나갔다.

"뭐, 저쪽에서 무슨 일이 있었는지는 모든 일이 끝나고 나서 이따가 꼼꼼하게 듣기로 할게."

시로가네 선배의 모습이 멀어진 뒤, 같은 결계 안에서 니나가 그런 섬뜩한 말을 입에 담았다.

"꼬, 꼼꼼하게라니……. 딱히 이상한 일은 없었어."

……시로가네 선배의 품에 안겨 있었다는 얘기만큼은 무슨 일이 있어도 입 밖으로 내지 말아야…….

"……흐응? 난 이상한 일 같은 말은 한마디도 안 했는데……? 네가 저 벽을 튕겨 낼 수 있었던 이유가 있을 테니, 나는 그걸 한번 들어 볼까 싶어서 한 말이었는데~?"

"아웃?!"

다, 당했다! 또 제 무덤을 스스로 파고 말았잖아?!

"그래서 대체 무슨 이상한 일이 있었던 거니? 혹시 둘이서 서로 이상한 얘길 주거니 받거니 했던 거야? 아, 혹시 고백이라도 했어?"

"아, 아니야! 이상한 일도 없었고, 고백도 안 했다니까!"

귀여운 수제자라는 말은 들었지만. 귀엽다는 말은 들었지만!

"말은 그렇게 해도, 코토짱은 이미 전과가 있어서 영 신빙성이 없단 말이지~. 왠지 분위기 타면 대담한 말도 꺼낼 것 같은 애니까."

"으으……"

내가 예전에 시로가네 선배에게 '몸을 맡길게요'라든가, '무슨 일이든 말씀해 주세요'라고 말했던 때를 가리키는 모양이었다. 지금도 그때 일을 떠올리면 얼굴이 화끈거린다니까…….

……그, 그치만, 이번에는! 이번만큼은 그런 이상한 말은 하지 않……은 거, 맞지? 저쪽에 있을 때부터 이쪽으로 돌아올 때까지 서로 무슨 얘기를 나누었는지 떠올려──.

"자, 다들 정신 바짝 차려! 그래프 놈들이 왔어!"

이치히코 선배가 주의를 환기함과 동시에 '십구의'가 해제되었다.

……그때 무슨 얘기를 나누었는지는 나중에 생각하기로 하고.

나는 호흡을 가다듬고 집중력을 끌어올렸다.

나는 이쪽을 향해 다가오는 그래프들을 향해 불릿 셸을 겨누고서──3, 2, 1, 지금!

"── '삼탄총'!"

♦ ♦ ♦

──아아, 역시나 이거 답이 없네.

2차 방어선으로 향하는 동안 나는 속으로 그렇게 중얼거렸다.

코토네가 귀엽다고 느꼈던 적은 지금까지 여러 번 있었지만, 지금은 예전에 비해 훨씬 더 그렇게 느꼈다.

예전 같았으면 그 녀석이 놀림을 받고 얼굴을 붉히는 상황에서도 그냥 살짝 웃기만 했을 텐데, 지금은 얼굴에 웃음꽃이 핀다고나 할까. 나도 모르게 그만 흐뭇하게 웃고 만다. 대체 어쩌다 이렇게 된 걸까.

……역시 그때 그거 때문에 그런가? 그 새하얀 방을 나오고 나서 이쪽으로 돌아오는 동안 작전 회의 시간을 가졌었는데, 그때 한 방 먹어서 그런 걸까. 나는 회상에 잠기듯 그때 있었던 일을 어렴풋이 떠올렸다.

◇ ◇ ◇

『──시로가네 선배, 다른 이레이저 분들께 부탁해 벽을 만든다면, 제가 선배가 가한 그 칠성검의 일격을 막아 낼 수 있을지도 몰라요.』

퀸과 1킬로미터급 다섯 마리를 쓰러뜨리려면 칠성검의 힘이 반드시 필요하다. ──그 결론에 다다랐을 무렵에 내 품에 안겨 있는 코토네가 그렇게 제안했다.

『아, 방금 나왔던 얘기대로라면 한계를 확장해서 튕겨 낼 수 있는 면적의 한계를 없앨 수 있겠군. ──그런데 괜찮을까? 혹여나 만에 하나라도 실패하면 시가지뿐만 아니라 다른 단원들도 휘말려 죽을지도 모르는데?』

　나는 일부러 시험하듯 물었다.

　이레이저와 봉인반 인원들의 목숨을 짊어질 각오가 있는가를 언외로 물은 것이다.

　하지만 코토네는 겁먹지 않고 입을 열었다.

『시로가네 선배는, 절 못 믿으시겠어요?』

　불과 얼마 전까지만 해도 폐급 소리 듣고 울음을 터뜨리던 녀석이 이젠 이런 말도 다 하다니──. 나는 코토네의 그때 그 모습을 떠올리면서 답했다.

『그야 물론 믿지. 널 이렇게 키운 사람이 누군데.』

『……고마워요.』

　코토네는 수줍어하면서 고맙다는 말을 한 뒤, 아까 하던 얘기를 마저 이어 나갔다.

『반드시, 모두를 지켜 내 보이고 말겠어요. 그러니 걱정 마시고 일격을 날려 주세요.』

　코토네는 그 눈에 확고한 자신감을 깃들이고서.

『제가 시로가네 선배의 모든 걸, 받아들일 테니까요!』

　──아무리 그래도 그 말은 반칙이지. 나는 쑥스러움 섞인 웃음을 지었다.

그 수제자는 늘 이런 식으로 나에게 한 방씩 먹인다니깐……. 아니, 모든 걸 받아들이겠다니, '공격'이란 단어를 빼니까 어감이 영 이상하잖냐. 코토네가 진심을 담아 그렇게 말한 건 알겠지만, 남들이 들으면 보통은 오해한단 말이지.

덕분에 왠지 여러 가지 의미로 끝장난 것 같은 기분이 들었다. 주로 내 정신 건강 측면에서 말이다.

사실, 어렴풋이 알고는 있었지만.

나는 코토네를——.

그 생각을 끝까지 하기도 전에, 2차 방어선에 있는 이레이저가 그래프를 상대로 고전하는 모습이 눈에 들어왔다. 나는 발판으로 삼고 있던 결계를 박찼다.

"——하아아아아아아압!"

이 거북한 느낌을 애써 얼버무리듯, 나는 온 힘을 다해 그래프를 베었다——.

——3월 17일 오후 4시 37분경, 각지에서 알이 소멸했음을 확인했다.

그러고 나서 얼마 지나지 않아 실체화한 그래프를 섬멸하는 작업을 마무리했다.

부상자도 많았고, 시가지가 입은 피해도 상당한 규모였다. 하지만 사망자는 단 한 사람도 없었다. ——그리고 토야마 지부에 나타난 1킬로미터급 그래프 다섯 마리 중 두 마리를 봉인하는 데 성공했다. 퀸을 봉인한 금서를 포함해, 이 세 권의 금서는 그 위험성을 고려하여 본부에 있는 봉인 지정 금서 관리실에 보관하기로 결정했다. ──그리고 이 세 권은 토야마 지부에 원군으로 갔던 야가미 씨가 인수했다. 도중에 실수라도 일어나지 않는 한, 내 '칠식' 처럼은 되지 않겠지.

　이리하여 화이트 캔버스 창립 이래 최대의 사건으로 기록된, '퀸 안건' 은── 조용히 막을 내렸다.

종장 지금부터 시작하는 두 가지 꿈

——퀸 안건과 관련한 각종 보고 및 그 준비 작업, 토야마 지부 수리 작업, 시가지 복구 협력 등등, 눈코 뜰 새 없이 바쁜 나날이 지나갔다. 그렇게 퀸의 습격으로부터 눈 깜짝할 사이에 2주일이 지났다.

그 이후로 세컨드 하프가 출현하는 발생 빈도는 예전에 비해 줄었다. 코토네의 말에 따르면, 출현 빈도가 올라갔던 원인은 저쪽의 용량이 한계에 도달했기 때문이었고…… 퀸이 대군을 이끌고 나타난 이번 사건을 통해 저쪽의 용량에 여유가 생겼다나 뭐라나.

반대로 말해서, 또다시 용량이 한계에 달하면 퀸 안건과 같은 사건이 또 일어날 가능성이 충분히 있다는 말이다. ——요컨대.

전력을 끌어올리는 게 상책이란 말이지!

"드디어…… 드디어 이날이 왔구나."

나는 의자 위에서 웃으며 나직이 중얼거렸다.

4월 1일. 달력에 동그라미를 친 이날은 내가 기다리고 기다리던 날이었다.

"마침내 시작이로군. ——오버로드 프로그램!"

길었다……. 참으로 길었다! 착수한 지 3개월 반이 지나, 마침내 시작에 이르렀다!

내가 고안한, 최하급 이레이저들을 실전에서 활용할 수 있도록 육성하는 약체 강화 프로그램!

……뭐, 결국 시범 케이스는 코토네와 카고메, 이 두 사람밖에 확보하지 못했지만 말이다.

"축하드립니다. 시작부터 큰 실수라도 발생하지 않았으면 좋겠습니다만."

"은근슬쩍 소름 돋는 소리 하지 마, 나카타키 씨……."

이쪽에는 눈길도 주지 않은 채 산더미처럼 쌓인 서류와 씨름하는 나카타키 씨에게 나는 못마땅한 투로 답했다.

"뭐, 그래도 실장님이 쓸데없는 말씀만 하지 않으면 별다른 문제는 없을 것 같지만요."

"쓸데없는 소릴 내가 왜 해! 어쨌거나 무진장 기대돼. 대체 어떤 폐급 녀석들이 모였을까……!"

"거참, 말 끝나기가 무섭게……. 그나저나 기대고 뭐고, 참가자들의 데이터는 이미 다 보시지 않았나요?"

그 말대로 책상 위에 오버로드 프로그램 참가 희망자의 서류가 잘 정리되어 있어서 눈으로 확인해 보기는 했다. 하지만──.

"그래피티 항목은 일부러 안 봤거든. 이런 건 당일에 확인해 줘야 제 맛이니까."

"아, 네…… 뭐, 그건 사사미야 실장님 마음이지만요──."

바로 그때였다. 실장실에 비치된 전화가 울렸다.

"네, 화이트 캔버스 토야마 지부의 나카타키입니다. 네……. 네, 잠시만 기다려 주십시오. 사사미야 실장님, 에히메 지부의 카부라기 키노 씨로부터 전화가──.”

『아~, 아~, 여보세요~? 긴짱, 내 말 들릴랑가~?』

나카타키 씨의 말을 끊으며 키노의 목소리가 실장실에 울려 퍼졌다.

참고로 그 목소리는 나카타키 씨가 수화기를 쥐고 있는 전화기도, 내 팔찌형 통신기도 아닌── 내 책상 위에 있는 컴퓨터에서 나왔다.

나카타키 씨가 한숨을 내쉬며 수화기를 놓았고, 나는 아무 말 없이 책상 서랍에서 마이크를 꺼내 컴퓨터에 케이블을 연결했다.

“……뭐, 잘 들리긴 하는데…… 너 아까 전화 걸지 않았냐?”

『키이는 기다리는 걸 제일 싫어한당께. 그래서 해킹했제.』

키노는 그렇게 말하며 씨익 웃었다. 얼굴은 귀엽지만 언행은 귀여움과 거리가 멀단 말이지. 아마 지구에서 명왕성까지의 거리는 되지 않을까 싶었다.

컴퓨터에서는 에히메 지부 소속 특급 이레이저, ‘악식’의 이름을 내건 폭식녀 카부라기 키노의 실시간 영상이 나오고 있었다. 분명 지급된 컴퓨터에는 영상 통신용 프로그램이 깔려 있긴 하지만, 보통은 일방적으로 실행할 수 없다.

요컨대, 키노가 보통내기가 아니라는 뜻이다. 애석하게도 말이지.

“나 원…… 그래서 무슨 일인데? 아야토 씨한테 뷔페 요리는 잘 얻어먹었고?”

『응! 맛있더라! 호텔 음식을 모조리 다 먹어 치웠지만.』

“다 먹어 치웠…….”

천연덕스럽게 말하는 키노의 모습에 소름이 돋았다. ……이 녀석은 먹은 게 대체 어디로 다 가는 거지? 설마 진짜로 위장 안에다 '무지개를 먹는 송곳니'를 전개한 건 아니겠지?

『뭐, 어쨌든 말인데잉.』

　키노가 화면 속에서 고개를 붕붕 저었다.

『키이가 오늘 연락한 건, 긴짱에게 부탁할 게 있어서 그려.』

　……으엑.

　키노가 한 부탁치고 제대로 된 부탁은 없었던 걸로 기억하는데. 하지만 상식이 통하지 않는 상대인지라 섣불리 거절했다간 괜히 일만 꼬이게 된다. 그렇기에 웬만해서는 마지못해 받아들이는 편이긴 한데.

"……그래서, 그 부탁이란 게 뭔데?"

　──내가 저쪽에서 목격한 것…… 오리히메 씨에게 들은 것은 기본적으로 공개하지 않기로 했다.

　정보를 아는 건 화이트 캔버스 상층부와 우리 팀의 팀원── 이치히코 선배, 니나, 유키코 씨뿐이다. 하지만 사실 상층부…… 장관과 '영웅', 그리고 '마녀'는 이미 어느 정도 알고 있었던 모양이다. 게다가 '영웅'의 파트너, '금술교전'의 크로우도 오리히메 씨와 만난 적이 있는 것 같고 말이다.

　하지만 그걸 공개하지 않는 건 일단 증거가 불충분하다는 점과,

불필요한 정보로 시민들에게 괜한 불안감을 주기 싫다는 점 때문이었다.

경우에 따라서는 2차원 쪽 세계가 붕괴해서 이쪽 세계에 직접 그래프가 나타나게 될 가능성도 있지만── 그렇다고 공개해 버리면 괜한 불안감만 부추기고 만다. 애초에 사람들에게 상상을 하지 말라고 하는 것도 말도 안 되는 얘기고 말이다.

이 세계의 진상을 발견함으로써 우월감 비슷한 기쁨도 느꼈었지만, 그것도 이미 1주일 전까지의 이야기였다.

지금은 기쁘기는커녕──.

"……긴장돼……."

미요리 씨의 개인 연구실에서 나는 잔뜩 긴장한 바람에 안색이 창백해진 상태였다.

──오늘은 시로가네 선배가 고안한, 오버로드 프로그램의 시작일이다.

나는 그 시범 케이스라고나 할까, 성공 사례라고나 할까…… 어쨌거나 그런 식으로 소개하고 싶으니 오늘 개최식에 참석해 달라고 시로가네 선배로부터 부탁을 받았다. 카고메 선배도 부탁을 받은 모양이던데, 사사미야실에서 합류하게 되려나.

시간 되면 사사미야실로 와 달라는 말을 들었는데, 아직 시간이 좀 남아 있었기에 미요리 씨의 연구실에서 잠시 실례하는 중이었다.

"에이, 코토짱. 너무 그렇게 긴장할 건 없잖니."

같이 따라온 니나가 내 긴장을 풀어 주고자 웃어 보였다. 그 모습을 본 미요리 씨도 웃으며 말했다.

"아하핫, 그 심정도 이해 못 할 건 없지만."

오늘 미요리 씨는 오랜만에 무녀 코스프레를 했다. 다만 저번과 다른 점을 들자면──.

『그 은색 실장 때문에 구경거리로 전락한 건가? 참으로 딱하게 됐군.』

──미요리 씨의 왼팔에 착 달라붙어 있는, 네시처럼 생긴 인형의 존재였다. 데포르메한 팔다리와 동글동글한 윤곽, 등에 돋아난 가늘고 긴 날개. 그리고 길쭉한 목 끝에 달린 머리는 말을 할 때마다 입을 뻐끔거리며 움직였다.

미요리 씨로부터 얘기를 들었을 적에는, 그리고 그 인형이 유키코 씨에게 직접 감사 인사를 했을 적에는 정말이지 까무러칠 정도로 깜짝 놀랐다. ──심지어 유키코 씨는 선 채로 기절했었지.

예전에 우리를 고전하게 만들었던 그 수장룡이 설마 미요리 씨의 그래피티가 되어 나타날 줄은 꿈에도 몰랐으니까 말이지.

"아, 아하하……. 구경거리라니. 아무리 그래도 그 정도로 심한 대우는 받지 않을 거야. ……아마도."

"네스. 그런 식으로 말을 심하게 하면 안 돼."

『이 정도면 봐줬으면 싶군. 숙주, 미요리여. 어쨌든 나는 그 은색 실장과 이 우산 처자에게 각각 한 번씩 고배를 마시게 했지 않은가.』

"시방 옛날 일 일일이 들먹이지 말어. 쪼잔해 보이니께."

『으윽…….』

……말투를 들으면 수장룡── 네스가 연상인 것 같지만, 주고받는 대화를 들으면 미요리 씨가 보호자 같은 느낌이었다.

"아, 그러고 보니 예전부터 조금 궁금했던 건데요. 미요리 씨의 그래피티 이름은 '작화요란(파이어 워크스)'이라고 했었죠? 이거 풍 선배의 그래피티랑 이름이 좀 비슷하지 않아요?"

"당시에 곧바로 떠올랐던 게 '천수창조(레이니 워크스)'였거든. 이름을 좀 빌렸다고나 할까? 공격하는 모양새도 불꽃처럼 보이는디, 딱 어울리지 않어?"

『나로서는 다소 마음에 안 들지만 말이다. ──하필이면 그 비 내리는 처자가 쓰는 능력의 이름을 빌리다니.』

……미나세 선배하고도 싸웠으니까 말이지. ……이것도 인연, 이라고 해야 하려나?

"그럼 이름 바꿀 겨? 내가 떠올린 다른 후보로는 '네시 블래스터', '롱 드래곤 버스트', '네시 하이퍼 숏', '오메가 블래스터 네시 타입 2'가 있는디……."

『'파이어 워크스'라, 실로 좋은 이름이 아닌가. 나는 무척 마음에 드는군.』

네스가 태도를 180도 바꾸며 그렇게 말했다. 나와 니나는 그 모습을 보고 뿜고 말았다.

『그건 그렇고, 우산 처자여. 한 가지 물어보고 싶은 게 있다만.』

"뭐, 뭔데?"

『혹시 눈의 아씨에게 무슨 일이라도 있는가? 이상하게도 통 모습이 보이지 않는다만.』

네스의 독자적인 계층 구조에서는 유키코 씨, 미요리 씨, 그 외의 다른 순서로 서열이 정해져 있는 모양이었다. 뭐, 줄곧 바라 왔던 이름과 육체를 준 사람이 유키코 씨였으니 그 심정도 이해는 갔지만.

"왜냐하면, 우리 팀은 사실 오늘 비번이거든⋯⋯."

『결계 처자는 이렇게 함께 오지 않았는가. 보통 너희는 누군가와 함께할 때 다 같이 행동했던 것 같은데.』

네스의 지적은 지당했다. 말 중간중간마다 의아하다는 감정이 드러났다.

"유키코 씨는 이치히코 군을 따라갔어."

『그 바보를 말이냐?』

니나의 대답을 들은 네스가 불안하다는 투로 말했다.

⋯⋯아아, 이치히코 선배⋯⋯. 불과 2주 만에 이젠 그래피티한 테도 바보 소리나 듣는 리더가 되셨군요. 나는 살짝 측은한 마음이 들었지만, 그래도 뭐라 반박할 말이 없었다.

"정확히 말하자면 이치히코 군이랑── 우리 언니랑 같이."

니나가 어깨를 으쓱이며 말했다.

"퀸 안건 때 1킬로미터급 그래프를 두 마리나 봉인했으니, 좀 치하해 달라며 우리 언니가 이치히코 군을 끌고 갔지 뭐야. 그리고 그때 마침 유키코 씨도 같이 있었는데, 둘만 있게 둘 수 없다면서 같이 따라갔어."

『흥⋯⋯. 눈의 아씨가 그 바보를 사모하고 있음은 딱 봐도 알 수 있지만, 참으로 환장할 노릇이로군. 게다가 이건 또 무슨 일인가? 얘기를 듣자 하니, 결계 처자의 언니라는 사람도 그 바보를 사모하고 있지 않은가?』

사모한다는 말은 아무래도 애정을 품는다는 뜻 같았다. 네스는 오래된 표현을 참 많이 쓴다니까.

『거참 뜻밖이로군. 그 남자는 누가 봐도 바보일 터인데.』

"뭐, 이치히코 군은 그래 봬도 꽤 인기가 많거든. 오히려 바보라서 더 인기가 많다고 해야 하나…… 난 사절이지만."

"개인적으로는 결국 누구를 고를지가 참 흥미진진한데……."

미요리 씨가 들뜬 기색으로 말했──.

『아, 사모한다고 하니── 우산 처자여, 넌 은색 실장에게 자신의 마음을 전했는가?』

"에흑?!"

전혀 뜻밖의 방향에서 날아든 질문에 나는 사레가 들렸다.

"뭐, 뭐, 뭐뭐뭣……."

『허어, 그 모습을 보아하니 아직 전하지 않았는가. 거참 뜻밖이로군. 그 많은 사람들 앞에서 꽁냥거렸음에도 불구하고 아직도 한 쌍이 되지 않았다니.』

"꼬, 꽁냥……. 따, 딱히 꽁냥거린 적 없는걸!"

『그런가? 은색 실장의 말 한마디 한마디에 네가 얼굴을 붉히질 않나, 은색 실장이 칭찬할 때마다 네 머리를 쓰다듬어 주질 않나, 아무것도 아닌 일로 서로 말다툼을 벌이질 않나, 이걸 꽁냥거리는 것이 아니라고 한다면, 대체 무엇이라 하겠는가?』

"흐끄윽……."

뭐, 뭐라 할 말이 없어……! 분명 요 최근 2주 동안 그랬던 적이 꽤 있는 것 같지만! 그런 식으로 객관적으로 지적하면 무진장 부끄럽단 말이야……!

"아하하, 코토쨩. 여기에 온 지 아직 2주밖에 안 된 신입 군한테도 다 들통났네?"

……으으. 니나. 너마저 짓궂게…….

"그래도 너한텐 다 이유가 있잖아? 사사미야 실장과 어깨를 견줄 정도로 강해지기 전까지는 고백하지 않는다고 저번에 그랬으니까."

"으, 으응……. 그야 그렇지만."

약 한 달 전쯤, 니나가 캐물었을 적에 그런 식으로 얘기한 적이 있었다. 정확히는 니나의 그 서슬 퍼런 기세 때문에 실토할 수밖에 없었지만 말이다.

『뭣이라. 그 녀석과 어깨를 견주겠다고? 우산 처자여, 진심으로 그런 소릴 하는 건가?』

"……응."

부끄럽긴 했지만, 나는 자그마한 목소리로 그렇게 답했다. 얼굴이 빨개진 건 나 스스로도 알고 있었다.

『그건 무리겠지.』

──하지만 네스가 담담한 투로 입에 담은 한마디에 가슴이 쿵 내려앉았다.

『애당초 말이다. 그건 고백하지 않겠다는 뜻으로도 들리이익?!』

미요리 씨의 수도를 얻어맞은 네스가 깜짝 놀랐다는 듯이 소리를 질렀다.

"……야, 네스. 남의 연애 사정과 각오에 너무 참견하지 말어. 적당히 혀. 자꾸 그러면 유키코 씨 있을 때 발현 안 시켜 준다?"

『……실례가 많았다, 미요리. 내 진심으로 사과할 터이니 그것만은 제발 봐주게. 그리고 우산 처자여, 나를 용서해 다오.』

"……으, 으응."

사과하는 네스에게 나는 건성으로 답했다.

생각보다 네스가 한 말이 가슴에 콱 박혔다.

——아.

"시간 됐어. ——나 이만 가 볼게."

"응, 다녀와, 코토짱."

"우리 멍청이가 쓸데없는 소리를 하는 바람에 미안했어, 쿠치하라짱."

"아, 아뇨……. 그럼, 전 이만."

나는 도망치듯 방을 나서고 문을 닫았다. 그리고 후우, 하고 자그맣게 한숨을 내쉬었다.

……아 ……이 느낌은 대체 뭘까. 마치 어릴 적에 산타 할아버지가 실제로 존재하지 않는다는 사실을 알았을 때와 비슷한 느낌이었다.

산타 할아버지가 없어서 슬픈 게 아니라.

산타 할아버지는 사실 없는 게 아닐까 의심하면서도 산타 할아버지를 계속 믿다가, 역시나 산타 할아버지가 없음을 마침내 알았을 때의 느낌이었다.

내가 시로가네 선배를 따라잡는다는 건 꿈만 같은 소리…… 아니, 애당초 선배는 내가 목표로 잡는 것부터가 말도 안 될 정도의 엄청난 사람이다. 그건 알고 있었다.

네스의 말마따나, 무리다.

그런데도 나는 왜 그걸 고백하기 위한 목표치로 설정했던 걸까.

——나는 아마도 두려워했던 게 아닐까.

시로가네 선배에게 차이는 걸 말이다.

만약 고백했다가 차이면 그 뒤에도 계속 제자로 남아 있을 자신이 없었기 때문이다.

그렇기에 불가능한 목표를 세우고 계속 도망쳐 왔던 게——.

……아, 이런. 조금 흔들리니까 부정적인 생각이 자꾸만 떠올랐다.

어쩌면 난 성장하지 않았는지도 모를——.

"……야, 저 사람…… 그 '절대 영역'의……."

"쟤야……? 실장의 공격을 막아 냈다는 게……?"

"그 추락한 샛별이랑 동일인이라니, 믿기지 않아……."

풀이 죽은 채 복도를 걷는 나를 보며 지나가던 사람들이 속닥였다.

……그 퀸 안건 때 시로가네 선배의 공격을 막아 낸 이후, 나는 이런 식으로 사람들의 주목을 받는 경우가 늘었다. 그것도 썩 내키지 않는 별명으로 말이다. ……뭐, 절대 영역이라는 말은 그때 내가 입 밖에 내긴 했지만.

불과 석 달 전까지만 해도 추락한 최우수 훈련생으로 주목받던 시절과는 또 다른 느낌이었다.

살짝 부끄럽긴 했지만, 그래도 그때에 비하면 비교도 안 될 만큼 흡족한 기분이 들었다. 나는 나도 모르게 경쾌한 걸음으로 사사미 야실로 향했다.

──아, 그렇구나. 시로가네 선배가 날린 칠성검의 일격을 내가 막아 낸 건 분명한 사실이다. 그땐 오리히메 씨에게 빌린 힘으로 그 거대한 벽을 튕겨 내어 선배가 날린 일격을 막아 냈었지만, 늘 사용하는 우산──불릿 셸로도 분명 선배가 날린 일격을 막아 낼 수 있을 것이다.

예전에 비해 훨씬 잘 싸울 수 있게 되었다.

저번에 비해 훨씬 앞으로 나아갔다.

그렇다면 의외로 정말 시로가네 선배를 따라잡을 날이 올지도 모른다. ──그런 생각이 들었다.

시로가네 선배를 따라잡는 건 분명 무리일 것 같다는 생각도 들었지만.

──그래도 산타 할아버지를 좀 더 믿어도 되지 않을까 싶었다.

따라잡기 위해 계속 노력하다가── 설령 따라잡지 못하더라도 시로가네 선배의 옆에 서 있을 수 있다는 생각이 들 때.

만약 차이더라도── 그럼에도 계속 선배 곁에 있을 수 있다는 생각이 들 때.

그럼 그땐 반드시……. 이번에야말로 흔들리지 않는 결의를 속으로 다짐했을 때, 나는 마침 사사미야실 문 앞에 다다랐다. 그리고 문을 노크하려다가──.

『──그래서, 그 부탁이란 게 뭔데?』

안에서 들려오는 시로가네 선배의 목소리에, 나는 우뚝 멈추었다. 지금은 전화나 통신으로 대화하는 중인 걸까? 그럼 조금만 더 기다리고 나서──.

『응, 단도직입적으로 말해서 코토네짱이 탐나거든. 우리 에히메 지부에 넘기지 않을래잉?』

　……엑?!

『비록 3센티미터뿐이라고는 해도 그래프를 실체화하는 그래피티를 가지고 있을 뿐만 아니라 '창문' 너머에 갔다가 살아서 돌아온 귀하디 귀한 인물 아니어라. 긴짱이 공표한 정보 말고도 이것저것 물어보고 싶은 게 있응께.』

『뭐, 참 너다운 부탁이긴 해. ──하지만, 키노. 이번만큼만은 네 부탁은 들어줄 수 없어.』

　아무래도 터무니없는 얘기를 들은 것 같아 문 앞에서 이러지도 저러지도 못하고 있는데──.

『코토네는 내 거야. 그 어떠한 교환 조건을 들고 나온다고 해도 못 넘겨.』

　……어라? 방금 엄청난 말을 들은 것 같은…… 아하, 옳거니. 이건 꿈이구나. 바짝 긴장한 탓에 내가 망상에 빠졌구나. 아하하, 이걸 백일몽이라고 하던가? 아하하.

『휘유~ 긴짱, 정색했네? …… 그렇지만 키이도 그리 쉽게 포기할 수 없으니 각오해. 코토네짱에게는 화이트 캔버스랑 전쟁까지 불사할 만한 가치가 있응께.』

　그럼, 그렇겠지. 내겐 전쟁까지 불사할 가치는 없으니까 말이지.

『야, 심장 철렁해질 소리 좀 그만해…… 농담으로 한 말 맞지?』

『크흐흐흐흑.』

『——아, 자기 할 말만 하고 끊어 버렸잖아. ……뭐, 신경 안 써도 되겠지만. 아니, 근데 벌써 시간이 이렇게 됐나? 슬슬 코토네랑 카고메가 오겠는데…….』

『그럴지도 모르죠. 사사미야 실장님, 전 이만 잠시 볼일이 있어서 나갔다 올게요.』

『어, 다녀와.』

그럼 그렇지. 날 둘러싸고 전쟁이라니. 꼭 이야기에나 나올 법한 히로인 같잖아. 말도 안 되지. 이거 분명 다 꿈일 거야. 에휴, 생각보다 많이 피곤했었나 보네——.

"——어라?"

"어?"

덜컥, 문을 연 나카타키 씨와 눈이 딱 마주쳤다.

"앗……?! 코, 코토네?!"

그리고 뒤이어 나를 쳐다보는 시로가네 선배와도 눈이 마주쳤다.

진정해진정해진정해. 그건꿈이야그건꿈이야그건꿈이야. 침착해침착해침착해. ——나는 거듭 스스로를 타이르며 애써 평상심을 유지했다. 그렇다. 나는 태생부터가 불행한 편이다. 그러니 기뻐서 날아갈 것만 같은 아까 그 말은 나랑 인연이 없을——.

내가 평상심을 유지하고자 애써 노력하고 있을 때, 나카타키 씨는 내 옆을 지나쳐 복도로 나갔다. 시로가네 선배는 황급히 이쪽으로 다가와 물었다.

"너…… 방금 그 얘기, 드…… 듣고 있었냐……?"

살짝 굳은 표정으로 평소보다 말을 더듬거리며…… 어라?

……시로가네 선배의 지금 이 모습은 대체 뭘까…… 방금까지 주고받던 대화는 내 백일몽이 아니라, 설마 현실이었어? 그런 생각이 들자마자 내 심장 고동이 단숨에 폭발했다.

"저기…… 그, 네."

나도 덩달아 더듬거리며 답했다. 시로가네 선배가 얼굴을 빨갛게 물들였다.

"으아…… 이럴 수가……!"

이마에 손을 댄 채 부끄러워하는 시로가네 선배의 모습을 보고, 어라? 방금 그거 정말 의심할 여지도 없는 진짜였나? 하는 생각이 들었다.

"저, 저, 깜빡 놓고 온 물건이 있어서 잠시 가지러 갔다 올게요!"

급속도로 거북한 기분이 들었던 나는 나중에 다시 오고자 일단 여길 나가──.

"자, 잠깐 기다려, 코토네!"

"아웃?!"

──려고 했다가, 시로가네 선배가 내 팔을 붙잡아 도로 사사미 야실로 끌어당겼다.

어, 어, 어라? 뭐지? 지금 대체 무슨 상황이지?!

혼란에 빠진 내 뒤에서 문이 덜컹, 소리를 내며 닫혔다.

"음, 으흠……."

코토네를 방으로 끌어당긴 나는 헛기침을 하며 마음을 가다듬었다.

……하필이면 본인이 키노와 주고받은 대화를 들었을 줄은……. 이거 골치 아프게 됐는데. 겉으로는 애써 차분한 표정을 가장하려고 했지만, 속으로는 머리라도 부여잡고 싶은 심정이었다.

……하지만, 뭐, 어쩔 수 없겠군. 본인이 들었다면 어쩔 수 없지.

──언젠간 말할 셈이었으니, 지금은 마음을 굳게 먹을 수밖에……!

"뭐, 방금 얘기는 일단 넘어가고……. 그, 뭐냐, 여튼── 오늘은 일부러 시간 내어 여기까지 와 줘서 고마워. 그럼 먼저…… 오늘 개최식 일정을 설명해 볼까 하는데."

"어, 아, 네, 넵!"

좀 어물쩍 넘어간 감은 있지만── 그래도 아까 얘기에 연연하고 있으면 서로 말조차 제대로 할 수 없을 것 같았다. 원래 이 설명은 카고메도 같이 있을 때 해야 하지만, 지금은 이것 말고 분위기를 전환할 다른 방법을 찾을 수 없었다.

"먼저 내가 짤막하게 인사하고 나서 개요를 간략하게 설명할 거야. 그런 다음에 너랑 카고메의 그래피티를 선보이는 거지. '그동안 알지 못했을 뿐, 어쩌면 내 그래피티에도 뜻밖의 능력이 숨겨져 있을지도 모른다'는 가능성을 프로그램 희망자들에게 보여 주고, 나도 저렇게 될 수 있다는 생각을 불어넣어서──."

──설명하면서도 내심 조마조마했다. 설명하는 중간중간 발음

이 새기도 했는데, 혹시 코토네가 이상하게 여기지는 않았을까.

대화를 하는 동안 코토네도 조금씩 긴장이 풀리기 시작했는지, 우리의 대화는 원활하게 진행되었다.

"──그럼 불릿 셸 대신에 랩으로 선배의 공격을 막으면 되는 거군요?"

"바로 그거야. 누구나 구할 수 있는 평범한 랩을 사요…… 사용하면 사람들이 더 많이 놀라겠지?"

"그렇겠네요! 잘 알았어요!"

코토네가 평소처럼 환하게 웃으며 그렇게 말했다.

──그럼.

이야기를 대강 마무리 했을 때, 나는 살짝 뜸을 들였다가── 최대한 진지한 표정으로 입을 열었다.

"저기, 코토네."

"네?"

"난, 너를 육성할 수 있어서…… 아니, 너랑 만날 수 있어서 참 다행이었다고 생각해."

"가…… 갑자기 왜 그러세요?"

코토네가 쑥스러워하며 뺨을 빨갛게 물들였다.

……이런. 귀엽잖아. 코토네가 쑥스러워하는 표정은 파괴력이 장난 아니란 말이지.

요즘 들어서는 이 표정을 보고 싶어서 괜히 더 칭찬하기도 하고 놀리기도 했는데── 그래도 오늘만큼은 지금 이 표정을 보며 흐뭇하게 웃음 지을 여유가 없었다.

심장이 무진장 뛰었다. 진짜 농담이 아니라 내 심장이 16비트를 새기기 시작했다. 실장으로서 전투 지시를 내릴 때보다 더 긴장하다니, 대체 이게 어떻게 된 거람?

……에잇, 겁먹으면 안 된다.

남자답게── 이미 마음을 굳게 먹었는데 이제 와서 물러날 순 없지!

그렇기에 나는 평정을 가장하며 평범하게 대화를 하듯── 코토네를 똑바로 쳐다보면서,

"그래서 그런 건 아니지만 나랑 사귀어 줄래?"

……말이 살짝 빨라졌던 것은.

역시나 좀 못 본 척해 줬으면 싶다.

◆ ◆ ◆

"……하엑?"

나는 화들짝 놀라 눈을 휘둥그레 치켜떴다.

……지금, 시로가네 선배가 뭐라고 했지?

사귀어 줄 수 있냐고? 말한? 느낌이 드는데? 그 사실을 가까스로 머리로 이해하고 나자, 내 얼굴뿐만 아니라 온몸이 화악 달아올랐다. 마, 말도 안 돼. 그, 그건── 설마, 시로가네 선배한테 고백을 받다니. 말도 안 돼. 어, 말도 안 돼.

시로가네 선배가 나한테 고백을 할 줄은 전혀 예상도 못했기에 나는 혼란의 도가니 속에 빠졌다.

　……아하, 알았다. 사귀자는 말에는 내가 모르는 다른 용법이 있어서, 아마 그런 뜻으로 한 말을 착각──했을 리 없음을 깨달았다.

　나를 똑바로 쳐다보는 시로가네 선배의 눈빛을 보았기 때문이다.

　선배의 눈빛은 한없이 진지했다. ──진지한 의미로 한 말이 아니라면 저렇게 긴장한 표정을 지을 리 없……겠지.

　하지만 그런 생각이 드는 한편으로, 마음 한쪽 구석에서는 상대로부터 고백을 받을 행운이 얼마나 되겠느냐며 현실을 의심하는 자신도 있었다. 이건 틀림없이 꿈일 거야──. 나는 그렇게 생각하다가 어느 한 가지 결론에 도달했다.

　"마, 만우절……?"

　나도 모르게 불쑥 그 말이 입 밖으로 나왔다.

　그렇다. 오늘은 4월 1일──. 흔히들 말하는 만우절이다.

　대체 누가 만들어 퍼뜨린 건지는 모르겠지만 거짓말을 해도 되는 날이다. ──뭐, 어차피 원래 사람은 하루 종일 거짓말을 하는데 그게 무슨 대수냐는 생각도 들었지만 말이다.

　하지만 한번 그런 생각을 하고 나니, 이런 상황에서도 의심이 들었다.

　"아니, 저기…… 내 얼굴을 보고도 방금 그 고백이 거짓말이라고 생각해?"

　내 중얼거림을 듣고 시로가네 선배가 살짝 어이가 없다는 듯이 말했다.

"아, 아뇨, 그…… 시로가네 선배가, 그런 농담을 할 사람이 아니라는 건 알지만요…… 그…….."

나는 살짝 떨면서, 두근거리면서── 대답을, 했다.

"제가…… 이런 기쁜 상황에 있다는 게, 믿어지지가 않아서요."

내 말을 듣고 시로가네 선배가 살짝 난처한 기색을 드러냈다가 ── 이내 내가 무슨 말을 하는지 알아차리고는 기뻐하는 기색으로…… 정말 기뻐하는 기색으로 웃었다.

"……너란 녀석은……. 천성이 참 부정적이라서 탈이라니까."

"그, 그치만……."

"그래도 기쁘다니 다행이야. 뭐, 분명 이런 날에 고백한 나도 잘 못했지만. 그럼……."

시로가네 선배가 말을 계속 이어 나갔다.

"반대로 내가 뭘 해 줘야, 네가 내 말을 의심하지 않고 믿어 줄 수 있어?"

"흐엑…."

눈앞이 빙글빙글 돌았다. 머리에 피가 지나치게 쏠린 탓인지도 모른다. 살짝 달아오른 머리로, 나는 별 생각도 없이 그 말을 입에 담았다.

"……키…….."

"키?"

"키…… 키스……라거나……?"

"……그래, 알았어."

?!

갑자기 머릿속이 맑아졌다. 자, 잠깐만! 내, 내가 지금 무슨 말을 한 거야?! 키스라고 한 거야?! 그리고 시로가네 선배는, 그 말을 듣고 알았다고 한 거지?! 서, 서, 설마?!

왠지 모르게 각오를 다진 듯한 표정을 지으며, 시로가네 선배가 나에게 다가왔다.

어, 말도 안 돼. 거짓말이 아니라 진짜였어?! 아, 와, 와! 그, 그게!

머릿속에서 대혼란이 일어난 나는 자기 보호의 수단으로써 눈을 감는 쪽을 택했다.

설마…… 설마, 진짜로?! 아와와와와와!

깜깜한 시야 속에서―― 시로가네 선배가 내 오른손을 쥐는 감촉이 느껴졌다. ……손?

그리고 그 직후.

오른손 손등에서 촉촉하면서도―― 따뜻한 감촉이 느껴졌다.

나도 모르게 눈을 뜬 나는 내 오른손 쪽을 내려다보았다. 그곳에는.

한쪽 무릎을 꿇은 채 내 오른손에다 대고 키스를 하고 있는 시로가네 선배의 모습이꺄아아아아아악?!

"무, 무, 무……."

"……아무래도 좀, 그러니까."

시로가네 선배가 내 오른손에서 얼굴을 떼더니, 그 자세 그대로 나를 올려다보며 쑥스러운 표정과 어조로 말했다.

"아무래도 좀, 입술은 난이도가 높으니까…… 지금은 이 정도로 믿어 줄 수 있을까?"

시로가네 선배는 여전히 내 오른손을 쥐고 있었고, 그 오른손을 통해 선배의 온기가 전해져 왔다.

키스를 받은 손등에서 차츰 열기가 퍼져 나갔다.

녹아내릴 것만 같은 열기가, 이 행복감이, 틀림없는 현실임을 내게 알려 주었다.

행복으로 물든 시야 속에서 나는 자그맣게 답했다.

"……네."

"음, 그래. 그럼 다행이야."

역시나 시로가네 선배도 부끄러웠던 모양이다. 선배는 빠른 투로 그렇게 말하고는 자리에서 일어나더니, 그 부끄러움을 애써 감추려는 듯이 빠른 투로 줄줄이 말을 이었다.

"아, 슬슬 시간 다 된 것 같은데—— 카고메 걔는 아직도 안 왔나 보네. 평소 시간 약속은 잘 지키는 그 녀석이 웬일로——."

그런 시로가네 선배의 모습도, 왠지 모르게 살짝 사랑스럽게 느껴졌다.

"시로가네 선배."

"으, 응?"

이 말만큼은 분명하게 해야——. 나는 그렇게 생각하고서 답변했다.

고백의, 답변을 말이다.

"저, 시로가네 선배한테, 엄청 감사하고 있어요! 툭하면 폐급이라고 부르거나, 민감한 부분을 아무렇지 않게 건드리긴 해도──.”

“정말로 감사하고 있는 거 맞아? 너무 마음에 담아 두고 있는 거 아니야?”

“그런 저를 내버리지 않고 여기까지 육성해 주신 건, 시로가네 선배뿐이었는걸요. 그러니까──.”

나는 숨을 들이마신 뒤,

그 기세를 실어 있는 힘껏 내 심정을 토해 냈다.

“저도 시로가네 선배를 엄청 좋아해요! 그러니, 앞으로도 잘 부탁드릴게요!”

그 순간.

쾅, 하고 문이 열렸, 다. ……어?

“미, 미나세짱, 이 바보야! 한창 분위기 좋을 땐데 왜 일말의 망설임도 없이 문을 열고 들어가는 거여?!”

“뭐어? 왜 내가 그런 걸 신경 써야 하는 건데?”

“풍 선배, 분위기도 좀 읽을 줄 아셔야죠. 그러니까 늘 틈을 못 짜고 있는 거라고요.”

문이 열린 곳에는 위풍당당한 모습으로 서 있는 미나세 선배와, 당황한 기색의 미요리 씨와, 어이가 없다는 표정을 짓고 있는 니나와, 모자를 눌러 쓰며 눈을 가리고 있는 카고메 선배와, 망했다는 표정을 짓고 있는 오리쿠라 선배가…… 어?

갑자기 들이닥친 구경꾼들 때문에 나와 시로가네 선배는 할 말을 잃었다.

"……뭐, 들킨 이상 어쩔 수 없지. 축하해, 코토짱! 그리고 다시 봤어요, 사사미야 실장님! 손등에다 키스하는 건 좀 오글거리기도 했지만요!"

"네스가 쓸데없는 소릴 하는 바람에 걱정이 돼서 몰래 뒤를 따라와 봤는데…… 역시나 괜한 걱정이었나 봐. 원래라면 몰래 물러날 생각이었지만, 하여튼 미나세짱이 문제여……."

『흐음, 이거 예상 밖이로군. ──내가 부추긴 게 좋은 쪽으로 흘러가지 않았나.』

"자기가 한 말실수를 은근슬쩍 정당화하지 말어. 이거야 원. 반성 좀 혀?"

……서, 설마.

방금 있었던 일을, 처음부터 끝까지 보고 있었다고……?!

나와 시로가네 선배는 식은땀을 줄줄 흘리기 시작했다.

"오늘은 아직 룬짱이라는 말을 듣지 못해서 사사미야를 찾아왔을 뿐이다만? 고백하는 도중에 좀 끼어들었다고 뭘 그렇게 야단법석이야?"

"제발 부탁이니까 남들에게 배려 좀 하고 살아, 룬짱……."

이 마당에도 룬짱이라는 말을 듣고 환하게 웃는 미나세 선배의 모습에, 나는 오히려 대단하다는 생각이 들었다.

"그건 그렇고. 쿠치하라, 네 녀석은 사사미야를 좋아했냐?"

"으엑…… 아, 네……."

그렇게 직접적으로 물어보면…… 그…… 쑥스러운데…….

"그리고 사사미야 네놈도 쿠치하라를 좋아했고?"

"……이제 막 고백한 사람들을 갖고 놀리면 재미있냐? 완전 사디스트였구나, 룬쨩."

시로가네 선배도 빨개진 고개를 홱 돌리고는 그렇게 답했다.

"……오라는 시간에 맞춰서 왔더니…… 엄청난 현장과 맞닥뜨렸지 뭐야."

카고메 선배는 지금도 빵모자의 챙을 누르고 있었다. 그 얼굴은 살짝 빨개져 있었다. 쑥스러운 걸까? 쑥스러운 건 이쪽이지만!

"이야~ 분위기가 그런 와중에 설마 미나세쨩이 대놓고 그냥 들어갈 줄은 몰랐어~. 말릴 새도 없었다니깐~. 엔지 씨는 '분위기 참 달달하네…….' 라면서 커피 사러 갔고 말이지."

짝짝, 손뼉을 치는 오리쿠라 선배도 웃으며 그렇게 말했다. 모토바네 씨가 분위기 참 달달하다는 말을 했다고 하니, 왠지 모르게 몸이 움츠러드는 듯한 기분이 들었다.

"……사사미야 실장님."

나카타키 씨가 조용히 부르자, 시로가네 선배가 살짝 움찔했다. ……이 방을 연애질이나 하는 용도로 썼다고 따끔하게 한마디 하려는 걸까…… 만약 그렇다면 나도 시로가네 선배를 감싸야겠다는 생각이 들었는데.

"개최식 시간이 다 된 것 같은데, 슬슬 가 보셔야 하지 않을까요?"

"어?──아, 이런, 그러네! 이제 2분밖에 안 남았잖아!"

나카타키 씨의 지극히 당연한 지적에 시로가네 선배는 화들짝 놀랐고──.

" '칠식'!"
^{세븐즈 액터}

대체 무슨 생각인지, 시로가네 선배는 '칠식'을 전개하더니――
^{세븐즈 액터}
그중에서 플랑베르주를 꺼내 입에다 물었다. ……대체 왜 저러나 싶
었지만, 그 이유는 금방 알 수 있었다.

시로가네 선배가 곧바로 내 손을 잡고는 플랑베르주의 순간 이동
능력을 발동했다. ――섬광이 번쩍이는가 싶더니, 우리는 카고메
선배의 바로 뒤쪽에 서 있었다.

그리고 시로가네 선배는 나를 잡은 손과는 반대쪽 손으로 카고메
선배의 손을 쥐고, 다시금 순간 이동 능력을 발동했다. 그리고 섬
광이 세 차례 번쩍이고 나서――.

"아이 참. 슬슬 시간 다 됐는데도 사사미야 실장님은 아직 안 왔
―― 우왓?! 사사미야 실장?!"

깜짝 놀란 누군가의 목소리가 들렸다. 주위를 둘러보니 이곳은
암막 커튼을 친 어느 뒤쪽 공간인 것 같았다. 이곳이 오버로드 프
로그램의 개최식을 위해 마련된 무대 뒤쪽 공간이라면, 우리는 대
형 훈련실로 순간 이동한 건가?

"아, 이거 미안해. 일이 좀 있어서 늦었지 뭐야!"

"뭐, 아슬아슬하게 시간 맞춰 오셨으니 상관은 없는데―― 이미
참가 희망자들은 다들 자리에 앉아 기다리는 중이에요! 모인 사람
이 적어서 그런지 다들 표정이 엄청 안 좋아 보이지만요!"

개최식 사회 진행자로 보이는 사람이 시로가네 선배의 차림새를
확인한 뒤―― 고개를 끄덕였다.

"그럼, 슬슬 시작해 볼까요?"

"알겠습니다. ——코토네, 카고메. 이따가 잘 좀 부탁해."

"네, 넵."

"그래, 알고 있어."

시로가네 선배는 우리의 대답을 듣고 기쁜 기색으로 웃으며 사회 진행자와 함께 무대로 향하는 계단을 올랐다.

그 모습을 보고 있을 때, 옆에 있던 카고메 선배가 불쑥 이런 말을 꺼냈다.

"……사사미야랑 사귄다면 고생길이 훤할걸?"

그 말을 듣고 나는 다시금 얼굴을 빨갛게 물들였다.

……내가 정말로, 시로가네 선배와 사귈 수 있음을 재차 확인하고 나니.

마치 꿈만 같았다. 그런 생각이 들었다가, 나는 그게 아니라며 생각을 고쳤다.

"그렇다고 생각해요. ……그치만 괜찮아요."

이 행복한 꿈은, 분명 지금부터 시작이니까 말이다.

"아무리 고생길이 훤해도, 저는 시로가네 선배의 모든 걸 받아들일 생각이거든요."

내가 그렇게 힘주어 말하자.

카고메 선배는 이거 못 말리겠다는 표정으로 나를 쳐다보며 피식 웃었다.

"사사미야 실장님, 아까부터 표정이 환해 보이시는데── 무슨 좋은 일이라도 있었나요?"

어이쿠──. 이런. 사회 진행자 여성에게 지적을 받고 나는 다시 퍼뜩 정신을 차리며 몸과 마음을 다잡았다. 코토네의 일이야 물론 기쁘지만, 그건 일단 나중에 생각해야겠군.

마침내 시작하는 오버로드 프로그램──. 폐급들을 육성하기 위한 프로그램. 마침내 이루어진 내 꿈을 떠올리니 나도 모르게 웃음이 나왔다. ……아, 이런. 어느 쪽을 생각하든 웃음이 나올 수밖에 없잖아. 결국 나는 포기하고 얼굴 근육에서 힘을 빼기로 했다.

『자 그럼── 여러분, 오래 기다리셨습니다. 지금부터 개최식을 시작하겠습니다.』

나보다 먼저 무대 위로 오른 사회 진행자가 마이크를 통해 말하기 시작했다. ──이번 참가 희망자는 불과 열 명밖에 없었지만, 그래도 기념할 만한 첫 번째 개최식이었기에 널찍한 공간을 빌렸다.

『그럼, 곧바로── '절검의 은황^{오 버 로 드}'이라 불리는 토야마 지부의 특급 이레이저이자, 이 프로그램의 발안자이기도 하신 사사미야 시로가네 실장님의 인사 말씀이 있겠습니다.』

……저 별명도 그 퀸 안건 때를 경계로 알게 모르게 정착되었단 말이지. 뭐, 딱히 상관은 없지만.

코토네가 나에게 붙여 준 별명이니까 말이야.

나는 사회 진행자의 말에 따라 단상 위로 올라와── 준비된 마이크를 쥐고서 참가 희망자들을 둘러보았다.

그렇군. 다들 의기소침한 모습이었다. ──하나같이 자신감 없이 고개를 떨구고 있었다. 그냥 이 넓은 장소에서 대대적으로 개최식을 여니까 부담스러워서 그런 걸지도 모르지만.

　──그러고 보니 코토네도 나랑 처음 만났을 적에는 자신감 없는 표정을 짓고 있었다.

　이 녀석들도 과연 코토네처럼 성장할 수 있을까.

　이 약체들을 육성할 생각을 하니 벌써부터 즐거워서 견딜 수가 없었다.

　그렇기에 나는 웃으며 말했다.

　향후 성장할 여지에 기대를 담으며, 언젠가 코토네에게도 했던 그 말을 말이다.

　설령 아무리 미움받을지라도, 이 말을 하지 않으면 내 꿈을 시작할 수 없다.

　"──오버로드 프로그램에 온 것을 환영해! 내 이상적인 폐급들아!"

　자──드디어 시작이군!

후기

　안녕하세요. 요 최근에 있었던 이런저런 일들 때문에 울음이 나올 것 같지만 그래도 울지 않는 저녁매미, 히구라시 아키라입니다.

　울음이 나올 것 같다는 말은, 다시 말해 대부분의 시간 동안 울상을 짓고 있었다는 말인데, 애석하게도 울상을 지은 건 사내자식입니다. 만약 코토네처럼 미소녀였다면 조금은 정상 참작이라도 할 수 있었을 텐데 말이죠.

　자, 헛소리는 이제 이쯤에서 줄이도록 하고.

　재앙전선 제3권은 다들 어떻게 보셨나요? 재미있게 잘 감상하셨기를 바랍니다.

　만약 후기부터 읽으시는 분들은 지금부터 재미있게 잘 감상해 주셨으면 하는 바람입니다. ……다만, 지금부터 말씀드릴 내용은 다소 스포일러를 포함하고 있으니 주의해 주셨으면 합니다.

　자, 그럼.

　이번 권에서는 '퀸'을 비롯하여 특급 이레이저 출신의 새로운 캐릭터들이 등장하고 그 녀석이 재등장하기도 하는 등, 참 여러 가지가 있었는데요. 실은 1권 원고를 완성하기 아득히 오래 전부터 제가 쓰고 싶었고, 또 담고 싶었던 것들이었습니다. 그리고 이번 권에서 제가 하고 싶었던 것들은 대부분 할 수 있어서 만족합니다.

세계의 핵심과 연관된 얘기도 담을 수 있었는데요. 솔직히 말씀드리자면 그동안 '대충 이렇겠지' 하고 막연하게만 생각했던 설정을 원고로 옮기는 과정에서 이제야 좀 정하지 않았나 싶습니다. 마치 제가 그래프를 표현하는 봉인반이 된 것 같은 기분이 드네요. ……아, 세계의 근간 정도는 설정을 미리 확실하게 정해 놨어야 하는 게 아니냐는 지적이 들리는 것 같습니다.

역시나 글을 쓰다 보면 아무래도 캐릭터 쪽에 힘이 실리기 마련이더군요. 참고로 나카타키 씨는 옛날 개그나 아재 개그를 좋아한다는 식으로 캐릭터의 디테일한 설정도 나름대로 세세하게 잡아 놨습니다. 그 외에도 룬짱은 순한 맛 카레를 좋아한다든가, 유키코는 사실 코토네보다 가슴이 더 크다든가, 이치히코는 소박하게 요리를 잘한다든가, 캐릭터들의 뜻밖의 모습이 슬쩍슬쩍 보이…… 어? 시로가네와 코토네는 어떤 게 있냐고요?

으음…… 어라? 캐릭터표를 봐도 안 나와 있네요……. 그래도 주인공과 히로인인데……조연을 더 좋아하는 제 성향이 이런 부분에서 폐해를…….

아, 아니, 그래도 이것만큼은 말할 수 있습니다! 코토네가 좋아하는 건──놀랍게도, 시로가네입니다! ……어? 다들 알고 계셨다고요? 하긴, 그렇겠죠…….

어쨌거나!(눈길을 돌리며)

이 책은 '반드시 3센티미터 움직이는 능력'은 어쩌면 의외로 굉장한 능력이 아닐까? 라는 생각에서부터 시작된 이야기였습니다만, 제가 하고 싶은 것들을 거의 대부분 섞어서 농축했더니 이번 권이 완성되었네요. 마치 녹즙을 걸쭉하게 농축한 것처럼 말이죠.

이번 권에서는 코토네가 성장하거나, 시로가네가 한 걸음 전진하는 등, 다양한 캐릭터가 성장하기도 했습니다. 하지만 여러 인물들의 시점을 통해 전개되는 이야기는 여전히 가독성이 떨어졌고, 거기에 더해 이야기 자체도 상당한 급전개로 마무리되고 말았습니다. 독자 여러분께는 죄송하다는 생각이 들면서도, 또 한편으로는 3권까지 함께해 주신 여러분이라면 괜찮겠지 싶어서 그냥 제가 하고 싶은 대로 했습니다. 물론 조금이라도 더 읽기 편하도록 나름대로 신경은 썼지만요!

그래도 작품은 모두 제가 만족할 만한 내용으로 마무리 지었습니다. 제가 재미있다고 생각하는 부분을 다른 분들도 똑같이 생각하시는지는 알 수가 없어서 늘 가슴이 조마조마하지만요!

그럼 슬슬 감사 인사 말씀을 드리도록 하겠습니다.

먼저 일러스트레이터로 참여해 주신 시라비 님. 이번 권에도 좋은 일러스트를 그려 주셔서 감사합니다! 덕분에 3권도 무사히 출간했습니다……. 이것도 다 시라비 님의 훌륭한 일러스트가 없었다면 불가능했을 겁니다! 글쟁이 나부랭이가 이렇게 표현하는 것도 좀 그렇지만, 특히나 이번 3권 커버 일러스트의 파괴력은 정말이지 말로 표현할 수가 없네요! 두 사람의 표정이 정말 최고입니다! 참고로 디테일한 부분에서 제가 제법 좋아하는 건 유키코가 뒤집어쓴 펭귄 후드입니다. 그것 덕분에 유키코의 귀여움이 10배는 더 늘어나지 않았나 싶네요. 울보 소녀는 물론이고 연상 로리까지 그리실 수 있는 시라비 님, 진심으로 존경합니다.

다음으로 담당 편집자님, 스케줄이 상당히 빠듯하지 않았나 싶습니다만, 다방면에 걸쳐 따끔하게 지적해 주셔서 감사합니다! 저처럼 말도 안 듣는 녀석을 봐 주신 것만으로도 정말 감사드리고픈 심정입니다. 앞으로도 잘 부탁드리겠습니다!

그리고 교정을 맡아 주신 분을 비롯하여, 이번 책을 출판하는 데 관여해 주신 분들과 서점 직원 분들께 늘 그렇듯 감사의 말씀을 전합니다!

그리고 끝으로 독자 여러분께.

제가 여기까지 쓸 수 있었던 것도 다 독자 여러분 덕분입니다! 정말 진심으로요. 가독성이 떨어진다는 평가를 받는 졸작임에도 여기까지 함께해 주신 여러분께, 감사의 뜻으로 한 사람당 금서 한 권씩을 선물해 드리고 싶은 심정입니다. 하지만 공교롭게도 그래프는 아직 이쪽 세계에 출현하지 않았기 때문에 감사 인사로 대신하겠습니다. 진심으로 감사합니다!

그럼, 저는 이만 여기서 줄이도록 하겠습니다.

다음에 또 인연이 있으면 다른 작품으로 찾아뵙도록 하겠습니다.

재앙전선의 오버로드 3

2023년 12월 20일 제1판 인쇄
2024년 01월 05일 제1판 발행

지음 히구라시 아키라
일러스트 시라비

발행 영상출판미디어(주)
등록번호 제 2002-000003호
주소 07551 서울특별시 강서구 양천로 570 NH서울타워 19층
대표전화 02-2013-5665

ISBN 979-11-380-3665-8
ISBN 979-11-380-3662-7 (세트)

SAIYAKU SENSEN NO OVERLORD Vol.3
ⓒAkira Higurashi, shirabii 2015
First published in Japan in 2015 by KADOKAWA CORPORATION, Tokyo.
Korean translation rights arranged with KADOKAWA CORPORATION, Tokyo.

구매 시 파손된 도서는 구매처에서 교환하실 수 있습니다.
기타 불편사항, 문의사항이 있으신 독자님께서는 노블엔진 홈페이지 [http://novelengine.com] 에서
Q&A 게시판을 이용해 주시기 바랍니다.

노블엔진(NOVEL ENGINE)은 영상출판미디어(주)의 라이트노벨 및 관련서적 브랜드입니다.

패배 히로인이 너무 많아!

1~4

학급의 배경인 나, 누쿠미즈 카즈히코는 인기 많은 여자인 야나미 안나가 남자에게 차이는 모습을 목격한다.

"나를 신부로 삼아주겠다고 했으면서!"

"그거 언제 적 이야기인데?"

"네다섯 살쯤인데."

──그건 좀 아니지.

그리고 이 일을 시작으로 육상부의 야키시오 레몬, 문예부의 코마리 치카처럼 패배감이 넘치는 여자애들이 나타나는데──.

패배 히로인── 패로인들과 엮이는 수수께끼의 청춘이 지금 막을 연다

 아마모리 타키비 지음 | 이미기무루 일러스트 | 2023년 11월 제4권 출간

청춘의 상상, 시동을 걸어라!

아가씨 돌보기

영애들이 다니는 명문 학교에서
제일가는 아가씨(생활력 없음)를 남몰래 돕는
시중 담당이 되었습니다

1~4

남자 고등학생 '토모나리 이츠키'는 유괴 사건에 말려들었다가 국내에서 손꼽히는 재벌 가문의 아가씨인 '코노하나 히나코'의 시중을 들게 되었다.

겉으로는 뭐든지 잘하는 히나코 아가씨. 하지만 그 정체는 혼자서는 일상에서 아무것도 못할 정도로 생활력이 없고 나태한 여자애. 그러나 히나코는 집안의 체면상 학교에서는 '완벽한 숙녀'를 연기해야만 한다. 그런 히나코를 지키고 싶은 마음에 하나부터 열까지 지극 정성으로 모시는 이츠키. 마침내 히나코도 그런 이츠키에게 몸과 마음을 의지하는데……

어리광 만점! 생활력 빵점?!
완벽한(?) 아가씨와 함께하는 러브 코미디!

사카이시 유사쿠 지음 │ **미와베 사쿠라** 일러스트 │ **2023년 11월 제4권 출간**
청춘의 상상, 시동을 걸어라!

제15회 MF문고J 라이트노벨 신인상 《최우수상》 수상
2021년 7월 TV 애니메이션 방영작! 시즌 2 제작 결정!

탐정은 이미 죽었다

1~8

◆

애니메이션 방영작

고등학교 3학년인 나, 키미즈카 키미히코는 한때 명탐정의 조수였다.

──"너, 내 조수가 되어줘."

시작은 4년 전, 지상 1만 미터 위의 상공. 하이재킹을 당한 비행기 안에서 나는 천사 같은 탐정 시에스타의 조수로 선택되었다.

그로부터 3년, 우리는 눈부신 모험극을 펼쳤고── 죽음으로써 헤어졌다. 홀로 살아남은 나는 일상이라는 이름의 현실에 빠져 안주하고 있었다. ……그걸로 괜찮냐고?

괜찮고말고.

다른 사람에게 피해를 주는 것도 아니니까.

그렇잖아? 탐정은 이미, 죽었으니까.

©nigozyu 2023 / Illustration : Umibouz
KADOKAWA CORPORATION

니고 쥬우 지음 | 우미보즈 일러스트 | 2023년 12월 제8권 출간

청춘의 상상, 시동을 걸어라!

타인을 거부하는 무뚝뚝한 여자를 설교했더니 엄청 달라붙는다

1~2

◆

교사들의 신뢰가 두터운 반 대표 오오쿠스 니오야는 반에서 겉도는 문제아 에나미 리사를 진로 면담에 출석시키라는 난제를 억지로 부탁받았다. 의무감에 말을 걸기는 했으나 에나미의 완고한 태도에 자신의 옛날 모습을 겹쳐보고 무심코 설교를 퍼붓고 마는 오오쿠스.

하지만 무슨 일인지 그날 이후로 에나미는 오오쿠스를 기다리면서 함께 가자고 들러붙게 되는데——.

"관심이 있어서. 너에 대해 알고 싶어."

타인에 대한 불신으로 똘똘 뭉친 미소녀 에나미가 마음을 열었다며 주위가 놀라는 가운데, 오오쿠스와 에나미의 어색한 교류가 시작된다.

 무코하라 산키치 지음 | 이치카와 하루 일러스트 | 2023년 5월 제2권 출간

청춘의 상상, 시동을 걸어라!